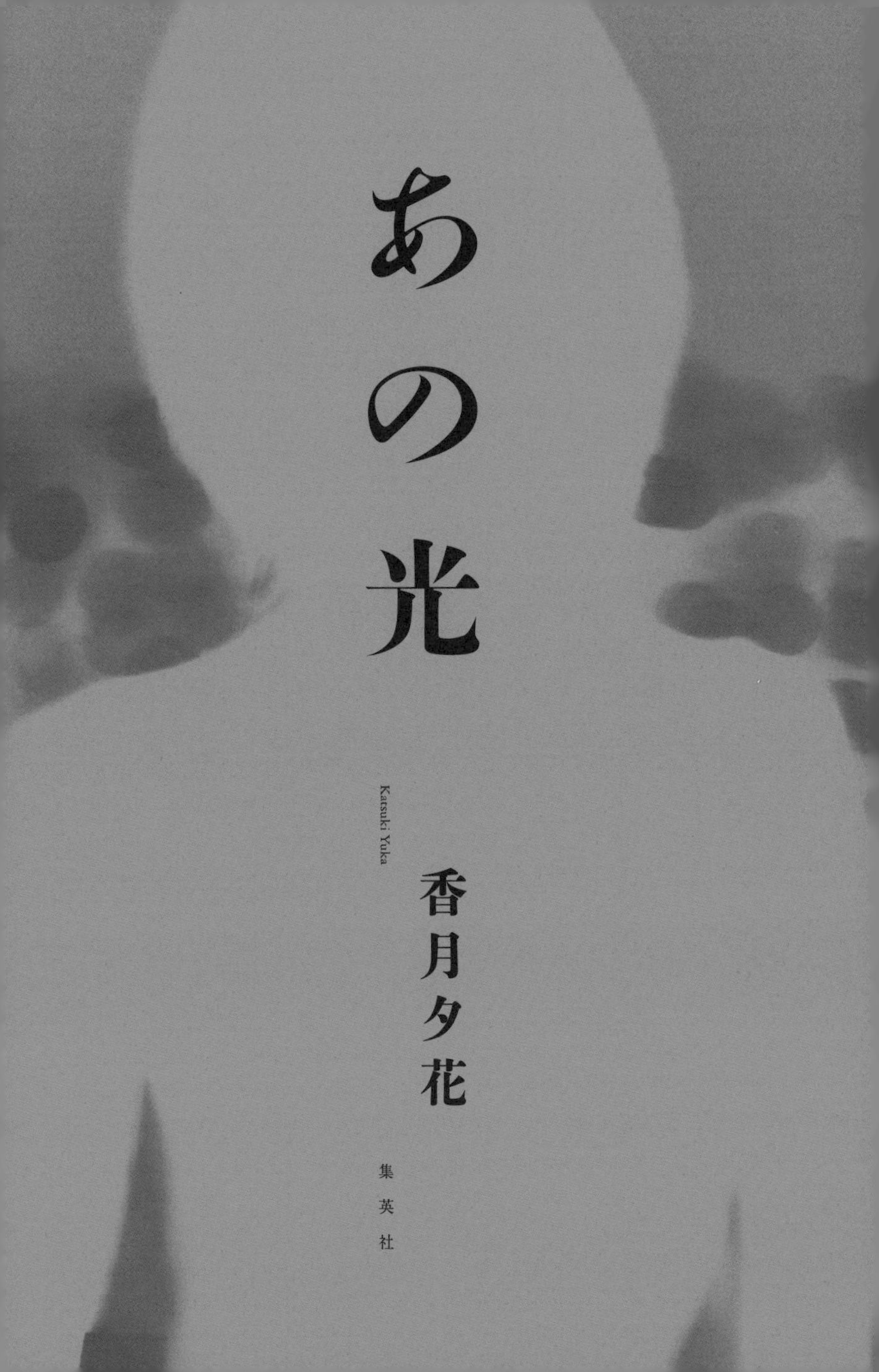

あの光

Katsuki Yuka

香月夕花

集英社

あの光

あの光のことばかりが、どうして何度も思い出されるのだろう——。

毎日をただ必死で過ごしてきた。日々の記憶は砂みたいに流れていくばかりで、思い出を刻む余裕もない。

なのにあの光のことだけは、いつも鮮やかな夢のように蘇《よみがえ》ってくるのだ。

埃《ほこり》だらけの舞台袖に一人、高岡紅《たかおかべに》は女王の扮装《ふんそう》で立っていた。

演劇部の三年生にとって、これが最後の晴れ舞台だった。高校の講堂には大勢の観客が集まり、狭いステージ上では、仲間の部員達が囚《とら》われの兵士に扮して、すっかり望みを失った風に膝をついている。紅が演じる落日の女王は、これから舞台に進み出て、彼らに発破をかけて立ち上がらせることになっているのだ。

脚本係の自分が舞台に立つなんて考えたこともなかった。女王役の生徒が急に倒れて、代役を頼まれたのは今朝のことだ。自分で書いたセリフだからもちろん覚えているが、いきなり出演しろだなんて無茶にも程がある。

舞台上に飛び交う激しいセリフのやりとりに、袖で待つ全員が耳をそばだてていた。わずかでも身動きすれば全てが崩れそうな緊張が辺りに張り詰めている。逃げ出したいなんて今さら言い出せるはずがなかった。照明係の一年生が、爆弾処理さながらの慎重さで調光卓のレバーに手をかける。

その指がひどく震えていることに、紅は気付いてしまった。

見るんじゃなかった、と思ったときにはもう遅い。まるで恐怖が伝染したみたいに、自分の指先まで震え出す。

似合いもしないドレスを着せられた滑稽な姿を、あの人が見たらどう思うだろう。こういう華やかなことは、あの人にこそふさわしいのだ。生きる気力を失った人々をケレン味たっぷりに励まして、再び自分の足で立ち上がらせる。そんな大それた力を操ってみせるのは――。

兵士達のセリフが途切れ、静寂が生まれた。もう出番だ。

「紅、早く出て」

「高岡さん、早く！」

紅は凍りついたように動けない。思いあまった誰かが「ごめん」と囁《ささや》くなり、紅の背中を舞台に向かって突き飛ばした。声もなくよろめき出たその瞬間、強烈な、まるで加減を間違えたような照明が、紅をめがけて浴びせられる。

真っ白に眩《くるめ》く視界。光の圧で息もできない。溺れる者がそうするように、紅は無意識に腕を伸ばし、光に貫かれるような姿になった。

何て晴れがましいのだろう――こんな風に照らされる瞬間など、今まで想像したこともなかった。誰も自分の事など見ておらず気にも留めていない、それが当たり前だったのに。

やがて視界の中に、寄る辺ない兵士達の姿がゆっくりと現れてきた。悲しみに洗われた眼差《まなざ》しが、すがるようにこちらを見つめてくる。

励ましたい、という衝動に、紅は胸を絞られる思いがした。たった今自分が浴びた光を、彼らに分け与える術《すべ》が欲しかった。

「今のまま、運命に踏みにじられるままでいいの？」

自分が書いたはずのセリフが、まるで別物のような強靱《きょうじん》さで、腹の底から湧き上がってくる。

「あなた達の嘆きの歌を誰にも聴かれないまま、静かに滅んでいくつもり？」

自分のものとも思えない澄み切った声が、静まり返った講堂に鋭く響き渡った。舞台上の兵士達の驚きは、もはや演技ではなくなっている。

「こんなところにあなた達は閉じ込められているべきじゃない。今すぐ立ち上がって、この石牢《いしろう》を打ち破るのよ！」

額が、頬が、燃えるように熱い。いまや幾本ものスポットライトが、紅の姿を光の中に捉えていた。白熱した視界の中に、兵士達の顔もまたゆっくりと溶けて消えていく――。

一

ワンルームマンションの一室で、紅は突然我に返った。

真昼だというのに室内は薄暗かった。山と積まれた生活ゴミが、ベランダに続く大きな窓をほとんど覆っているせいだ。電気は既に止められて、灯《あか》りを点《とも》す術はない。冬のことで、部屋に満ちる悪臭はさほど鋭くないのだが、沼地の瘴気《しょうき》めいたしぶとさで、作業する者の肌身にじわじわと染みこんでくるのが分かる。

ひとすじの陽光が、かろうじて現場を照らしていた。それはゴミの山をかすめて窓から差し込み、舞い踊る埃を金色に染め上げながら、紅の足下に落ちかかっている。

この光が記憶の引き金になったのだ——コンビニ弁当のパッケージを素早くゴミ袋に投げ入れて、紅は小さく笑う。裾を引くようなドレスなんて、自分の人生からは跡形もなく消えた。今は社名入りの作業服に身を包んで、そびえ立つゴミの壁をこつこつと突き崩す毎日だ。

「あの……高岡さん」

依頼主の間宮《まみや》さんがおずおずと切り出した。三十を超したばかりの紅には、ちょうど妹ぐらいの年回りだ。

「マヨネーズがついたプラゴミって、このまま捨てていいんですか？　それとも、洗わないとダメなんですか？」

彼女が手にしているのは、コンビニで売っているサンドイッチの包装フィルムだった。

「汚れてるのはそのまま可燃で大丈夫ですよ」

分別に迷って結局捨てられなくなるのは、汚部屋《おべや》の住人にありがちなことだった。彼らの大半は、何かを判断するだけの気力が尽きているのだ。

「ほら、窓の端から陽射《ひざ》しが入ってきましたよ。これでやりやすくなりますね」

紅は励ますつもりでそう言った。間宮さんの指から零《こぼ》れたフィルムが陽射しに映えて、さざ波みたいな光をたたえている。ゴミの中にもきれいなところを探す癖がついたのは、心まで荒れてしまわないための防衛反応かもしれない。

「……ごめんなさい。部屋が暗いと、やっぱりやりづらいですよね」

間宮さんは顔も上げられない様子で呟《つぶや》いた。電気が来ていない現場など紅は慣れっこなのだが。

「謝ることないですよ。明るくなったんだからいいじゃないですか」

「でも……」

「窓際の山を崩したらもっと明るくなりますよ。この自治体のプラゴミってかなり燃やされちゃってるらしいし、迷うことなんかありません。どんどん捨ててスッキリしましょう」

紅は調子よくたたみかける。それでも間宮さんは顔を上げられない。無理もなかった。恥をぎゅうぎゅうに詰め込んだようなこの部屋を人目に晒《さら》しているのだから。

何の変哲もないマンションの一室にこれほどのゴミがため込まれているなんて、ドアの外からは誰も想像できないだろう。玄関から廊下にかけて膝の高さに積もったゴミの層は、居室に入ると急に勢いづき、奥の窓に向かって急傾斜の山になる。

何年もの歳月をかけて間宮さんはこの惨状を作り上げたのだった。既に転居は済ませているが、引渡しが迫っているのですぐにも部屋を空《から》にしなければならない。そこで紅が勤めるハウスクリーニングサービスに話が持ち込まれた。作業日数はたったの二日。配置されたスタッフは五人。紅を含めた三人が居室の片付け、一人がユニットバスにこもって水回りの掃除、そしてもう一人が廊下を片付けながらゴミを運搬する手はずになっている。

「これ、要ります？」

窓際の山の中腹から、男性スタッフの里中《さとなか》がつっけんどんに問いかけた。彼が手にしているのは、ほとんど新品に見えるマリンブルーのカーディガンだ。

ゴミの地層の中から新品同様の衣類が出てくるのはよくあることだった。服が埋もれて見つからないから、仕方なく新しいものを買ってくる。一度だけ着たそれをついゴミの上に置いてしまい、また埋もれて見えなくなる。同じことの繰り返しで、ゴミは際限なく積み上がっていく。

「いえ、いいです。もう捨てて下さい」

間宮さんは何か振り切るような調子で答えた。里中は無言でカーディガンをゴミ袋に放り込む。袋の中で鮮やかな色味が際だって、どこか恨めしげな風情《ふぜい》だ。

値が張りそうな衣類や鞄《かばん》、アクセサリーなど換金しやすいものを見つけた場合は、依頼主に報告するのがルールだった。片付けられない人はえてして金銭管理も苦手だから、衝動買いしたブランド品がゴミの底から出てくることも珍しくない。さらに決断力も不足がちで紅たちを延々待たせるまでがお約束なのだが、間宮さんは違っていた。ろくに品物も見ずに、「もういいです」ばかり繰り返している。

彼女が「捨て」を即断してくれるのはとても有り難いことだった。この物量を片付けきるには人も時間も足りないのだ。見積もりを取った新米の営業が、クローゼットいっぱいに詰め込まれたゴミを見逃して判断が甘くなったらしい。とはいえ、間宮さんが気を回しすぎて捨てたくないものまで捨てているんじゃないかと、紅は気に掛かって仕方なかった。

里中がいる辺りには衣類がたくさん埋まっているらしく、古布を詰めたゴミ袋がどんどん出来上がっていた。山の斜面で中腰になって、布を見つけては手際よく引っこ抜いて詰めていく。入社してまだ半年だが、要領がいいのか現場で足手まといになったことは一度もない。あれで気遣いが出来れば文句なしなのに——そう思った矢先のこと、里中が勢いをつけて引っ張り出した何かが、ゴム紐みたいに粘りながら伸びていくのを見て紅はハッとした。あれはどう見てもパンストだ。それまで無表情だった間宮さんが、途端に顔色を変えた。

「あの、下着とかはいいですから」

紅には「触らないでほしい」というニュアンスに聞こえたが、里中は「捨ててもいい」と受け取ったようだ。目も合わせずに肯《うなず》いたなり、ちょうどまとめて出てきたらしい下着をどんどん掘り出しにかかった。里中が力任せに引っ張ったブラジャーが、山から抜けたとたんに釣ったばかりの魚みたいにはねる。間宮さんは今にも泣き出しそうだ。

「ごめんなさい、いやですよね。今やめさせますから」

紅は慌てて声をかけた。間宮さんは激しくかぶりを振って、涙混じりの声で答える。

「……仕方ないです。あんなもの放っておいた私が悪いんだから」

こんなときは怒ってもいいのに——客とは思えないくらい小さくなっている依頼主を、紅は今まで何人も見てきた。肩に触れて慰めようとしたが、軍手の指先はすっかり汚れている。

「間宮さんは悪くないですよ。このお部屋って、実は楽な方ですし」

「もういいんです、気を遣わないで下さい」

「本当に楽なんです。ゴミが湿ってないから」

紅は手近に落ちていた空のペットボトルを拾ってみせた。

「大変な現場って、全体的に湿ってるんですよ。例えば、飲みきってないペットボトルが捨ててあって、中身がもれてきちゃうのがよくあるケースです。お弁当に食べ残しがあっても、腐って水分が出ます。そういう湿り気が全体に回ると、ゴミ同士がべったり貼り付いて取れなくなるからすごく大変なんです。虫も湧きますし」

間宮さんはじっと身を隠すようにうつむいている。紅は構わず続けた。

「でもあなたは、お弁当もペットボトルもちゃんと空っぽにしてくれてる。だからゴミが乾いていて軽いんです。どんどん拾っていける。臭いもそんなに出てない。ここは全然楽です。他の現場から見たら拍子抜けするぐらい。本当ですよ」

一語一語を染みこませるように、紅は慎重に言葉を置いていった。心を閉ざした相手に届かせるには、ちょっとしたコツが要るのだ。

「あなたは悪くないです。少なくとも、私はそう思ってます」

心からそう言って、紅は彼女の返事を待った。への字に唇を引き結んで、間宮さんはしばし無言でいる。

ややあって、彼女は恐る恐る顔を上げた。

「……ゴミ捨ての時間に、どうしても起きられないんです」

紅は黙ってうなずいた。背中を押されるように、間宮さんは先を続ける。

「はじめは、次の週にまとめて捨てればいいと思ってました。でもやっぱり捨てられなくて、そのうちに溜まったゴミ袋が玄関から溢《あふ》れるようになって、部屋もどんどん散らかってきて……。就職するまでは、こんなこと一度もなかったのに、何でこうなったのか、自分でも分からなくて」

平気に見せようとして笑った顔が、泣き出しそうに歪《ゆが》んだ。

「分かってもらえないかもしれないけど、ここに帰ってきて積み上がったゴミをみたら、もう何をしても無駄って気持ちになる。頑張らなきゃって思っても、身体《からだ》が全然動かないんです。どうしてなんだろう。他の人はみんなちゃんと出来てるのに」

ゆるんだ蛇口をつついたみたいに、ポタポタポタ、と涙が零れる。そこには悲しみよりもむしろ、やっと泣けた、という安堵《あんど》が滲《にじ》んでいるように見えた。

「他にもそういう人はいますよ。疲れすぎて、心が根っこの方で挫《くじ》けてるんだと思う。そこまで行ったら、自分一人で立て直すのは無理です」

汚れた軍手で背中をさすりそうになるのを、紅はすんでの所で止めた。

「色んなお客様の部屋に入りましたけど、大体みなさん人に接する仕事で、シフトが不規則だったり休みが少なかったり、間宮さんと同じような生活でした。仕事でくたびれきって、片付けどころじゃないんだと思います。誰でもこうなる可能性はあるし、きっと状況次第なんです」

間宮さんは涙の雫《しずく》を唇の端に噛《か》みしめたまま、駄々をこねるようにかぶりを振った。

「でも、やっぱり私がおかしいんだと思う。だって介護の仕事やってる人がみんなこうなるわけじゃないもの」

「間宮さん、自分を責めちゃダメです。逆に、それが散らかる原因だと思う」

えっ、と間宮さんが言葉をのむ。

「そんな風に自分を責めていたら、どんどん気力を失って片付けどころじゃなくなっちゃう。部屋がこうなったのは、怠けてるからじゃないですよ。あなたが自分を庇《かば》わなかったからです。もし散らかってることを人に責められたとしても、『忙しかったから仕方がない』って開き直るぐらい図太くならないと」

間宮さんは絶句してしまった。沈黙の中に、里中がゴミを掘り返す音が不機嫌そうに響く。

「自分を大事にするんです。そうすればきっと、また片付ける元気が出てきます」

「そんなこと言われても、どうすればいいのか分からない……」

紅の目にふと、里中が作ったゴミ袋の中で恨めしげに潰れたマリンブルーが飛び込んできた。

「自分の気持ちを無視しないことです。例えば、捨てたくないものがあるならはっきりそう言って下さい。あなたはお客様なんだから、私たちに合わせる必要はないんです」

間宮さんもまた、紅の視線を追うように里中の足下を見る。

「……じゃあ、さっきのカーディガン、やっぱり捨てないで下さい」

はあ？　と里中の声が裏返った。

「要らないって言ったじゃないですか。今さら困るよ」

「いいから、お客さんの指示通りにして下さい」

時間がないのに、と聞こえよがしに言って、里中はほとんど満杯になった袋の中身をあさりはじめた。間宮さんが不安げな眼差しを紅に向ける。

「遠慮する必要はないです。要望があったらちゃんと言って下さいね」

本当は里中の言うとおりだった。時間は全然足りないのだ。ひどく急《せ》き立てられる思いで、紅は手元のゴミを捌《さば》きはじめた。

駅前通りに面したガラス戸の向こうを、家路を急ぐ人々が足早に横切っていく。

紅は事務所で書類仕事を片付けていた。朝の早い職場で夕方は定時に終わるから、スタッフはほとんどが帰った後だ。

机の上には彼らの業務レポートが積まれている。これをチェックするのは係長の仕事だが、最近では「高岡さんには人望があるから」と紅に任せきりになっていた。サボりたい本音が見え見えだが、紅が文句も言わず引き受けているのは、働いている方が気楽だからだ。

三年余り付き合った男と別れたのは、去年の秋のことだった。小狡《こずる》い男で、とっくに結婚していてそこそこ大きな子供がいるとバレてからも、なかなか別れてくれようとはしなかった。注いだ愛情が全て無駄になった、というだけじゃない。男がそれを大事に受け取ったならまだしも、せいぜい酒のつまみ程度の軽さで消費されてしまったという事実に、紅は今さら向き合いたくないのだった。

貢がされずに済んだのは不幸中の幸いだったかもしれない。でも心の搾取は、お金を取られるよりなお酷《ひど》いんじゃないだろうか——それ以上考えないようにしながら、紅は業務レポートをぺらりとめくる。まだ試用期間中のスタッフの、几帳面《きちようめん》な文字が目に入った。

「分別が遅くて、皆さんにご迷惑をおかけしています。廊下での作業中も、周りが見えなくて、他の人の動線を何度か塞いでしまいました。私はこの仕事に向いてないかもしれません」

報告というより懺悔《ざんげ》みたいな文章だ。紅はスマートフォンを手に取って、職場のグループメッセンジャーから彼女宛にメッセージをしたためた。

『お疲れ様です。報告読みました。動線を塞がないコツは以下の通り。まず作業の前に周囲をざっと見渡して、どの種類のゴミから集めるのか決めて下さい。例えば可燃が多そうなら、可燃用の袋を手元に広げておく。あとは自分の持ち場から動かずに、手が届く範囲のゴミを入れていくのが基本の動作です。あなたが動かなければ、近くを通る人の方で避けることができるからね。向き不向きは確かにあって、本当に出来ない人もいるけど、あなたはやれば出来る人。しばらく仕事ぶりを見てきた、私の確信です。まだはじめたばかりだし、焦らずがんばろう』

メッセージを送信して一息ついた。係長なら読んではんこを押すだけでおしまいにするだろう。理不尽だと思いつつ紅が引き受けているのは、こういうことがあるからだ。

頼まれもしないのに何故《なぜ》わざわざ手を貸してしまうんだろう——間違ったことはしていないのに何故か苦い気分がこみ上げてきた。自分が特別いい人じゃないことは分かっている。男で痛い目を見たせいで、他人にも同情しがちになっているんだろうか。

考え込む紅の傍らを、「お先です」とぶっきらぼうな挨拶を投げて誰かが出口に向かっていく。里中だと気付いて、紅は慌てて追いかけた。閉まりかけたガラス戸を押して外に出ると、辺りには居酒屋の揚げ物の匂いが満ちている。

「里中さん、ちょっと待って下さい」

調子よく歩き始めたところを呼び止められて、里中はあからさまに不機嫌な顔で振り返った。

「今日の現場のことですけど、ああいうゴミは私に言って下さい。すぐ代わりますから」

「なんですか、ああいうゴミって」

駅に向かう人波は紅と里中を避けて流れていく。周りに聞かれないように、紅は「女の人の下着とか」と声を潜めた。里中は吐き捨てるような溜息《ためいき》をつく。

「こっちにしてみりゃ全部ゴミなんだからいいじゃないですか。だいたいね、一度捨てろって言ったゴミを『やっぱり捨てないで』っておかしいでしょう。あんたが妙なことたきつけたせいで、せっかく急いだ分が無駄になったじゃないか。あと一日しかないのに」

やり返された。キャリアが浅いわりには遠慮がない。

「分かりました。明日は増員してもらいます。六人で入らないともう間に合わないだろうし、それに部屋の入り口辺り、あれ見た目より量がありますね。下の地層は踏み固められちゃってる」

ゴミの層の中でも、住人がよく踏みつける部分は圧縮されて固くなる。それを引き剝がして捨てるのは思いのほか手間なのだった。

「あれで特別手当が付かないの、おかしくないですか？」

里中は周りを気にする風に小声になった。

「俺、先月もゴミ屋敷レベルの清掃に何件か入ってるんですよ。でも手当がついてなかった。会社的にはハウスクリーニング扱いだって言うけど、そんなわけないじゃない。客からはちゃんと取るもの取ってるはずなのに」

「私に言われても困るんですけど」

紅だって同じ薄給でこき使われている身なのだが、里中は当たれそうな相手には手加減なしに当たってくる。仕事は出来るのに人望のない男だった。人の家に上がり込んで私物を触る仕事だから以前は人柄重視の採用だったのに、ここ一年はなぜか性格に疑問符のつく新人が多い。

去年社長が代替わりしてから、この会社は何かとおかしいのだった。先代の時にはちゃんと出ていた残業代や特別手当が、何かと理由をつけて支払われない。そのせいでベテランのスタッフがどんどん辞めているのに、補充も上手《うま》くいっていない。

「いっそのこと、現場に落ちてる小銭を全部持って帰りたくなりますよ。あれ、ちゃんと数えたら結構あるでしょう」

里中がしれっと言う。ゴミの中にむき出しの現金が混ざっているのはよくあることなのだ。紅は慌てて釘《くぎ》を刺した。

「それをやったらおしまいですよ。研修で聞いたと思いますけど、落ちてるからって捨ててあるわけじゃないんだから。お客さんのお金を勝手に持ち出したら泥棒じゃないですか」

近所の住民が勝手に入り込んで現場をあさるハプニングはたまにあるが、スタッフがそれを堂々と口に出すなんて、以前なら考えられないことだった。

「お前ならやりかねない、みたいな目つきで見ないでもらえます？　冗談なんで」

紅の呆《あき》れ顔が決まり悪かったのか、里中はやにわに逆ギレしてみせた。

「そんなこと思ってません」

「またかよ。あんたいつも嘘ばっかりだよね」

心外だった。紅は血の気が引くのを感じる。

「私がいつ嘘をつきました？」

「あんなキツい現場なのに、『ここは楽な方ですよ』って客の機嫌を取ってたじゃないか」

里中が失笑した。間宮さんとのやりとりを聞いていたらしい。

「いくらリップサービスでも、あからさまな嘘は気分が悪いんですよ。高岡さん、自業自得で部屋を荒らした連中をやたら慰めるよね。掃除を怠けたのは本人でしょうが。大体あの客、『自分も手伝うからその分値引きしてくれ』って言ったくせに、全然手が動いてなかった。そういう人間だから部屋も荒れるんだよ」

その約束は間宮さんの方から申し出たわけではなかった。高額の見積もりを気の毒に思った営業担当が「お客さんも作業してくれれば少しお安くできますよ」と情けをかけたのだ。値引きの口実みたいなものだが、里中は真に受けていたらしい。

「お客さんに対してそんな言い方はないでしょう」

「そうやって無駄に庇うから作業が遅れるんじゃないですか。余分に金をもらえるわけでもないのになんのための気遣いですか。自己満足でしょうが。俺、そういうの嫌いなんだよ。頼まれてもないのに気を回して、いいことしてやった、みたいな顔するヤツ」

「そんなこと……」

紅はつい言葉を呑《の》んだ。間宮さんにせよ新人スタッフにせよ、つい庇ってしまうのは何故なのか。里中の言い分には一理あるような気がしたのだ。

「私のせいで余計な手間がかかったのは謝ります。でも、下着の件は気を付けて下さい。あれじゃ間宮さんが気の毒だから」

引き下がろうとする紅をせせら笑って里中が言った。

「俺が下着を引っこ抜いたからってなんだよ。あの客が言いふらすとでも？　そんなこと出来るわけないでしょう、本人の恥なんだから」

紅は耳を疑った。怒りで目の前が真っ暗になる。

「どうせ何も言えないだろうってこと？　向こうの立場が弱いから？」

急に度を失った紅の様子に、里中は少し慌てたらしかった。「そこまで言ってないでしょう」と他人事《ひとごと》みたいに目をそらす。

「里中さん、弱ってるときに傷つけられた人間の怨《うら》みをなめちゃダメだよ。悪口なんてどうとでも言える。なんなら別の苦情をでっち上げたって構わないんだから。あなたのせいで会社の悪評が立ったらどうするつもり？　一度言われ出したら簡単には消えないよ？」

まくし立てながら、間宮さんごめん、と紅は心の中で謝った。彼女がそんなことをするとは思えないが、今は里中を黙らせなければ気が済まない。

「会社の評判がどうだろうと、俺の給料には関係ないですよ。出るはずの手当すら出ないんだからさ、知ったことか」

「悪評が立てば仕事は減るでしょう。会社自体が傾けば、特別手当がどうこうなんて言ってる場合じゃなくなるよ。あなたのぞんざいな態度のせいで会社が潰れたらどうするの？」

「俺一人のせいでそんな大ごとになるわけが……」

「ないって言い切れる？　客商売なのに悪評が命取りにならないって言い切れる？　今はささいなことでもすぐに広まっちゃうんだから。去年子供が生まれたって言ってたよね」

「いきなり何だよ？」

狼狽《ろうばい》しながら「関係ないでしょう」と言いかける里中に、紅は強気で押し被《かぶ》せた。

「お父さんのせいで勤め先が潰れましたって、その子に言えるの？　お父さんがお客さんのブラジャーをわしづかみにして引っこ抜いたせいで会社が潰れて一家が路頭に迷ったんだよって言えるわけ？」

息継ぎもせずに言い切った。ちょうど通りかかった数人連れのサラリーマンが、訝《いぶか》しげな視線を向けてくる。里中は目に見えて怯《ひる》んだ。相手が男だと弱いのだ。

「勘弁して下さいよ。なんでそこまで言われなきゃいけないんだ」

里中は辺りをはばかって急に声を潜めた。今だ。

「……あんな態度、誰のためにもならないよ」

紅は里中の視線をしっかり摑《つか》まえながら、声のトーンを一気に下げた。不意打ちを食らって、相手が話に釣り込まれるのが分かる。

「腹立つことは沢山あるだろうけど、そういう態度、とりあえず止《や》めてみようよ。自分が一番損するんだから」

低めの声をお腹《なか》から出し、それを相手の胸めがけて響かせる。胸に響く、というのは比喩ではない。文字通りにそうするのだ。難しい相手を説得するために、それは紅が客と渡り合う中で編み出したテクニックだった。

「子供さんもまだ小さいんだから、落ち着いて仕事ができるように考えていこうよ。ほんのちょっと、振る舞い方を変えるだけでいいんだからさ」

里中は紅の顔を呆《ほう》けたように見つめている。すっかり混乱しているようだ。

「……もう帰っていいですか」

やっと出た言葉がそれか。それでも紅は微笑《ほほえ》んだ。こっちの言葉は確実に入っている。それは鮮やかな感触だった。

「どうぞ。また明日、よろしく」

里中は気まずそうに頭を下げて、駅の方へと歩き出した。と、背後から、待っていたように声がかかる。

「やるねえ」

事務員の小林《こばやし》が、戸口から半身を覗《のぞ》かせていた。彼女が英雄でも迎えるように仰々しくドアを開いてみせるので、紅は照れながら通り抜ける。

「ごめん、うるさかった？」

小林はかぶりを振りながら「全然」と惚《ほ》れ惚《ぼ》れした風に言った。彼女は紅より三年ほど前に入社した古参の社員だ。

「高岡さん上手いよね。『ああ言えばこう言う』みたいの」

「それは褒めてるの？」

紅は苦笑した。事務所には彼女が淹《い》れたらしいコーヒーの香りが漂っている。

「褒めてる褒めてる。私そんなに言い返すこと思いつかないもの。高岡さんが男だったら結婚したかったなー」

彼女が差し出したマグカップを受け取りながら、紅は「よく言われる」と肯いた。そう、女からは言われるのだ。男に言われたことはまだないけれど。

「会社の雰囲気も変わったなあ。前はノンビリしてたけど」

ねぎらいのコーヒーをしみじみと味わいながら、紅は呟いた。小林が肯く。

「向かいの居酒屋貸し切って忘年会やったの、覚えてる？」

「懐かしいね。全部社長の奢《おご》りだった」

「高岡さん、顧客アンケート上位で表彰されたよね。みんなの前でお花もらったじゃない。社長が自分で買ってきたやつ」

そうそう、と紅は肯いて、

「なんで賞品が花だったんだろう。まるで退職する人みたい」

社員一同の前で大ぶりの花束を受け取る姿を、何だお前辞めるのか、とからかわれたのが思い出されて、二人はひとしきり笑い合った。その声が、がらんとした事務所に寂しく響く。

「これからは、里中みたいのが表彰されるのかな。とにかく作業さえ早ければ、お客さんの気持ちなんか二の次でも」

紅はふと呟いた。小林が気の毒そうに眉根をよせる。

「別の会社になったと思った方がいいよ。今はもう、心遣いに値段なんかつかないし、評価もされないんだから」

客の心をなおざりにしない、という紅の接客スタイルを理解している社員は、もう少数派になり始めていた。それをわざわざねぎらってくれるのも、彼女が最後かもしれない。

「ねえ、高岡さん。うちの会社、辞めたりしないでね」

「何？　いきなり」

「里中みたいな面倒くさいのとやり合えるの、あなたしかいないんだからさ。係長なんかよりずっと頼りになるって、みんな言ってるんだし」

コーヒー一杯がずいぶん高くついた。紅はつとめて笑顔を作る。

「辞めないよ。別に辞める理由もないし」

そう答えながら、ふいに違和感がこみ上げる。つい今しがた里中が、嘘ばっかりだよね、と言ったあの声が、どういうわけか蘇ったような気がした。

二

生まれてこの方、もう何度乗ったか分からないエレベーターの天井を見上げて、紅は蛍光灯がひとつ消えかけていることに気がついた。箱の中には誰かが注文したらしいピザの匂いが漂い、階数表示の光が、今にも居眠りしそうなテンポで上がっていく。

十階の表示が点り、不穏な揺れとともに扉が開いた。外廊下へ足を踏み出すと、モノトーンの街灯りが遥《はる》か遠くまで、冬の星のように眺められる。古びたマンションの自慢の種は、この寂しい夜景だけだ。

子供の頃からずっと暮らしているのに、賃貸だからなのか、仮住まいの意識がずっと消えない。ここは帰ってくる場所ではない、いつか離れるときがくる。なぜかそう思ってしまうのだった。

長い外廊下には部屋部屋のキッチンの窓が面していて、通り過ぎるたび、換気扇からそれぞれの夕餉《ゆうげ》の香りが漂ってくる。一人暮らしの自宅の窓が近づいたとき、なぜか灯りが点っているのが見えて紅は驚いた。足音を忍ばせて行って換気扇越しに耳を澄ますと、中の会話がもれてくる。男女二人の声のうち、片方が母親の奈津子《なつこ》だと気付いて、紅は胸をなで下ろした。彼女は都心の繁華街にクラブとラウンジを出していて、店の近所に自分の部屋を借りているから、ここへ帰ってくるのは珍しいことだ。

玄関を上がると、廊下のすぐ左が小さなダイニングキッチンになっている。年季の入った四人掛けテーブルについたまま、奈津子が、「あら、ただいま」と片手を上げた。彼女は常に自分の軸でものを言う。帰ってきたのは紅ではなくて、あくまで彼女の方なのだ。

「どうしたの？　急に」

「どうしたのって、人聞きが悪いわね。あんたがどうしてるか心配して見に来たんじゃないの」

それはないな、と苦笑しながら、紅は連れの男に軽く頭を下げた。新しい男が出来るたびにここへ連れてきて『私の原点はこのおんぼろマンションなの』と女一人の苦労をアピールしてみせるのが奈津子の手だ。金満家《きんまんか》の爺《じい》さんはそれでほだされるのだが、今度の相手は奈津子よりずっと若く見える。

こちら幸村《ゆきむら》さん、と奈津子が男の肩に触れて言った。四十そこそこに見えるその男は、さっと立ち上がると「飲食店コンサルタント」と書かれた名刺を紅に差し出す。もともと広告代理店に勤めていて独立したというから、奈津子の店の客かと思ったらそうではないらしい。

「サイラスカフェの出店のご相談を受けてました」

ああ、と紅はうなずいた。半年ほど前に奈津子が出した、昼間はカフェで夜はバルになる複合型の飲食店だ。昼の店も手がけてみたいと常々言っていたのが、やっと形になったらしい。

「母がお世話になりました。この人わがままだし、大変だったんじゃないですか」

幸村は否定はせずに朗らかに笑ってみせた。

「わがままだなんて親に向かって失礼よね。子供育てる方が百倍大変なんだから、ねえ」

今の言葉を祖母が聞いたらどう思うだろう。話を振られた幸村は、しれっと受け流す風に乾いた笑顔を浮かべる。愛想を見せても虚《うつ》ろな印象を拭えないのが不思議な男だ。

「サイラスカフェが順調なんで、二号店を出す話が持ち上がってるんですよ。新宿でテナントをいくつか見て、ちょうど夕食の時間にかかったんで、差し入れがてらご挨拶させて貰《もら》おうかと。お食事はまだですよね」

美味《おい》しいオードブルとバゲット、それにちょっと上等なワインを奮発して買ってきたのだ、と幸村は言う。

「有り難《がと》うございます。身体を動かす仕事なんで、お腹減ってるんです」

初対面の紅が喜びそうなものを、腹を空かせた最良のタイミングで持ってくる。そつなく人の機嫌を取りながらも、幸村の目はどこか荒《すさ》んでいるのだった。何を食ったところでどうせ死ぬんだし——今にもそんなことを言い出しそうで、紅はむしろ興味を引かれる。

「このあとお店に顔を出すから軽い食事だけどね。外で一緒に食べようかと思ったんだけど、あんたは仕事終わりで疲れてるだろうと思ってテイクアウトにしたのよ」

得々として奈津子が言うのを、幸村は苦笑してさえぎった。

「俺が考えたんじゃないか。奈津子さんは外で食べるって言い張ってたよ」

「あら、そういうことは黙ってるものよ」

堂々と答えて悪びれない。どんな小さな功も隙あらば自分のものにするのが彼女の流儀だ。

「いいから早く食べようよ。もうお料理出しちゃうからね」

紅はキッチンの流しに立って手を洗った。幸村は奈津子が動きそうもないのを見て取ると、自分で立ち上がる。

「家に帰ると何もしないんだ、この人は」

紅と何かを分かち合おうとするかのように、幸村は嘆いてみせた。代わりに家事をするのは自分、と言いたげな彼は、自分をことさら無害で平凡な男に見せたがっているように紅には思える。

「いいのよ。私はこの家の大黒柱なんだから。柱が動いたら困るでしょ。ねえ？」

紅はあえて無言のまま、年季の入った戸棚から手早く小皿を取り出した。

「ずーっと働いてこの子を食べさせてきたんだから、この後は何もしないでずっと面倒見てもらってもいいぐらい。なのに未《いま》だに休まず働いてるんだから、自分でも偉いと思うわ」

「奈津子さんは働きたくて働いてるんだろう。休んだら死んじゃうから」

「自分の為《ため》みたいに言わないでよ。こんなに頑張ってるのに可哀相《かわいそう》じゃない」

冗談なのか本気なのか、奈津子の声からは読み取れない。幸村が紅の背後でさっと冷蔵庫を開いた。他人の家のキッチンで遠慮するでもなく、かと言って図々《ずうずう》しくも見えない絶妙な仕草だ。

「テリーズキッチンのオードブルなんだけど、口に合うかな」

「それ、大好きです。自分でも時々買います」

しょっちゅう買うほど手頃な値段ではないけれど、ロゴがはいった袋を現場でもちょくちょく見かけるその店はかなり人気があった。中食《なかしょく》の類いは今や働く人々の命綱だ。自宅で手間暇かけてご飯を作る余裕なんて、誰にでもあるわけじゃない。それは、奈津子が何十年も前から生きてきた現実でもあるのだった。

思うところは色々ある。でも文句を言おうとするたびどうしても気勢を削《そ》がれてしまう。奈津子は本当に大黒柱だった。支えていたのは紅の生活だけじゃない。彼女は紅の誇りで、心の土台でもあったのだ。

紅の祖父は自動車ディーラーのトップセールスマンだった。頭がよくて話が上手い上にかなりの二枚目――祖母がことあるごとにそう褒めちぎっていたのは、早くに死に別れたせいだろうか。彼が売りに売った自社の車に撥《は》ねられたのは、奈津子が九歳の時だ。大黒柱を失った祖母はなりふり構わず働く羽目になり、誰にも構われずに育った奈津子は、大人の気を惹《ひ》くのが妙に上手い少女へと成長していった。

彼女が年齢を偽って夜の街へと飛び込んだのは十五のときだ。端正な顔立ちはもとより、人の気を逸《そ》らさない話術も父親譲り。男達の視線を養分に水際だって美しくなった彼女は、働く店をどんどんグレードアップさせていき、どの店でもたちまち売れっ子になった。

ティーンの彼女は、同世代の娘達とはまるで別の生き物だった。幸せな結婚の夢なんて甘ったるくて食えたものじゃない。どんなお大尽を捕まえたって相手が死ねば水の泡だ。いずれ独り立ちして自分の店を立派にやっていくと心に決めていた。

――あたしはね、愛なんてものは別に要らないのよ。お金だって実はおまけみたいなものでね。あたしが本当に欲しいのは他人を操れる力なの。男の人が自分の言いなりになるとき、心の底から幸せだと思うわ――

幼い紅を公園のブランコに乗せて、奈津子は活《い》き活《い》きと語ったものだった。よその母親はブランコの傍らに立って子供を注意深く見守っている。でも奈津子は隣のブランコに自ら乗って、同じように遊び、同じ方向をみて語り合うのだ。紅にはそれが嬉《うれ》しかった。よその子みたいに甘やかされるのではなく、対等に扱われる自分の方が大人で偉いんだという感じがしたのだ。

でも、と幼い紅は首を傾《かし》げる。愛なんて要らないというのなら、自分はなぜここにいるのだろう？

紅の父親は、奈津子の客の一人だったらしい。いい男だった。つい魔が差した。男の口から出る言葉なんて一つも信じたことはなかったのにあの時だけは全部本当に思えた──奈津子が後年、心の底から苦々しげに語ったのを紅はよく覚えている。浮かれた情熱のために自立の誓いをあっさり翻した奈津子は、運命から手痛いしっぺ返しを食らわされた。男には本妻があり、預けた婚姻届が出されることはなかったのだ。

奈津子は男の裏切りに傷つきはしなかった。「愛なんて要らない」というのは何よりも自分が大好きだという意味で、こんなときはむしろ、自分ともあろうものが手もなく騙《だま》されるなんて、と他人に操られた事実の方に腹が立つのだった。

口止め料として巻き上げた金で、奈津子は念願だった自分の店を出すことにした。何が入っても潰れる、と噂《うわさ》になっていたテナントを安く借りて、彼女はそれを見違えるような夜の城に変えていく。つまらん男に潰されてたまるかという意地の力もあっただろう。紅を祖母に預けっぱなしにして、奈津子はがむしゃらに店を切り盛りした。その輝くような生命力に、幾人かのパトロンが同時進行で引き寄せられる。揉《も》めることなくやりおおせたのは、おそらく彼女が誰のことも愛してはいなかったからだ。

最初の店について語るとき彼女は、怪我《けが》の功名だわ、と晴れがましい顔で誇る。自分もまた「怪我の功名」の中に数えられているのだろうか──その疑問は奈津子にぶつけられないまま、ずっと紅の中にある。ほとんど祖母に育てられながら、時々「ママ」として顔を見せにくるこの美しい女性を、紅は遠く仰ぎ見ていた。たまに撫《な》でてもらうのがまるで王族の一触れみたいに思えた。


「きれいに住んでるね」

薄く切ったバゲットにローストビーフを器用に載せながら、幸村は素直に感心した風に言った。テーブルの上は色とりどりの洋風惣菜《そうざい》で絵の具を散らしたように映えている。

「掃除はこまめにしてるんです。サボると大変だから」

紅は皿の隙間から慎重にワイングラスを取り上げながらきっぱりと答えた。自宅の掃除も手を抜かない、というのは紅の中では絶対の掟《おきて》だ。仕事柄、散らかった家で暮らすことの惨めさはよく知っているし、しっかり掃除が出来て住まいが整っていれば、その分だけ自分のことを好きでいられる。男に騙されても心を壊さずにいられたのは、家を磨き上げる習慣があったからだ。

「私の母が家事を仕込んだからね。よく働く娘になったわよ」

娘を誇っているというよりは、素人の女の子がいいホステスに仕上がった、という調子で奈津子は言った。

「奈津子さんはこの家にいなかったの？」

「お店絡みで色々あったからね、一緒に暮らせば危ないことに巻き込んじゃうかもしれないでしょう。私なりの親心よ」

それは嘘ではないのだが、かといって奈津子の本心でもなかった。複数の男をかち合わせないように捌くには同居人が邪魔になる。なによりも、彼女は自由でいたいのだ。

「じゃあ、紅さんはお祖母《ばあ》ちゃん子ってことか。ずいぶん可愛《かわい》がってもらったろうね」

この流れにふさわしい言葉をよどみなく――幸村のどこか作り物めいた問いかけに、紅は曖昧な笑みを返した。

祖母の辞書に甘やかしという言葉はなくて、生活のそこここに、たった一人の孫娘には決して奈津子の轍《てつ》を踏ませまい、という彼女の決意がちりばめられていた。中高一貫のお嬢様学校に入れられたのもそのせいで、勉強だってずいぶんさせられたものだ。自由で快適、とは言いがたい暮らしの中で、紅の唯一の息抜きは本を読むことだった。小説であれエッセイであれ、今の生活と関わりのない世界が描かれているものならなんでもいい。時間の無駄遣いには厳しかった祖母も、読書している分には何も言わなかった。まるで読んだ本の数だけ紅が奈津子から遠ざかるとでも思っているかのように。

「そういうのはこの子に関係ないわよ。母が亡くなったときも涙ひとつ見せずにしっかりしてたもの。強い強い」

流れるように喋《しゃべ》りながらも、奈津子はオードブルに入っていたエビの殻を剝《む》くことに気を取られている。

「亡くなったのは紅さんがいくつのとき？」

幸村は気遣わしげに問いかけた。

「ちょうど私が高校に上がったときです」

「四月だっていうのになごり雪の降る朝だったわよ。私はもう胸が張り裂けそうでさ、目が溶けるくらい泣いたわよ」

「奈津子さんにそんな心があるとはね」

「失礼ね。人を薄情者みたいに言わないでよ。そりゃあ悲しかったわよ。心の拠《よ》り所《どころ》が急になくなっちゃったんだもの」

嘘ばっかり、と言いたくなるのを、紅はぐっとこらえた。肝心なときに言葉を呑むこの癖は、一体何なのだろう。

「それじゃあ奈津子さん、しばらくはこの家で暮らしたわけだ」

「帰れるわけないじゃない。必死で働いてたんですもの」

そりゃひどいな、と幸村が呆れた声を出した。

「ひどくないわよ。私が頑張ったから紅の学費が出たんじゃない。母が私学に入れちゃったから高かったの。お店だって大変な時だったけど、まさか中退させるわけにいかないし、そりゃ必死だったわ、お店と娘と二つも重荷を背負って」

ああ言えばこう言う——ついさっき職場で言われたことを思いだして、紅は何か苦い気持ちになった。自分の舌鋒《ぜっぽう》なんて奈津子には到底及ばないし、そもそも彼女の前では完全に不発なのだ。

「学校楽しかったでしょ、私のお陰で」

茶目っ気たっぷりに奈津子が言った。上手く口封じされた自覚はあるのに、紅はつい肯いてしまう。奈津子は再びエビの殻剝きに夢中になっていて、もう紅の方を見ていない。

「そうかな。遊んでる暇なんかなかったんじゃないの？」

幸村はチラリと紅を見る。その目に同情の色がないので、紅はむしろホッとした。

「いいんです。ちゃんと部活もやったし、すごく楽しかったし」

「何やってたの？」

「演劇部です」

へえ、と心地よい響きの相づちが返ってくる。

「女優さんか、ぴったりじゃないか」

ぴったり、な訳がない。言いたいことではなく、言うべきことを言うのがこの人の流儀なのだろう。紅はかすかな親しみを幸村に感じ始めていた。

「そんなんじゃないです。脚本を書いたりとか、裏方ですよ」

元々芝居をやりたかったわけではなく、友達に頼まれて見学についていっただけだった。ちょうど通し稽古を見ることになって、その熱気に紅は魅了されてしまったのだ。歴史ある演劇部がちょうど創作劇に力を入れはじめた頃で、読書が好きだと自己紹介したら、じゃあ脚本を書かないかと声を掛けてもらった。人前に出るのが苦手な紅には願ってもない誘いだった。

「……裏方仕事でも、楽しい人は楽しいんでしょうねえ」

奈津子は気のない風に言ってエビの足をむしり取った。店では絶対やらないような混ぜっ返しがここではつい出てしまうのだ。家族の前で気を許しているのだろうと、紅はそう受け取ってきたのだが。

「舞台にも一度だけ出たことあるけどね」

そうだった？　と眉根を寄せて慎重にエビの頭を引き抜きながら奈津子が問い返した。

「……女王の役。前にも話したよ。忘れた？」

三年生の秋の学園祭でのことだった。女王を演じるはずだった部員が急に倒れて、紅に白羽の矢が立ったのだ。それまでもたびたび舞台に出るよう誘われて、その都度断ってきたのだが、このときばかりは引き受けざるを得なかった。

「そうそう、代役だったヤツね。覚えてるわよ」

忘れていた、と言わないのは幸村の手前だろうか。必要のない情報はすぐ処分する。だからこそ客については些細《ささい》なことでも覚えていられる。分かってはいても、毎度忘れられるたびに微妙に傷ついた。小さな擦り傷は蓄積して、衣服に隠れた見えない場所でとんでもない傷に育ち上がっているような気がする。

意趣返しとは言わないが、せめて奈津子を驚かせてやりたいと紅は思った。

「芝居の途中なのに拍手をもらったの。すごいでしょう」

うん、と奈津子は生返事をする。次のエビを手に取りながら、何か別の考え事に忙しくなっているようだ。

「後で待ち伏せしてファンレターをくれた子もいたんだから」

今まで手紙の話を持ち出したことはなかった。いつも代役に立ったいきさつを話した辺りで奈津子が飽きてしまうから、そこまでたどり着けなかったのだ。

「ファンレターって言っても、あんたが行ってたの、女子校じゃなかった？」

奈津子は顔をしかめてそう言ったなり、ティッシュをケースからひったくるように取り出した。

幸村がさっと話を引き取る。

「手紙にはなんて書いてあったの」

「女王様の演説で元気が出たって書いてありました。すごく心がこもってて、自分が励まされたみたいで泣きましたって。脚本は共同でやってたんですけど、演説の中身は全部私が書いたから、余計に嬉しくて」

「泣けるぐらいに心を込めて書いたわけだ。紅さんは優しいね、この人と違って」

幸村が目顔で奈津子を示して言う。紅は小さく笑った。

「だって、励ますのって楽しいじゃないですか」

奈津子が伸ばした爪の裏側を執拗《しつよう》に拭きながら言う。

「そういうのって大事よ。それでほだされる客もいるからね」

「そういうことじゃなくてさ、人を励ますと自分も元気になるじゃない」

「どうして？」

奈津子は心底不思議そうだった。

「……もういいよ」

急に疲れた気がしてふと息をつくと、幸村の視線が紅の上に留まっていた。小さくて表情を読み取りづらい目が、ほんのわずか、感情のさざ波らしきものを浮かべている。

「いいね。俺も励まされたいな」

単なるお愛想とみせかけたその言葉に、思いがけず実《じつ》があるような気がして紅はハッとさせられた。奈津子が目ざとく釘を刺す。

「あら、よそ見はダメよ」

「俺は忠実な僕《しもべ》ですよ」

幸村がそつなく答えた。芝居の型でも見せられているようなヤキモチごっこだ。よそ見、なんてありえない。母が恋人を連れてくることがあっても、男が紅によそ見したことなんて一度もない。結局、自分はそういうものでしかないのだ。それは美しい女の娘として生まれた紅の静かな諦めだった。

「まあ、女の子のファンレターだって良い思い出にはなるわよね」

奈津子は励ますように言う。その言い方をやめて、と言ったところで通じるはずがなかった。

「……私、仕事でも指名が多いんだから」

紅は強いて明るく呟いた。誰もいない場所で、自分一人に言い聞かせるように。

「ハウスクリーニングで指名なんてあるの？」

奈津子が訝しげに言う。

「どうしても私にやって欲しいってお客さんがいるから、指名制が出来たの。最近はずっとそういう依頼ばかりで、休みを取る暇もないんだから」

高卒で就職してから、もう十二年が過ぎようとしている。本当は進学するつもりでいたから、祖母が死んで一人暮らしになったあとも、紅は成績を下げないように必死で踏ん張っていた。でも学費の高さにうんざりしている奈津子にすれば、その努力は迷惑でしかなかったらしい。

——大学なんて、行っても行かなくても同じことなの。私を見れば分かるはずよ。もう充分遊んで気が済んだでしょう？

彼女の無関心の毒に触れたとたん、紅の中で張り詰めていたものが切れてしまった。幼い子供じゃあるまいし、頑張れば見ていてくれるなんてどうして思いこんだのだろう？　背伸びなどやめて、自分にふさわしい仕事に就こう。それが大人というものだ――。

ハウスクリーニングの仕事が決まったとき、紅の心は奇妙な安らぎで満たされていた。高校の友達は口を揃《そろ》えて「勿体《もったい》ないよ！」と言ったけれども、紅にとってその言葉ほど据わりが悪いものはない。

仕事の覚えが人より早く、先代の社長に目を掛けてもらったのもあって、紅はどうにかここまで働き続けることが出来た。たった一人で片付け続けたこの家と同様、働くことへの誇りもまた大事な心の支えだ。軽くあしらわれたくはない――そう身構えた紅に、奈津子はふっと声を低めて切り出す。

「……あんた自身にそれだけ客がついてるなら、さっさと独立すればいいのに」

「えっ？」

「前から愚痴ってたじゃないの。給料はいつまで経《た》っても上がらないし、危ないゴミ屋敷に入ったってまともに手当も付かないって。そんなところ辞めて、自分の会社で儲《もう》ければいいのよ」

「そんなこと出来るわけないでしょう。何言ってるの」

反射的にそう答えてしまった。幸村が不思議そうに問い返す。

「どうして？　開業するのにライセンスでも必要なの？」

「そうじゃないですけど……」

改めて聞かれてみると、出来ない理由は別にない。そう気付いた途端、紅はどういうわけかひどく慌てて、先刻の事務所での会話を引っ張り出した。

「……辞めないで欲しいって言われてるの。私がいなくなったらあとが回らないからって」

「だったらなおさらよ。辞めないでって言われる人間は、辞めてもやっていける人間なんだから。そうじゃない？　うちから独立した女の子なんて、辞めないでってすがりつきたくなるような子ばっかりだったわよ」

諭すような調子でそう言うと、奈津子はゆったりと息をついてみせた。心地よい間を置いた後、今度はぐっと落ちついた声音で語り出す。

「ねえ紅、私が昼の店を出したのは今回が初めてじゃないのよ。覚えてる？」

紅は肯いた。奈津子は十年程前にもレストランを出したことがある。看板シェフの急病で頓挫して借金ばかりが残ったが、そこから着々と挽回《ばんかい》して、再びの挑戦にこぎ着けたというわけだった。

「前のまま、夜の世界に安住していても別に良かった。でもね、私はなんとかして新しい世界を見たかったの。人間には、今という時しかない。今を精一杯生きるには、過去の自分の枠組みに閉じ込められてちゃだめなのよ」

似たような話を前に聞いた気がする――頭の隅でぼんやり訝しみながらも、紅はいつしか彼女の語りに釣り込まれていた。さらに引き込もうとするように、奈津子の声は低く、力強くなる。

「紅、何に義理立てしてるのか知らないけどね、一度悪くなった待遇がよくなることなんてないの。もう自分をすり減らして働くのはやめなさい」

紅は耳を疑った。あの奈津子が、自分の事を心配してくれている。

「今みたいな働き方してたら、いずれ身体を壊しちゃうわ。もっと上手くやる方法を考えるのよ。あんた賢いんだから、分かるでしょう？」

賢い、という言葉が紅の脳裏でリフレインした。彼女の口からそんな言葉が出るなんて、一体何が起こっているのだろう。

「ねえ紅、私と一緒に外海へ出ましょうよ。自分の中に閉じ込められてちゃだめ。ぼんやりしてたら、人生はすぐに終わってしまうんだから」

それはまさに、王族の一触れなのだった。

三

会社を辞めて独立する――。

あり得ないと思っていたことが、奈津子の言葉一つで魔法のように現実味を帯びてきた。

ただし紅一人の働きでは出来ることに限界がある。例えば、強度の汚部屋を一日で空にしてほしい、といった急ぎの依頼には応じられないし、庭までゴミで埋め尽くされた一戸建てなども、物量的に難しい。

幸村からの提案で、ターゲットは主に単身女性に絞ることにした。売りは「お掃除をしながらのメンタルケア」だ。

――片付けながら、あなたのお話をじっくりお伺いします。秘密は守りますから、どんなことでもお話し下さい――

今の職場では全く評価されていない、そして紅自身気にも留めていなかった心遣いの部分を、「売り」として前面に打ち出せと幸村は言うのだった。

依頼主の心に寄り添うのも仕事のうちだし、それが出来る自分を紅は誇りに思ってきた。でも幸村に言わせれば、『仕事へのプライド』というのは自己満足の変形に過ぎないのだという。そうした熱意を、会社は無料で使い倒すものなのだと。身も蓋もない言い方に反発しながらも、紅がとっさに思い出したのは、事務員の小林の愚痴だった。

——今はもう、心遣いに値段なんかつかないし、評価もされないいんだから。

そう、それが実態だった。別れた男がそうだったように、会社もまた、紅の心を搾取していたのだ。

紅は愚痴だけで終わらせるつもりなどなかった。起業する、とひとたび腹をくくってしまえば、不安よりむしろ高揚感が勝ってくる。半年ほどかかって準備した後に、紅はとうとう長年勤めた職場を去ることになった。辞めさせてほしいと告げても、上司は引き留めるでもなく、惜しむでもない。ただ面倒くさそうに「いつ？」と尋ねただけ。彼らにとって紅は、古参の大事なスタッフではなく、取り替えのきく駒に過ぎなかったのだ。もう義理立てする必要などない。顧客の連絡先はあらかじめ書き留めてある。安く使い倒されてきたのだから、そのリストを利用することを決してためらうまいと紅は思った。

ひらいた大窓の向こうから、河水に混じった汐《しお》の香りが流れ込んでくる。

河口にほど近いゆったりとした流れの向こうには、澄み切った冬の空を支える柱のようにオフィスビルが立ち並んでいる。その晴れやかなガラスの輝きに向かって、アーチ型の橋梁《きょうりょう》が一本、上機嫌な子供のスキップみたいな軌跡を描いていた。

「ねえ、紅ちゃん」

紅は四十五リットルのゴミ袋を開きながら「何？」と振り向いた。人工大理石のキッチンカウンターから、広々としたリビング・ダイニングにかけて浅くゴミが散らばり、美しい革張りのソファ周りがアルミやプラスチックの鮮やかな色で埋められている。場所がらが変わっても、紅の仕事は変わらない。

「この前来てもらったとき、夫とのなれそめって話したっけ？」

リビングの隅に置かれたマッサージチェアの上から物憂げに問いかけたのは、依頼主の船場《せんば》薫《かおる》だった。部屋着姿でもどこか垢抜《あかぬ》けて見える美しい女性だが、肘掛けにしなだれかかった姿には気力が全く感じられない。

「どうかなあ、まだ聞いてないと思うけど」

辺りに散らばっているのは、空き缶や空き瓶、それに弁当のパッケージといった定番のゴミばかりだが、デパ地下由来の高価なものが多いせいか、金銀の華やかな色彩に横文字の洒落《しゃれ》たデザインが見え隠れして、普通の汚部屋よりずっと豪華に見える。紅はまず、圧倒的に多い空き缶から拾うことにした。どれもアルコールの類いで、度数の高さにギョッとさせられる。とても一人で飲んだとは思えない量だ。

「まだ話してなかったたっけ……。じゃあ、今日はその話をしようかな」

薫は嬉々《きき》として、頭の中で思い出のネタ帳を繰りはじめる。

紅が独立してから、もう半年が過ぎようとしていた。奈津子に独立を勧められたあの夜からは、ちょうど一年になる。

初めのうちこそ集客に苦戦したものの、「どんなに汚してもニコニコしながら片付けてくれるし、汚部屋を見られた後では、見栄《みえ》をはらずに何でも話せて癒やされる」という評判が次第に広まって、今は軽いハウスクリーニングの依頼から本格的な汚部屋まで、そこそこの案件を抱えるようになった。顧客アンケートに「掃除だけじゃなくむしろ会って話をするのが楽しみ」という内容が多いのは、幸村の戦略が図に当たった証拠だ。

薫は独立してから新しくついた客だった。作業の初日には、LDKのスペース一面が腰の高さまでゴミで埋まっていて、一週間ほど通い詰めになったのを思い出す。空き缶と弁当がらの山を掘りに掘った底にぺしゃんこの高級バッグが埋もれていたりと、古い地層のあちこちから出土するブランド品やジュエリーが、以前は華やかだったらしい彼女の暮らしぶりを物語っていた。

薫はその後もちょくちょく依頼してくるようになった。だいたい二週間おきだが、その間に出たゴミと脱ぎ捨てた衣服が毎回きっちり溜《た》まっていて、片付けた形跡は全くない。リピートが頻繁で金払いも良い上客なのだが、『自分で片付けたらあなたを呼べなくなるじゃない。このままでいいわ』と力なく笑うのを見るにつけ、べったりと寄りかかられるようで気が重かった。

「その頃私、夫の会社に勤めてたのね。ずっとPRの部署にいて、五年目くらいだったかな」

うつむいて空き缶を拾い続ける紅の横顔に向かって、薫は夫と知り合った頃の話をはじめていた。

「へえ、花形じゃない」

年齢は彼女の方が十歳ほど上なのだが、何度か頼まれるうちに、お互い敬語は使わないようになっている。

「全然。ＰＲって言っても宣伝ばかりじゃないのよ。何かあったときに上手く謝るのも仕事のうちなの。私の場合、むしろそっちがメインだったぐらい。通販の会社だから、扱ってる商品の不具合なんかもあってね……」

当時どんなトラブルがあったのか、紅の知らない商品名をあれやこれやと挙げながら、昨日のことのように彼女は語った。注意深く相づちを打ちながら、紅は中腰で歩き回って缶を拾い上げ、開いて置いたゴミ袋へと玉入れのように投げ入れていく。広く薄く分散したゴミを集めるにはこの方が早いのだ。どうか腰に来ませんように、と祈るような気持ちの紅に、薫はまるで飢えや渇きでも満たすように自分語りを続ける。

「……そういうのはまだよかったの。商品のことって所詮はうちの責任じゃないからね。一番大変だったのは顧客情報の流出のとき。夫が……その時はまだ夫じゃなかったけど、すごく追い込まれちゃって、『なんだこの謝罪文は、読まされる俺の身にもなってみろ』って、わざわざ八つ当たりしにくるわけ。それで私もカッとなっちゃって、つい大声で怒鳴り返したの」

「社長に向かって？」

紅はゴミから目を離さずに声だけで驚いてみせた。

「そう、社長に。あのころ私、言い返すのはすごく得意だったのね。だから皆の分までやり返してあげたの。物怖《ものお》じしなかったせいで、かえって気に入られたみたい」

へえ……と相づちをのばしながら空き缶を摑んだ瞬間、親指に痺《しび》れるような痛みが走った。腰痛より先に腱鞘炎《けんしょうえん》が出たらしい。予約が詰まって休みが取れないせいで、身体のあちこちが悲鳴を上げている。

「薫さん、結構強いんだ。優しそうに見えるのに」

おべんちゃらを言いながら拾う手を替えた。薫は表情を曇らせる。

「……優しそうじゃなくて、ボーッとしてるって言いたいんでしょう？」

紅はハッと手を止めた。

「そんなことないって」

「いいのよ嘘つかなくて。結婚してから別人みたいだって言われるもの。夫に言われたの。結婚したからには中途半端に働いたりしないでほしい、軽々しく出歩くのもやめてくれって。あの約束さえなかったら、もっと良い人生だったかもしれないのに」

その話がはじまったか——オーバーワークの右手をさすって紅は小さく息をついた。薫は若い頃に仕事も遊びも存分にやったらしく話題は豊富なのだが、どの話にも必ず「昔は良かったのに結婚してダメになった」とオチがつくのだ。働くことはもちろん、友達に会うことすら嫌がられて、気付いたら世の中との繋《つな》がりが切れてしまっていたと。

客の話に耳を傾けるときには、あえて疑いを差し挟まず、ありのままに受け止めるのが紅の方針だ。それでも、薫の話に滲む違和感は次第に無視できなくなっていった。何故彼女は、今からでも思い切って働こうとしないのだろう。それをさせないほど高圧的な夫なら、何故こんな汚部屋を許しておくのだろう。何もかも不自然だが、さりげなく水を向けても、薫は華やかな思い出話で煙幕をはって答えをごまかすばかりだ。

「今どき、仕事を辞めたい女の人は多いと思うけどな。稼いでもらって専業主婦になるなんて贅《ぜい》沢《たく》な夢じゃない」

「そんなの幸せでも何でもないわよ。まるでこの部屋に閉じ込められて、どんどん空気が減っていくみたいなんだから」

「そんなわけないって。ほら、窓は開いてるんだし」

薫はやにわに眉をつり上げた。

「ちゃかさないでよ。本当に苦しいんだから」

泣いてもいないのに泣いているような声だった。沈黙がしばし、重苦しく淀《よど》む。

「……薫さんは、閉じ込められてないよ」

黙っている方がいいのかもしれない。彼女は現実を変えたくないのだから。でも彼女の暮らしぶりを見るにつけ、ひどく危ういものが潜んでいる気がして、紅は放っておけなかった。

「薫さんはいつでもこの家を出られるんだよ。外に出れば、きっと楽しいことがあるよ」

「……もう出来ることなんか何もないのよ」

薫は無言のままマッサージチェアのリクライニングを倒した。紅の存在をシャットアウトするように、天井を向いて寝転がる。

「差し出口で悪いけど、本心から言ってるの。そうやって寝転がってるのが薫さんの本当の姿だとはどうしても思えない。仕事を見つけて働きに出れば、きっと変われるよ」

薫は拗《す》ねた子供のように押し黙っている。

「薫さんにこのまま終わって欲しくないんだよ。旦那さんの言うことなんか無視したっていいじゃない」

「それはダメ」

薫は即答した。

「どうして？」

「……あの人との約束を破ったら、私が消えてなくなっちゃう」

言葉通りに、消え入りそうな声だった。薫は泣いている。部屋に吹き込む川風にかすかな嗚咽《おえつ》が乗って、悲しみが部屋を巡っていく。

彼女の痛みが、今まさに、見えない扉を押し開こうとしているのだと紅は感じた。タイミングを逃せば、二度と開くことはないかもしれない。

「薫さんは消えたりしない。私が話を聞いているから」

紅はそっと言葉を置いた。

「誰かが話を受け止めていれば、自分がちゃんと存在してるって分かるでしょう？」

ふてくされた沈黙が、寝転がった彼女の上にわだかまる。秒針の音をいくつも数えて、紅が半ば諦めかけた頃に、彼女は小さく呟いた。

「あの人、本当はもう帰ってこないの」

ああ、ドアが開いた。紅は静かにその言葉を受け止める。

「もう別の家があって、そっちに子供もいるの。私には何もない。あの人との約束以外、もう何も残ってないのよ」

やっと彼女の心に触れた。かさぶたをはがすみたいに心の扉を開けた痛みが、向き合う紅にも伝わってくる。

「……薫さんは、約束を守り続ける限り、ずっと奥さんでいられると思ってるんだよね？」

紅は慎重に切り出した。薫が扉を開けたのは、心まで腐らせそうなゴミに耐えかねたからだ。彼女を過去に繋ぎ止める不要品、目に見えるゴミより先に、それをこそ処分しなければ。

「薫さん、言いづらいけど言うね。旦那さんはもう、その約束を覚えてないと思う。守っても、何の意味もないんだよ」

嗚咽が大きくなった。でも受け入れている。彼女は誰かにそう言ってほしかったのだ。

「薫さん、今からでも人生を立て直そう。終わりにするにはまだ若すぎるよ」

「もう遅いわ。立て直す意味なんかない。ゴミの中にいた方がまし。私にはこれがお似合い」

薫は片手で顔を覆ったまま、もう一方の手で、ゴミ箱そのものと化した部屋を指さした。

「本当にそう思ってるなら私を呼んだりしないよね？」

我知らずドスの利いた声になった。腹が立つのは、目の前で潰れている彼女の姿がかつての自分に重なるからだ。紅は今すぐ彼女を引っ張りだしてバイトの面接にでも放り込みたい気分だった。毎日が忙しくなりさえすれば、悲しみはベルトコンベアに載ったみたいに、過去へと流れていくはずなのに。

「ねえ、旦那さんとの約束は捨てて、私と新しい約束をしようよ。何があったら頑張れる？　美味しいものでも何でも、次に来るとき持ってきてあげるから」

お酒以外で、と釘を刺そうとした矢先、迷いのない声で薫は答えた。

「夫を連れてきて。一度だけでいい。帰ってきて話せるなら、私、それだけで元気になれるかもしれない」

だから、それをやめようと言ってるのに――その執着のせいで彼女は起き上がる力すら失っているのだ。

「本当に一度でいいの。なんなら、そういう希望があるだけでいい。私、結婚したときに、夫と引き換えに他の全てをなくしてしまった。せめて一度顔を見なくちゃ、踏ん切りをつけることも出来ない」

可哀相だと感じる自分は甘いのかもしれない。でも彼女には過ぎた重荷なのだ。耐えられる重さなんて人それぞれなのだから。

その辛《つら》さから、一瞬目をそらすだけでもいい。外で働けなくたって、家で出来ることは沢山ある。まずはハウスクリーニングの手伝いをして貰おうと紅は思いついた。つかの間でも夫のことを忘れれば、それが前に進むきっかけになるかもしれない。

紅は何気なく窓の方を見た。二週間手つかずだったガラスには、雨だれの跡がうっすらと残っている。

「……ねえ薫さん、とりあえず窓だけでも磨いてみない？」

遠い昔、どこかで聞きかじったジンクスが、ふと魔が差したように浮かんできた。

「窓を拭いてきれいにすると、ずっと待ってた連絡が来たり、縁が切れた人が帰ってきたりするらしいよ」

それは、嘘と呼ぶのも大げさなくらい、他愛のないデタラメだった。もしも薫が乗ってくれなかったら、ただの冗談だと流してしまうつもりでいたのだ。

薫は何かにつかみかかるような勢いで、ほとんど水平になったマッサージチェアの上に身を起こした。

「紅ちゃん、それ本当？」

死んだはずの誰かに再会したような顔つきだった。嘘でした、なんてとても言えない。

「窓って、ほら、他人との交流の気が出入りする場所だっていうからね」

口から滑り出た奇妙な理屈に紅は驚いた。こんな言葉を一体どこで聞いたのだろう。

「こうりゅうのき……？」

薫の表情がいぶかしげに曇る。紅は慌てて言葉を継いだ。無意識に覚えていたらしい言い回しがすらすらと口をついて出てくる。

「誰かと話すときって、言葉だけじゃなくて、お互いの気配もやりとりしてるんだよ。気が交流するの」

ああ、これは奈津子の言葉だ。ようやく思い当たって紅は驚いた。子供の頃に小耳に挟んだ話が、こんなに鮮やかに蘇るなんて。

「へえ……」

「窓は外の世界との接点だからね。きれいにして気の流れを活発にしておくと、人との関わりが増えるし、人を惹きつけやすくもなるんだよ」

「窓を磨いたら、あの人も帰ってくると思う？」

普段は眠たげな目に、いつにない光がきざしていた。

「試してみたら分かるんじゃないかな」

それも定番の答え方だった。あなたの言うことは本当なのか、と不安がる客には「まず自分でやってみなさいよ」と言い返す。何の答えにもなっていないが、奈津子が自信満々に押すと、大抵の客は丸め込まれたものだった。

「……私、やってみようかな」

薫はそう言ってマッサージチェアから降り立った。やっと話を聞き入れてくれたのだ。手放しで嬉しいはずなのに、紅がその瞬間感じたのは、なぜか奇妙な胸騒ぎだった。

「紅ちゃん、やり方教えてくれる？　どうせなら、思いっきりきれいにした方がいいわよね」

重要事項でも確認するように言って、薫は急ぎ足でリビングを出て行った。廊下の隅に掃除道具をまとめて置いてあるのだ。

「ちょっと待って！　今準備するから」

紅は慌てて後を追った。薫はまるで聞いていない。窓拭き用のマイクロファイバークロスを、ものに憑《つ》かれたように手に取っている。何気なく持ち出した話がここまで彼女の心に食い込むなんて考えもしなかった。

「ねえ紅ちゃん、頑張ってきれいにすれば、本当に帰ってくるよね？」

「そんなに気負わないでさ、楽しくやろうよ」

「楽しむ余裕なんかないのよ、私」

深い水底へ決死の覚悟で潜るような調子で薫はそう呟き、黄色いクロスを握りしめて、河水の流れを映した掃き出し窓へと向かっていった。まだ拾い終えていないゴミが、彼女の足下で音を立てて潰れていく。

「薫さん、待ってよ！　先に水拭きしなきゃ」

紅はバケツを抱えて浴室へと向かった。さっきの胸騒ぎが、作業着のポケットの下で次第に膨らんでくる。これで本当によかったんだろうか——その不安を打ち消すように紅は蛇口を思い切りひねって、バケツを押さえる両手に冷たい水のしぶきを受けた。

四

『窓が明るくなれば』という迷信を奈津子から聞いたのは、彼女がかつて零落し、電話占いのアルバイトをしていたときのことだ。

当時の奈津子は三十過ぎで、今の紅と同じ年回り。はじめに小さなスナックを出してから十年余りの時が流れて、紅は小学校の高学年になっていた。

店はリニューアルを繰り返しながら少しずつ大きくなって、そこそこ高級なクラブに化け、女の子を何人も使うまでに成長したのだが、不況の影響で畳まざるを得なくなった。ＩＴバブルがはじけ、売掛金の焦げ付きはもとより、客に乗せられて買った株が暴落して、奈津子の個人資産まで危うくなったのだ。

巻き返しを図る奈津子に、「上手くやれば良い稼ぎになるから、一緒に占い師をやらないか」と声を掛けたのは昔のホステス仲間だった。

その女曰《いわ》く、占い師に求められているのは未来を当てるスキルではないのだという。大事なのはむしろ、相手の話を上手く引き出して気分を盛り上げたり、じっくり聞き入って慰めたりする会話の腕だ。一分の通話ごとに課金がされて、話を長引かせればそれだけ儲かるシステムになっているのも、会話が命の水商売とは相性が良い。

紅が学校から帰ってくると、奈津子がダイニングのテーブルで客と通話している姿が真っ先に日に入った。テーブルの上に百円ショップで買ったトランプが置かれているのは、占断に使うためではない。演出としてカードを切る音を聞かせるためで、彼女の鑑定は一から十までお芝居なのだ。赤の他人の悩みに無責任な助言をするその姿は、不思議なくらい活き活きとしていた。

そのとき奈津子が聞いていたのは、『彼と長い間音信不通で悩んでいる、いつになったら連絡をもらえるのか』という話のようだった。

相談内容としては、定番中の定番だ。だが『待っても時間の無駄だから、諦めて次の人を探しなさい』と親身になってアドバイスするのは愚の骨頂。話がすぐに終わってしまうし、誰も正論なんか聞きたくないからリピートに繋がらない。しかし『近いうちに連絡がある』という嘘はいずれバレてしまう。

奈津子の答え方は大体決まっていた。まずは見通しが明るくないことを告げ、相手を不安に陥れる。そこでたっぷり同情した後、『大丈夫、私が言うとおりにすれば未来は変えられる』と、運命改善の処方箋を出すのだ。これなら話を引き延ばしてたっぷり金を取れる上に、客の心証も良くなる。失敗すれば『指示どおりに出来なかった相談者のせい』になるし、上手く行けば『先生のおかげで救われた』と更に依存させることができる。

「眠る前に、窓を掃除して部屋が明るくなるイメージをしてごらんなさい。その通りの夢を見られたら、遠くない時期にきっと彼から連絡が来るから」

奈津子曰く「窓が明るくなる夢を見ると吉報《きっぽう》が来る」という俗説があるのだという。狙ってその夢を見ることで、逆に現実を動かしてやろう、というのが彼女のアドバイスだが、そんな理屈が通るものだろうか？　紅は戸棚からおやつの袋を取り出して首を傾げた。電話の相手も似たようなことを聞き返したらしい。だが奈津子は臆することなく答える。

「つまりね、人と人との交流の気、というのは窓や玄関を通じて出入りするものなの。夢と現実は互いに影響し合っているから、あなたが強いイメージを持てば、実際に気の通り道がきれいになって、人との関わりを持ちやすくなるというわけよ。素敵でしょう？」

有無を言わさずたたみかける。思いつきで答えたように見えるが客は納得したようだ。奈津子の堂々たる物言いは、弱っている者にはかえって頼もしく響くのかもしれない。それに誰だって「頑張ればなんとかなる」話の方を信じたいだろうし。

「……そうそう。まずはしっかりとイメージを作ることね。それだけじゃなく、現実的な努力をかさねて、あなたの気力と運気も高めていくのよ。そうすれば、物事が思い通りに動く確率はぐっと上がるから」

奈津子は具体的なアドバイスを次から次へと繰り出した。現実を変えるには、あなた自身が物理的に動くことが大事。休日には運動をして、用がなくても街を歩き回ること。部屋は掃除して空気の入れ換えをすること。水回りが詰まっているなら良く流れるように——矢継ぎ早にまくし立てる。客は言われたことを覚えるだけで精一杯、疑う余裕もない。

自信たっぷりの奈津子の語りには、どんな屁《へ》理屈も本当らしく見せる魅力があった。奈津子を頼って何度もリピートする客は多かったが、サービス料は一分あたり二百九十円、長話が積み重なれば月々の支払はバカにならず、鑑定料のために借金を背負う者もいた。元手はゼロだから、奈津子のトークはほとんど錬金術みたいなものだ。

彼女が受話器を置くのを見て、紅はすかさず問いかけた。

「今言ってたこと、どれぐらい本当なの？」

どんなに怪しい屁理屈だって、お金を取って教えているのだから全くデタラメのはずがない、紅はそう思わずにいられなかったのだ。

奈津子は呆れ顔で紅を見た。なんてバカな子だろう、そんなのどうでもいいことなのに――顔にそう書いてある。

「これは仕事なんだから、向こうが望んでることを言ってあげなきゃいけないの。覚えときなさい。商売が絡んだら、正しいも間違ってるもないのよ」

彼女は全く悪びれることなくそう言ったのだった。


その日の船場邸のクリーニングは、思いがけずいい形で片がついた。薫が別人みたいによく働いてくれたのだ。

紅がゴミを拾い上げ床を拭いている間に、彼女は慣れない道具に手こずりながらなんとか全ての窓を磨き上げ、終わった頃には珍しく汗ばむくらいになっていた。

「私、もう自分に出来ることなんて何もないと思ってた。ただ夫が帰ってくるのをボーッと待ってるしかない、私の残りの人生は、そうやって終わるんだって」

紅の帰り際、玄関先まで送りに出た薫は、半開きのドアにもたれかかったまま、何か吹っ切れたような声でそう言った。

「でも、そうじゃなかった。私にもまだ出来ることがあったのね」

そうして彼女は静かに微笑むと、紅ちゃんありがとう、と穏やかな声で付け足したのだ。その顔には、血色が良くなったというだけでは説明のつかない輝きがあった。

紅は今、薫のマンションから見えるアーチ型の跳ね橋を歩いて渡るところだった。風があまりに清々《すがすが》しいので、コインパーキングの料金がかさんでもいいから少し散歩したいと思ったのだ。清掃中は無意識に息を詰めるから、仕事の後の爽やかな外気は何よりのごちそうだった。

一時間ぐらいで車に戻れば、夕方の仕事には間に合うだろう。お店のランチには少し遅いし、陽射しも暖かいから、川岸でコンビニご飯にしようと思った。仕事で痛めがちな腰を真っ直ぐに伸ばして、すでに春めく気配の青空を見上げながら歩いて行く。歩を進めるうちに、考えは自然とひとつのことに収斂《しゅうれん》されていった。

薫に、あんなことを言って本当に良かったのだろうか。

もちろん、奈津子に倣って現実的なアドバイスも忘れなかった。掃除が済んだら、旦那さんに直接連絡すること。どうしても返事が必要になるような用件を上手く考えてね、と。こんなことで連絡がつくなら世話はないが、怖いのは上手く行ってしまった場合だった。奈津子の電話占いに依存して大金を失ったのは皆、最初の相談がたまたま解決した客なのだ。彼女自身が武勇伝のように語っていたからよく覚えている。

橋を渡り終えても答えは出ない。対岸の街に入って、急に増えた人波の中をしばらく歩くと、コンビニの看板が目に入った。外で食べるときはいつもそうするように、サンドイッチと飲み物を買って外に出る。

と、地下鉄駅への降り口のそばに、見覚えのある人影を見つけた。まるで棒人形みたいな、ひょろりと背の高い男。

幸村だ、と気付いて、紅は息をのんだ。

誰かと挨拶を交わしているらしい。感じのいい笑顔で何度も頭を下げていたのが、相手が階段へと消えた途端、一瞬にして無表情になるのが分かった。虚無を見ているような、あるいは自分が虚無そのもののような、あの不穏な顔つき。

紅は片手を大きくあげて幸村の名前を呼んだ。声は川辺《かわべ》から寄せる風の中に思いのほか通って、辺りを行き交う人々が怪訝《けげん》そうな視線を向けてくる。紅に気付いた幸村が、小さな目をはっと見開いた。

「やあ、仕事?」

やわらかそうなレザーコートの裾を翻して、幸村はゆうゆうと歩み寄ってくる。紅は作業着の上からキャンプ用の防水コートを羽織っただけの格好が急に恥ずかしくなった。

「近くのマンションで依頼があったんです。幸村さんも仕事ですか?」

幸村は肯いた。この交差点からもう少し歩けば奈津子の店のある街だ。そちらの用向きだったらしい。

「外で食べるなら付き合おうか?」

コンビニ袋の中身が透けていたのか、幸村は目顔で大橋の方を示してそう言った。

「幸村さんも何か食べるんですか?」

「いや、今食べてきた」

「じゃあいいです、悪いから」

「時間余ってるからいいよ。俺も外の空気が吸いたいし」

紅を促して、ちょうど青になった信号を幸村は渡りはじめた。紅は慌てて後に続く。

「今だって外ですけど？」

敢《あ》えて意地悪く言い返すと、幸村の乾いた笑いが肩越しに届いた。屋外を歩きながら、これ以上どこへ出て行くというのか。そこに現実から逃れようとする心の傾きを読み取って、紅は少し戸惑う。

大橋のたもとから川沿いに曲がって、土手道《どてみち》を少し歩くと、オフィスビルを見上げる場所に小さな公園があった。昼時には混み合いそうだが、今は不思議なくらい静まり返って、誰もいない。

川に向かって突き出した飛び込み台みたいなスペースに、ちょうどベンチが据えられている。二人は並んで座り、紅はジャスミンティーを、幸村は通りすがりに自販機で買った缶コーヒーをあけて、めいめい口をつけた。

「最近、会社の方はどう」

幸村が問いかける。辺りはビル街のすぐ裏手とは思えないくらいに静かだった。二人の声の他には、吹き上げてくる風の音しか聞こえない。

「おかげさまで、依頼はかなり増えました」

「ちょっと疲れてるんじゃないの」

「そんなことないです。休みがないのはいいことだし」

疲れてます、と素直に返せばいいのに、なぜかそうできないのがもどかしかった。

「遠慮は要らない。コンサル料はタダだ」

おどけて見せたのは紅への気遣いかもしれない。「本当ですか？」と問えば「奈津子さんにつけとく」と返す。声を合わせて笑いながら、話してみてもいいような気分になった。

「……お客さんの話を聞くのって、つくづく大変だなと思って」

幸村がふっと表情を曇らせた。

「そこを売りにしろって言ったのは俺だ。責任重大だな」

そんなつもりじゃ、と紅は慌てて話題を引き上げようとしたが、幸村は続きを促す。遠慮しながらはじめた話は、やがて止まらなくなった。予約の電話だといいながら延々愚痴を聞かせる客。作業が終わった後も紅が帰るのを邪魔して、自分の気が済むまで喋り続ける客。そうした困りごとを幸村の前で語り続ける自分まで、彼らの仲間になったような気がする。

「際限なく聞いちゃだめだ。どこかでけじめをつけないと」

「……でも、お客さんが離れちゃうのが怖いし」

思ったよりも話を聞いてもらえない、すごく期待してたのに——そう言われたらどうしよう。ましてネットに書き立てられでもしたら。想像しただけでゾッとする。

「自覚してるか分からないけど、君には滅私奉公の癖がある。話を聞くのはあくまで掃除のおまけだ。清掃中でないなら、時間を区切って聞くこと自体に課金した方がいい。対価をもらうことは重要だよ」

結局自分は会社にいた頃と何も変わっていないのだ、と紅はしょぼくれた。求められる以上のものを差し出して無意味にすり減るばかりの愚かなやり方を、未だに繰り返している。

いっそ自分なんてものを脱ぎ捨てて、過去が追いつけないところまで逃げていけたらいいのに。

目の前には、嘘みたいに広々とした景色が開けていた。遥かに冴《さ》え渡る空の下、遠く川向こうには薫のマンションが見え、その向こうにも建物が連なって、小さな窓の群れが小鳥みたいに並んでいる。空の青さも水の広がりもたがが外《はず》れたようで、紅は意味もなく大声を出したくなった。

「……すごくいい眺め。なんだか偉くなったみたい」

「また下々の者に演説でもするか？」

「演説？」

「女王役で拍手喝采をもらったって言ってたじゃないか。高校生のとき」

サンドイッチを取り出しながら紅は目を丸くした。

「よく覚えてましたね」

「言ったじゃない。俺は女王様に励まされたいんだよ」

冗談めかして幸村が言う。紅はひとしきり笑ってからカツサンドにかぶりついた。しっかり食べなければ体力が保《も》たないからいつもこのメニューなのだが、今日だけは野菜サンドにでもすれば良かったと後悔する。

どんな芝居だったの、と尋ねる幸村に、紅は遠い記憶をたぐりながらあらすじを語りはじめた。

あれは確か、強大な隣国に支配された小国家の物語だった。紅が演じた女王は、実は虜囚の身で幽閉されていたのだ。主人公は若い兵士達。彼らは宗主国に反乱を企てるのだが、計画はあっけなく露見し囚われてしまう。王城には二つの塔があって、片方に女王が幽閉され、兵士達はもう片方、それぞれが独房に閉じ込められているのだった。

塔の頂の小さな窓から、女王だけは兵士達の閉じ込められた小さな窓の連なりを見渡すことが出来る。そこで彼女はある日、声を張り上げて彼らに呼びかけるのだ。そこはあなた達の居場所ではない、立ち上がれ、と。

兵士達の反乱は女王を戴《いただ》いてひとたび成功したものの、やがて悲惨な末路を辿《たど》る。女王は早々に敵の矢に斃《たお》れ、若い兵士達は中立国との国境を目の前にして皆殺しの目に遭うのだ。生き延びたのはたった一人の小姓だけ。彼が単身山を越えて国境に立つところで芝居は終わるのだが、今思い返してもとても高校演劇とは思えない悲惨な内容だ。

「なんでこんな話を書いちゃったんだろうって、友達と言い合ってたんです。お客さん、途中で出て行っちゃうねって」

「でも結局ウケたんだろう?」

一つ目のカツサンドをすっかり平らげながら紅は肯く。どういうわけか陰惨な芝居が大当たりしたのだ。脚本を書いた当人が一番驚いた。

「きっとみんな鬱屈してたんだ。救いのない話の方が救いになることだってあるさ」

「幸村さん、救いがないいんですか?」

半ば冗談のつもりでそう言って紅は二つ目にかぶりつく。

「ないよ、ないない。だから、励ましてくれって。ちゃんとファンレター書くからさ。待ち伏せして渡すところまで再現してもいいよ」

そこまで覚えていたのか。笑った拍子に噎《む》せそうになったのを、紅はあわててお茶で流し込んだ。

「別に、私たちのお芝居が良かったわけじゃないんです。あれはきっと、お芝居を見た側の感性が冴えてたんだと思う。すごく目のきれいな女の子だったの。何を見ても感動しちゃいそうな」

手紙を渡してくれた下級生の、鼈甲《べっこう》細工みたいに光をためて輝く瞳が、ふいに紅の脳裏に蘇った。そんな憧れは自分なんかに釣り合わないと、尻込みする思いだったことも。

もらった手紙にはせっせと彼女の悲しみが綴《つづ》られていた。離婚間際の両親が毎晩言い争うので眠れない。どちらが子供を引き取るかで二人は揉めている。進路の悩みすら聞いてもらえない。このままでは将来を潰されてしまいそうだ——そんなときに、芝居の中の励ましの言葉が痛いくらいに胸に響いたのだという。

「私のセリフが命綱みたいに聞こえたって書いてありました。すごく嬉しかった。自分が誰かの助けになるなんて、考えたこともなかったから」

いいね、と幸村はしんみりした調子で呟いた。

「女王様はなんて言ったの。俺にも聞かせてよ」

「……そこだけ切り取っても意味ないですよ。お芝居なんだから全体を見ないと」

紅は話を畳むようなつもりで、食べ終えたサンドイッチのフィルムやお手拭きのゴミをコンビニのポリ袋にまとめた。だが幸村は食い下がる。

「聞かせてよ。一回だけでいいから」

ああ、その話がしたくて付き合ってくれたのか——紅は今頃気がついた。本気ではない、と言いたげに薄笑いを浮かべているのが、かえって本気らしく見える。

ゆったりと横切る鳶《とび》がつかの間影を落として、太陽の光をさえぎった。この度外れて広い空の下で紅が叫びたくなったように、幸村のたがもまた外れている感じがする。起業を考えてからこの一年、会う機会は何度もあったが、そんなときの幸村はいつだって仕事の顔をしていたのだ。でも今日は役割の仮面がはずれている。さっきの言葉通りに「外の空気を吸って」いるように紅には見える。

私も仮面をはずそうか——紅はふとそう思った。こんな自分を離れて、つかの間女王になってみるのもいいかもしれない。

「じゃあ、兵士になって下さい」

「どうやって？」

幸村が面食らう。紅はあえて大真面目に「気分だけでいいから」と答えて、あの兵士達の境遇を語ってみせた。

「あなたは生まれつき悲しい運命を背負っているの。隣の国の圧政は終わらない。働いて得た物は全て奪い去られる。将来に何の希望もない。一縷《いちる》の望みをかけて反乱を起こそうとしたけど、それも失敗してしまった。今は捕らえられて、ひとりぼっちで石牢の中にいる」

催眠術でもかけるような口調になった。語るうちに、舞台の上のあの瞬間のことが驚くほど鮮やかに蘇ってくる。

「ひどい話だな」

力なく笑った幸村も案外その気になっている。悲しい目で紅を見つめ返したのは、芝居なのかそれとも本心なのか。あのときの兵士達よりももっと悲しい、置き去りにされた子供のような風情だ。

「今のまま、運命に踏みにじられるままでいいの？」

あの時演じた落日の女王とは別の、限りなく優しい慈母のような女が、紅の意図とは無関係に現れた。

「あなた達の嘆きの歌を誰にも聴かれないまま、静かに滅んでいくつもり？」

女王の声は兵士の身体を包んで、全身の傷に深く染みこんでいくようだった。

「……いいね」

幸村の視線は紅の上から動かない。彼は無言のまま、何か言葉にならない感慨に浸っているように見える。

そのまま、しばらく見つめ合う形になった。何か言わなければ、と思ったが、エアポケットに落ち込んだように心がしんとして、言葉が出ない。今は風の音も消えて、真空の中に二人きりでいるような感じがする。

つかの間、幸村の気配がぐらりと、紅の方に傾いた。

危うい、と感じたその瞬間、止まったはずの風が強く吹き戻してくる。

傍らに置いたコンビニの袋が飛ばされたのに気付いて、紅は声を上げた。あっ、と普段通りの声が響いた瞬間に、場の魔法がふわりと解ける。

ゴミが、とだけ紅は呟いた。

「……不法投棄だな」

仕事柄、幸村の言葉は洒落にならない。苦笑いするうちに元の雰囲気が戻ってきた。さっきのことはまるで夢だ。目を見開いたままで眠っていたような感じがする。

すごいじゃない、と仕切り直すように幸村が言った。

「紅さん、芝居の才能があるんじゃないの。心に響く喋り方だった」

まさか、と紅はかぶりを振る。才能というほど大げさなものじゃない。それは自分が一番よく分かっていた。

「誰かを説得したいときに、ああいう喋り方をするんです。仕事で困った人にも関わるから、自分なりにやり方を見つけたんですけど」

捨てるべき物を捨てさせてくれない客、自分を貶《おとし》めてばかりで慰めの言葉も聞かない客、指示を聞かないスタッフ——そうした人達と渡り合うための、それは紅独自の工夫だった。

「相手の目を柔らかく見て、お互いの視線を繋げる感じにするんです。繋がった感触が来たら、そのラインをぐっと心臓の高さまで押し下げていく。あとは相手の胸の辺りを意識しながら、落ち着いたトーンで喋るとよく伝わるんです。言葉も胸から出す感じで」

「へえ、面白いな。知らないうちに使われると怖いけど」

「怖いですか？」

「だって、相手をコントロールするわけだろう」

「悪用はしません。相手にとって大事なことを伝えるとか、ここぞってときに使うんです」

土手下の斜面に引っかかった白いポリ袋に、紅はチラリと目をやった。拾いに行くにはやっかいな場所だが、放っておくのも気がとがめる。

「そういうところは奈津子さんみたいだな」

懐かしいものでも見たように幸村が言った。

「みたいって何ですか」

「彼女も他人をコントロールするのが上手いからさ。君みたいに、為を思ってするわけじゃない。純然たるお遊びだからたちが悪いよ」

たちが悪い、と言われれば微妙に傷つき、似ている、と言われれば舞い上がりつつも腹が立つ。そんな自分が面倒になって、紅は「どんなお遊びですか」と投げやりに問い返した。

「いろいろあるけどね、会社で冷や飯食わされて落ち込んでる客に、独立を持ちかけるのが定番だな。あの手この手で励ましてその気にさせるんだ」

相づちを打とうとして、息が止まった。しばらくは声も出ない。

「どうしたの、黙り込んで」

「……いえ、なんでも。前に私が言われたことと似てるなって」

幸村はにわかに気まずそうな顔になった。女王のセリフは覚えていても、紅が独立するきっかけになったやりとりの方は忘れていたらしい。

「もうよそう、この話は」

さりげなく切り上げようとする。そのまま流せばよかったのに、紅はつい食い下がった。

「多分、私の話はまた別だと思うんです。だって私が独立しても、お店で交際費を使うわけじゃないし、何の得にもならないでしょう」

どこか媚《こ》びるような、嫌な口調になった。もう黙った方がいい。それなのに歯止めが利かない。

「お客さんのは遊びでも、私には多分、本気で勧めてくれたんだと思うんです」

幸村の小さな目に、あるかなきかの光が走る。それは哀れみだ。もう死んでいる小鳥を必死で生き返らせようとする子供と、それを見ていたたまれない気分になる通りすがりの寂しい男。

「紅さん、あれは一種の娯楽だよ。奈津子さんは自分の言葉で他人の人生を左右するのが好きなだけだ」

白いコンビニの袋が、浅い茶色に枯れた斜面の上を宛もなく転がっていく。ああ、拾わなきゃ――こんなときにさえ頭の隅でそう思っている。

「客が独立した結果がどうなろうと関心はないんだ。舌先三寸で他人の人生を変えるなんてこんな愉快なことはない。それが彼女の本音だよ」

ふいに、占い師を演じていた頃の奈津子の姿が紅の脳裏に蘇った。あの古びたダイニングテーブルで背筋を伸ばし、張りのある声で「お告げ」を量産していた彼女。生活費のためという以上にあの仕事を活き活きとこなしていたのは、客を操ることが楽しかったからなのか。

「……そんなことありません」

口でそう言いながら、半分くらいは納得している自分に腹が立った。奈津子にとっては、電話の向こうの有象無象も自分の娘も、さして変わりのない存在なのだと。

「私はあの人を知ってるもの。あなたよりもずっと前から」

だからこそ分かってしまう。一度分かってしまったことは、もうなかったことに出来ない。

強い風に目を細めながら、紅は心と裏腹に笑った。白いポリ袋は風に操られるまま土手からふわりと舞い上がって、遠い川面《かわも》へ静かに消えて行く。

ああ、これでもう手が届かない。真っ青な光の広がり。辺りは嘘みたいに明るい。

「君は奈津子さんのことが好きなんだろう、自分で思ってるよりずっと。でも、彼女にはあまり気を許さない方がいい」

幸村の声は静かに響いて紅の胸に留まった。さっきの紅のやり方を早速真似《まね》たのかもしれない。

「あの人の悪口を言わないで」

何を庇っているんだろう、と自分でも思った。奈津子のことなんてぼろくそに言わせておけばいいのに。

「娘じゃなくて、女みたいなセリフだな」

突き放すように幸村が笑った。

「薄情な男のことを誰かに愚痴ってさ、相手が慰めるつもりで『酷い男だ』っていうと『あの人の悪口言わないで』って返すヤツ、いるだろ」

紅が薄情な男に騙された経緯を幸村は何も知らない。それだけに、その言葉は紅の胸を鋭くえぐった。

「そういう相手のことを引きずるのはさ、愛されてないからだよ。自分が愛した分を借金みたいに取り返したくなるんだ。分かるだろ。奈津子さんのことも同じじゃないの」

「あなたはどうなの？」

紅はたまりかねて大声を出した。

「あなただって愛されてなんかいないはずよ。違う？」

幸村は遥か川向こうへと視線を投げた。その乾いた眼差しは初めて会った日の印象を彷彿《ほうふつ》とさせる。愛なんてあってもなくてもどっちでもいい、どうせみんな死ぬんだし、とでも言いたげな。

「俺はその方がいいんだ、気楽だから」

それは強がりではなく、言葉通りの意味合いに聞こえた。この男が何を考えているのかまるで分からない。戸惑う紅の傍らで幸村はゆっくりと立ち上がり、片手を差し出してくる。

「もう行こう。風邪を引きそうだ」

紅は一人で立ち上がった。幸村の前を足早に通り越して、土手道を大橋の方へと戻っていく。この時期にしては暖かいと思っていた風は、いつの間にかありふれた冬の木枯らしに戻っていた。そんなことだと思った。春の風なんて吹くはずがない。紅は枯れ草みたいなカーキ色のコートをギュッとかき合わせて、不機嫌な子供のように眉根を寄せた。

五

夕陽の差す傾斜地に、似通ったデザインの家々が、コピーとペーストを繰り返したみたいに立ち並んでいる。

その日の見積もりは、はじめから気乗りがしなかった。戸建ての片付けは受けられないと何度も断ったのに、「どうしても来てほしい。見るだけでもいいから」と電話口でしつこく粘られ、結局折れてしまったのだ。上手く切り上げろ、という幸村のアドバイスを全然活かせていない。

紅は溜息をつきながら、『犀川《さいかわ》』と表札がかかった家のインターフォンを押した。

応対した主婦が電話の主らしかった。四十歳ぐらいだろうか。心ここにあらずのぼんやりした顔つきで、挨拶を交わすあいだも紅の存在が眼中にないようだ。片付けの依頼者がしばしば見せる途方に暮れた表情とは、似ているようでちょっと違う。

違和感を抱えたまま、中へと通された。玄関から廊下を見通してみても、とくに散らかったところはないようだ。

「きれいにされてますね」

犀川は大儀そうにかぶりを振った。

「片付けてもらいたいのは娘の部屋なんです。二階なんですけど」

彼女は玄関に棒立ちになったままくぐもった声でそう言って、片手に持ったスマホで階段の上を投げやりに指してみせる。

とりあえずお茶でも、と気のない風に言われたのを断って、すぐに部屋を見せてもらうことにした。彼女は先に立ち、のっそりとした足取りで階段を上がっていく。

「ここ半年ぐらい学校に行かなくなっちゃって、最近は部屋からもあんまり出てこないんです」

「それは心配ですね」

階段を上がりきったところに短い廊下があり、その突き当たりが娘の部屋ということだった。犀川はドアを緩慢にノックし、返事もないのにドアノブに手をかける。その仕草がいかにも無遠慮に見えて、紅は思わず「いいんですか？」と横やりを入れた。

「うーん、どうかなあ」

彼女は構わずドアを押す。ざっとゴミの層が崩れる音に混じって、無言のまま激怒する気配が伝わってきた。音を立ててドアが閉じられ、はみ出たゴミがいくつか、怒りの残滓《ざんし》みたいに転がってくる。

「やっぱりダメかあ」

振り返って困り顔で溜息をつく。その言い方にも表情にも、やはり説明しがたい違和感があった。何がおかしいのだろう、と見入るうち、彼女は深い溜息と一緒に廊下に座り込んでしまう。

「大丈夫ですか？」

紅の問いかけに、ええまあ、と答える女は疲れ果てた様子だ。仕方なく、紅も少し離れて階段の縁に腰掛け、話を聞くことにした。

トイレ以外にほとんど部屋から出ない娘は、ここしばらくは食事も部屋で済ませているのだという。「ご飯とかはそこに置くんです」と女はドアの手前を指さした。

「食べ終わった食器は一応そこに出してくるんだけど、お菓子の袋とか、ジュースのペットボトルはそのまま部屋に溜めてるみたいなんですよね。学校に行かないならせめて片付けだけでもしてよって言うんだけど、こっちの話は聞いてないし……。何なんだろうあれ。怠け病？　よく分からないけど」

話の深刻さと女のふわふわした口調が全く釣り合わない。紅は戸惑いながらも言葉を継いだ。

「娘さんは怠けてるわけじゃなくて、本当に出来ないのかもしれません。前は整理整頓が出来ていたのに、最近急に難しくなったんじゃないですか？」

まだ医者に診せていないならすぐにでも、という含みを持たせて紅は言った。客の中には、心の病気で片付ける気力を失った人も多いのだ。

ドアが閉まる寸前に、ちらりと見えた手のもどかしげな動きが気になってたまらなかった。一刻も早くドアを閉ざしたい、なのにどうしても身体がいうことをきかない、というような、若さに似合わない緩慢な動き。

だが犀川は紅の言葉を置き去りにしたまま、ぽつりと呟く。

「私は普通に育てたのに、なぁんでこんなことになったかなぁって……」

またださ、と紅は思う。まるで『こう降られちゃかないませんね』と天気の話でもするような口調。部屋から出てこない娘のことが、彼女には完全に他人事なのだ。

「娘さんのお名前を伺ってもいいですか？」

ドアの向こうの娘の存在感が薄すぎる。紅は敢えてそう問いかけた。だが犀川のリアクションは鈍い。何故そんなことを聞くのか、と言いたげな困り顔でのろくさと「結菜《ゆな》ですけど」と答える。

「片付けも大事ですけど、もしかしたら、結菜さんを病院に連れて行く方が先かもしれませんよ」

普通の現場ならこんなことは絶対に言わない。でも遠回しに言っても通じそうにないし、何より紅はこの母親に苛立《いらだ》っていたのだ。

「そんな、大げさな」

のんきに笑いだした。部屋の中まで聞こえているんじゃないかと紅はドアの方に目をやる。でも犀川はまるで気にしない。ただ子供っぽい仕草でかぶりを振ると、確信を持った様子でこう続けた。

「病院なんかより、高岡さんが片付けてくれた方がよく効くんじゃないかと思うんですけど」

「……どういうことですか？」

「この前SNSで見たんです。高岡さんに片付けをしてもらったら、長い間家に寄りつかなかった旦那さんが帰ってきたって話。本当だったらすごいなと思って」

えっ、と思わず声がもれた。

「それ、今見られますか？」

ええー、と再び困り顔になって、犀川は大儀そうにスマホを操作しはじめる。ややあって、彼女は腰を下ろした場所から一歩も動かずに、スマホの画面を紅の方へと印籠みたいに突き出した。廊下をにじり寄って画面を覗き込むと、見覚えのあるマンションの一室が目に飛び込んでくる。

——夫が帰ってきました。嘘みたい。

アカウント名を確かめて、改めて自分のスマホで開き直した。確認のために過去の投稿を遡《さかのぼ》ると、見るも無残な汚部屋の画像が現れる。間違いない、これは船場薫のアカウントだ。彼女は片付ける前の部屋の様子をわざわざ投稿していたのだ。細部を拡大すれば間違いなく好ましからぬ生き物が写り込んでいるだろう現場写真。初めて作業に入ったときの一週間余りの苦闘が、紅の脳裏にありありと蘇る。

写真だけでなく、文章の方もふるっていた。——夫がどこかほっつき歩いて帰ってこない。そのせいで何をする気力も湧かなくなった。部屋がこんなに荒れているのに全然身体が動かないから掃除も出来ない——等々、自虐的な内容ばかりが並んでいる。

荒廃しきった部屋の様子を、なんのためにわざわざ世間に晒したのか。部屋の様子を恥じる客しか知らない紅には見当もつかない。首をひねっているとまた新たなキャプションが現れた。

『誰のせいでこんなことになってるんだろうね』

ハイボール缶が死体みたいに転がるカウンターの写真に、当てつけめいた文言が添えてある。

ああ、そうか、と紅は溜息をつきたいような気持ちになった。薫はこれを、夫に見せつけたかったのだ。妻を見棄てた男が、その薄情さが生んだ結果を見て改心するように。

ところが、投稿の内容はここ数ヶ月でがらりと変わっていた。紅が訪れるようになってからだ。高岡さんがどこをどう片付けた。こんな話をした。楽しかった——そんな他愛のない話に混じって、「昔の友達から連絡が来て盛り上がった」「売り切れたはずの限定品が偶然見つかった」「スクラッチくじが当たった」等々、ちょっと珍しくて嬉しい出来事がずらずら並んでいる。——薫はそれを「高岡さんが来た後は必ずいいことがある」と、紅の掃除に関連付けて書いているのだ。一連の幸運の極めつけが、久々の夫の帰還、ということらしい。

前向きな投稿が増えたせいか、最近ではコメントもつくようになっていた。「私もその人に頼みたい。でも遠いから……」「依頼できる人が羨ましい」といった声が並んでいる。

自分のあずかり知らないところでこんな風に話題にされていたことに、紅は得体の知れない不安を感じた。悪いことなど一つも書かれておらず、それどころかべた褒めされているというのに。

「……確かにうちのお客さんです。でも、旦那さんが帰ってきたのは偶然だと思いますよ。たまたま時期だっただけです」

「でも他に、片付けてもらったら臨時収入があったって言う人もいるんですけど。それも偶然なんですか？」

「えっ？」

薫の投稿についたコメントから別のアカウントをたどって行くと、紅に片付けてもらったという別の女性が現れたのだと犀川は語った。その人物はお掃除の後、思いがけず「臨時収入三万円」を得たのだという。

そんなばかな、と半ば呆れつつも、紅は「その投稿も見られます？」と慌てて尋ねた。無責任な噂をばらまかれてはたまらない。

犀川はじっと紅の表情を検分すると、やがて悪意の欠片《かけら》もない口調で付け足した。

「……驚いてますね。よかった、ステマじゃなかったんだ」

紅の頼みに応えるつもりはないらしい。言動の軸はあくまでも彼女自身の方にあるのだ。紅はそういう人物をよく知っていた。

「ねえ、うちのことも助けて下さいよ。家に寄りつかなくなった旦那さんが帰ってきたり、お金を増やしたり出来るんなら、うちの子が学校に行くようにだって出来るでしょう？」

どうしても来てほしい、としつこく言われた訳がようやく分かった。彼女が求めているのはあるはずのない魔法の杖《つえ》だ。まんまと呼び寄せられた自分を呪ったところでもう遅い。

「そんなお約束は出来ません」

「うちだけ助けてくれないってことですか？」

女の口調が、にわかにヒステリックな嘆きの色を帯びた。

「私はなぁんにもしてないのに、あの子は急に学校に行かなくなっちゃったんです。どうしようもなくてすごく困ってるんです。旦那が帰ってこないなんて大したことじゃないでしょう？　そういう人は助けるのに、どうしてうちはダメなんですか」

――あなたがなぁんにもしないから彼女はこうなったんじゃないの？

大声で言ってやりたいのを紅はこらえた。娘に何を相談されても、「えぇー？」と他人事みたいな迷惑顔でいるのが目に浮かぶ。親切とは他人からもらうものであって、自分が差し出すものではない――彼女の中にそんな大前提があるように見えて、紅はうそ寒いものを感じた。

「お願いです。なんとか助けて下さいよ。うちの娘、これじゃ部屋に籠《こ》もったまま死んじゃいます」

とうとう脅しをかけてきた。紅はぐっと押し黙る。自分がこの母親を見限ったとして、娘の方は一体どうなるのだろう。

と突然、脳裏にある声が蘇った。

——余分に金をもらえるわけでもないのになんのための気遣いですか。

——心遣いに値段なんかつかないし、評価もされないんだから。

前の職場で、同僚達にかけられた言葉だった。紅の中で続けざまに、搾取の苦い記憶が蘇ってくる。ずっと不当に分捕られてきた、という虚しさと悔しさ。しかも紅は、自分からそれを差し出しているのだ。

——対価をもらうことは重要だよ。

そう、タダだからいけないのだ——幸村の言葉が、鮮やかな閃《ひらめ》きを連れてくる。

紅の親切が無償だから、どこまでもむしり取ろうとするのだ。対価を差し出すことを真剣に考えてみればいい。頼めば頼んだだけ懐が痛むのなら、どこかで思いとどまることだろう——。

「分かりました、お受けします。ただし娘さんの不登校に対応する分は割り増しになりますよ」

声を低め、腹に重心を置いて、紅は人をねじ伏せる構えで言い返した。

とたんに犀川はぎょっとした様子で黙り込む。万事に鈍いのに、強く出られると途端に萎縮するところは動物みたいだ。

「……あの、対応って、何をするんですか」

恐る恐るの体《てい》で尋ねかえす。自分だけを守ろうとするその態度が紅のかんに障った。困っているのは彼女でなくて娘の方だというのに。

結菜が可哀相だ、という気持ちが、紅の罪悪感を吹き飛ばした。多少のことは許されるはずだ。これは気の毒な娘に成りかわっての復讐なのだから。上手く理由をつけて、この怠惰な母親から金をむしり取ってやればいい。紅は集中して、もっともらしい屁理屈を頭の中から引っ張り出す。

「娘さんの部屋に取り掛かる前に、まずは家全体の水回りをきれいにします」

とっさに出てきたのは、またしても奈津子の電話占いで聞いた話だった。

「家の水回りはそこに住む人の気の巡りに影響します。家の状態と住んでいる人の身体の状態はリンクしていますから、水場と配管をきれいにすると、滞っていた気がスムーズに巡るようになる。すると娘さんにも活力が湧いてくるはずです。元気が出たところで、部屋の片付けを私と一緒にしてもらいます」

「一緒に片付けるんですか、娘も?」

もちろんです、と紅は自信たっぷりに肯いた。嘘が大きいときほど堂々と振る舞ってみせるのも奈津子から教わったことだった。

「身体を動かすことで、巡り始めた気がさらに活性化します。人に頼るだけでなく、自ら環境を整えることで自信もつくんです。家が片付く頃には、きっと娘さんも変わっていますよ」

言い切ってしまった。

奈津子の言葉だけじゃない。いつのまにか我流のアレンジも加わっている。口からでまかせの講釈がすらすら出てくることに紅は驚いた。自分にこんな面があるなんて知らなかった。その上、嘘をつくことがちょっと面白くなっている。

犀川は反論しなかった。鈍重そうな目を精一杯丸くして、熱心に紅の話を聞いている。

「……それで、どのぐらい割り増しになるんですか？」

紅はほとんど反射的に答えをひねり出した。面白いくらい頭が回る。

「今言ったようなことを、一緒に作業をしながら指導もしていきます。つまりは娘さんの気の巡りを動かしてあげながら私も同時に働くわけで、これは二人分の仕事です。ですから料金も二倍に……」

二倍？　と犀川がたじろいだ。

しまった、やりすぎたか。紅は内心慌てて、少し値引きをしようと考えた。二割引き、それとも三割引き？

と、答える前に犀川が、探るような目で問いかけてくる。

「……そのお金さえ出せば、なんとかしてくれるんですよね？」

ネズミの駆除でも頼むような言い方に紅は再びカッとなった。

「お金さえ払ってもらえれば、あなたはなぁんにもしていただかなくて結構です」

つい声が大きくなった。この会話が結菜に聞こえていなければいいのだが。紅は閉ざされたドアの方をチラリと見やる。

犀川はそちらをまるで気にしていないようだった。自分を納得させるように何度も肯いて、

「分かりました。それでうちの子が学校へ行くなら」と答える。

「二倍も払うんだから、きっと効きますよね？」

小狡そうな視線が紅の顔に注がれる。内心青ざめながらも、紅を退《ひ》かせないのは犀川への怒りだった。結菜を気遣うつもりが微塵《みじん》もないというのなら、せめて身銭を切ればいい。

怒りはやみくもに膨らんでいく。その向こうに何か覆い隠されているような気がしたが、紅は敢えて確かめようとは思わなかった。

紫色に沈む大通りの路肩に車をとめて、紅はハンドルに両手を預けたまま、深い溜息をついた。

――大変なことを言ってしまった。

まだ見積もりに呼ばれただけなのだから、引き返すことは出来る。「気の毒だから通常料金でやります」と言ってしまえばいいのだ。自分の中で、なかったことには出来ないとしても。

それにしても、なぜ薫は考えなしに紅の名前を出したりしたのだろう。

スマホを取り出し、例のアカウントを開いてみる。薫の投稿は、紅が最後に訪れた二週間前の日付で止まっていた。次の予約が入っていい時期なのに、まだ何の連絡もない。

にわかに不安が押し寄せてきた。「夫が帰ってきた」話にしたって都合がよすぎる。薫は大丈夫だろうか。自分が吹き込んだ嘘のせいで、何かまずいことになってはいないだろうか。

紅は詳しいことを伏せたまま「ちょっと話せる？」とメッセージを送ってみた。

と、一分も経たないうちに「紅ちゃん元気？　直接話そうよ」と軽快な返事が来た。さらにたたみかけるように「見せたいものがあるから、うちに来て！」と続く。

見せたいものって何だろうか。来て！　と有無を言わさない言い方なのも、妙に気になる。

「二十分ぐらいで着くから」と返して、紅はウィンカーを出し、水の中を進むようなテールランプのゆったりした流れに入っていった。

通い慣れた部屋のドアをくぐった途端、普段と何かが違っていることに紅は気がついた。空気が澄んでいる。照明が変わったわけでもないのに、玄関も廊下もどことなく明るい。リビングに通されて目を瞠《みは》った。ゴミが全くないのだ。部屋の隅まで床がちゃんと見えていて、いつもは菓子袋やセロファンが挟まっているソファの下も、すっきりと空いている。物で溢れがちだったテーブルやサイドボードの上は、夜逃げの後みたいに何もない。

「これ、どうしたの!?」

驚きを隠しもせずに紅は問いかける。薫は手柄顔でニッと笑ってみせた。

「片付ければいいことがあるって分かると、妙に気力が湧いちゃって。あれからちゃんと掃除してるのよ」

『見せたいもの』とはこの部屋そのものだったらしい。薫は気まずそうに「現金だと思うでしょう？」と問いかける。

「そんなことないよ」

「自分で掃除をするようになって、もう紅ちゃんを呼べないなって、それだけが悲しかったの。だから連絡をもらえてすごく嬉しかった。ねえ、これから飲まない？」

返事も聞かずに、薫は冷蔵庫の方へ立っていく。紅はソファに腰かけながら答えた。

「気を遣わなくていいよ。車だから飲めないし」

飲もうよ！　と薫は譲らない。

「代行呼んであげるからさ、お願い」

楽しげな声音の裏に何か切羽詰まったものを感じて、紅は彼女に付き合うことにした。御用達のハイボール缶を薫が両手に抱えてくる。同じ柄の空き缶をゴミ袋に山ほど放り込んだ記憶が鮮やかで、じかに飲むのはちょっと気が引けた。

「それで、話ってなんなの？」

薫は紅の隣に勢いよく座った。急に距離を詰められた紅が戸惑うのも気付かない様子で、思いきりプルタブを引く。強い酒をぐっとあおる仕草は、ほっそりした見た目に似合わず豪快だ。

「旦那さん、帰ってきたんだって？」

「その話、紅ちゃんにしたっけ？」

薫は目を丸くする。見積もり先での顛末《てんまつ》を話して聞かせると、気まずそうにも得意げにも聞こえる不思議な調子で「バレちゃったか」と呟いた。

「そう。窓を磨いた後で、紅ちゃんに言われたとおりに連絡したら、本当に帰ってきたの」

「嘘みたい……」

紅は自分がけしかけたのを棚に上げてそう言った。

「すごいじゃない。一体、なんて連絡したの？」

薫はしばし押し黙っていた。ハイボールを再びあおると、ゆっくりと酒樽《さかだる》の底に沈んでいくような様子で目を閉じる。

「帰ってきてくれたら、離婚してあげますって」

薫は笑った。その日の晩に帰ってきたわ、と冗談みたいに付け足す。

「私さえはんこを押せば済むことだったの。でも悔しくて、どうしても踏み切れなかった。そんなつまらないことで、何年もムダにしてしまった」

紅は何も言えないまま、冷たいハイボールの缶を握りしめていた。少しでも前進してほしいと背中を押したつもりが、相手は崖から飛び降りてしまったのだ。

「でもね、必死で磨いたガラスが光るのをじっと見ていたら、もう自由になりたいって思えたの。窓を開けて、外の風を思いきり吸い込んだら、踏ん切りがついたわ」

声が震えた。紅はそっと、痩せた肩に触れる。

「何て言ったらいいのか……」

「いいのよ。こんな勇気が出るなんて、自分でも思わなかった。本当はね、別れるのが悔しかったんじゃない。怖かったの。あんなに苦しかったのに、断ち切る勇気が出なかった。紅ちゃん、ほんとに有り難う」

「私なんか、何もしてないのに」

「私のアカウント見たんでしょう？　あそこに書いた通りよ。紅ちゃんが来る前の私は、ゴミそのものだった。でもあなたが来るたびに、毎回何かしらいいことがあるの。それを書き留めていたら、少しずつ元気になれた。立ち直れたのは、紅ちゃんのおかげよ」

薫は本気で、紅が自分を幸せにしてくれたと思っているらしい。ＳＮＳで紅の名前を出したのは、御利益《ごりやく》があった神社の名前を言い広めるような気持ちだったのだろうか。

紅の手柄などではなかった。ひとりぼっちの部屋に誰かが訪れて会話するだけでも気持ちが晴れる。一度明るい方に目が向けば、良い出来事は芋づる式に見つかるものだ。それを繰り返して復調しただけのことなのに。

薫は二つ目の缶のプルタブを引いてから「やっぱり、ちゃんとした器で飲もうか」とキッチンに立った。食器棚から洒落たグラスを引っ張りだし、あり合わせのチョコやチーズでおつまみを用意する。飲むことそのものを楽しもうとする姿を見るにつけ、やけ酒に溺れていた頃が嘘みたいに思えてくる。

単に掃除が出来るようになっただけではない。薫という人間そのものが、今、目の前で変わりつつあるのだった。掛け値なしに嬉しいのと同時に、どこか恐ろしいような気もして、紅は缶の飲み残しを思い切りあおった。

「紅ちゃんのお客さん、どうして私のSNSを見つけたの？」

おつまみの皿を差し出しながら薫が言う。紅は薄切りのチェダーチーズをつまんで答えた。

「娘さんの不登校で悩んでるんだって。御利益のありそうな話を検索して引っかかったんじゃないかな。お掃除で旦那さんが帰ってくるのなら、不登校も直せるはずだって言うんだけど……」

薫はやにわに目を輝かせた。

「直してあげなよ！　だって、私の人生ですら変わったのよ？　きっと上手く行くわよ。紅ちゃんのことだもの」

出来るわけがない、と言いかけたのを紅はとっさに呑み込んだ。何もかも嘘、ただの験《げん》担ぎ——笑ってごまかすには遅すぎる。薫の人生は、その験担ぎのせいで大きく流れを変えてしまったのだから。

「ねえ、もしかしたら、お掃除でもっと色んなことを変えられるんじゃないの？」

薫の声には、どこか切羽詰まった前向きさがあった。

「色んなことって？」

「恋人が欲しいとか、結婚したいとか、就職したいとか、お金持ちになりたいとか。紅ちゃんのお掃除ひとつで、良くなることが沢山ありそう」

「ちょっと話を大げさにしすぎじゃない？」

笑ってなだめながら、紅は内心怖じ気づいていた。見違えるほど片付いた部屋の様子が、妙に不穏に思えてくる。

「大げさじゃないわ。紅ちゃんのお掃除は、実際に奇跡を呼んだんだから。普通のサービスにしておくなんて勿体ない。ねえ、私と一緒に、お掃除で開運するサービスを立ち上げましょうよ」

紅はいよいよ逃げ出したくなった。そんなもの、商売として成り立つはずがない。薫にとっては験のいいおまじないでも、紅にとっては生活のかかった仕事だ。

「薫さん、立ち直ったのはあなた自身の力だよ。私には何もない。本当に何も……」

自分を語る慣れ親しんだ言葉。今まで何度くり返したか分からないその言い回しをさえぎるように、薫は紅の目の前で人差し指を立ててみせる。

「そうじゃない。紅ちゃんは自分で思うよりずっとすごい人よ」

薫の言葉に絡め取られたように、紅は突然動けなくなった。——自分で思うより、ずっと。

その言い回しの前では、自分なんかどうせ、という卑屈さも、自分は正味これだけの人間だ、という堅実さも、呆気《あっけ》なく消し飛んでしまう。

「きっとあなたには、他人を幸せに出来る特別な力があるんだわ」

カットグラスの中のハイボールが、淡い金色に輝いている。缶を開いて注ぐまで、誰も見ることのなかった光だ。

紅はそこから、目を離すことが出来なかった。

六

誰のことも喜ばせたかった。

うつむいている人の顔を上げさせ、笑わせたかった。その気持ちは嘘じゃない。

犀川結菜のケースは、一筋縄ではいかなかった。あの部屋のドアを開けてもらうのに費やした日数は三日間。敵ではないと分かるように、紅はドアの前から根気よく声をかけ続けた。例の母親の話題が出て「あの人のせいで辛かったでしょう」と、心から伝えたとき、ようやく「あんたに何が分かるの」とぶっきらぼうな返事が聞こえて、紅は彼女の顔を見ることができたのだった。

たまったゴミのほとんどは、ペットボトルとお菓子の空袋だった。紅一人でも充分対応できるが、肝心なのは、結菜自身が身体を動かし、自力で部屋をきれいにしたという成功体験を得ることだ。かつての紅が、自宅の掃除を欠かさないことでプライドを保っていたように。

倍の料金をとった罪滅ぼしに結菜のやる気を引き出そうと、紅はお掃除絡みのおまじないや伝承、占い本に出てくるような屁理屈を山ほど読んで覚え込んだ。全ては結菜をもっともらしい言葉で説得するためだ。

——片付けて床が見えるようになればきっと良いことがあるよ。地面からは人を元気にするエネルギーが立ちのぼっているからね。でも物をごちゃごちゃに積んでおくと、大地の気がさえぎられて届かなくなっちゃう。身体が重く感じるのはそのせいなんだよ――

本当である必要はない。らしければ充分だ。説得力は話の中身から生まれるのではなく、話し手の態度から醸し出されるものなのだから。それは奈津子を見れば分かることだった。

一緒にお菓子を食べながらあの母親の悪口で盛り上がるうちに、結菜は次第に心を開き、やがて紅の真似をして片付けを手伝うようになった。

縮こまっていた身体を動かせば、やがて爽快感が出てくる。そのタイミングを狙って、紅はお手製の「掃除とその効果」の屁理屈を結菜にぶつけていった。例えば、部屋に落ちた髪の毛や埃には悪い気が憑くから、取り除けば気分が晴れる。窓を開けて光を取り込めば、今までに溜め込んだ邪気は消え去る。風を通せば身の回りの物事が動き出す。物の配置を整えれば、頭の中も整理されてスッキリする――。

はじめについた嘘を取り繕う意味もあるが、それだけではない。結菜が話を面白がって、どんどん掃除を好きになり、元気になっていく様子を見るのが本当に嬉しかったのだ。

ゴミを片付けてから掃除の指導もして、窓も床も完璧に磨き上げた頃には、結菜はずいぶん変わっていた。母親が勝手に選んだお菓子より自分の好きなものを食べたいからと、一人でコンビニに買いに行くようになったのだ。学校に行けるところまで伴走したかったが、母親から「これ以上払えない」と契約終了を告げられ、紅は退場することになった。

「紅さんが教えてくれたこと、私、ずっと忘れないから」

最後の日、コインパーキングまで紅を送りながら、ほこりっぽい春風の中で結菜は言った。自分が教えたお掃除のジンクスが、あの干上がった川床みたいな家で生きていく彼女のお守りになるように——紅はそう願わずにいられなかった。


「その話、放っておくのは惜しいわ」

ボールペンの先を指し棒みたいに振りながら、薫はちょっと前のめりになってそう言った。

「動画を撮りましょうよ。紅ちゃん、喋るの得意だもの」

彼女の家から五分ほど歩いた先にある大通りのバルで、二人は新しい事業の打合せを兼ねて軽く飲んでいた。店は薫のかつての行きつけで、何年ぶりかの再訪らしい。

「絶対嫌だよ！　みっともない」

紅は即答する。薫は幾何学柄のワンピースに包まれた背をすっと伸ばして「なんで？」と眉をひそめた。カウンターチェアに腰掛けた姿は水際立っていて、ついこの前までゴミだらけの部屋で腐っていた人とは思えない。気力を取り戻した今、彼女は身につけるものも居住まいも紅が気後れするぐらいに洗練されていた。

「やればいいじゃない。紅ちゃん、ちゃんと作り込んだら相当映えるよ」

紅は頑としてかぶりを振り続けた。自分が撮られるなんて冗談じゃない。奈津子が見たら笑うに決まっている。

勿体ないなあ、と呟きつつ、薫は方針を変えてきた。

「じゃあ、ブログだったらどう？」

「ブログ？」

「そう。文章だったら恥ずかしくないんじゃない？」

「そう言われても……」

本なら子供の頃にたくさん読んだし、演劇をやっていた頃には戯曲やシナリオにも親しんだ。そのお陰か、文章を書くのに困ったことはない。

「前の職場で日報の管理をしてたから、ちょっとした文章のやりとりは多かったけど、ほとんどがアドバイスかなあ……」

「うん、アドバイスの延長で充分。結菜ちゃんに説明したようなことを、分かりやすく書いて欲しいの。お掃除がどういう仕組みで開運に繋がるのかが伝わるように」

薫は「開運お掃除サービス」の立ち上げに、紅本人よりも夢中になっているように見えた。お掃除で人生を立て直す、という一歩間違えば正気を疑われそうな商売が本当に成り立つのか、紅は不安をぬぐいきれないが、彼女には迷いがないようだ。

「ブログなんて、見に来る人がいるのかな」

「紅ちゃんが素材をくれたら、あとは私の方で拡散していくわ。方法は色々あるから、とにかくどんどん書いていって」

そう言い切った彼女の右手で、かつて紅がゴミの中から掘り出した幅広の指輪がギラリと光った。これから私が売り出すのは素晴らしいもの——そんな確信が小さな光に漲《みなぎ》って見える。

「なんか悪いなあ。何も出せないのに」

ギャラがないにもかかわらず、薫はものに憑かれたようにサービスの立ち上げに取り組んでいるのだった。ＳＮＳのアカウントをいくつも立ち上げ、いわゆるスピリチュアル系——占いやオカルト話を好む客層に自分からどんどん絡んで、高岡紅の名前を売っている。ゴミに埋もれて気力を失っていた頃、スマホでインターネットを見る以外に何もすることがなかった彼女は、寝転がりながらでも、この世界でいかに情報を広げるかの勘所を摑んでいたらしい。働いていた頃の経験も活きているのだろう。

「お金なんか要らない。紅ちゃんを手伝えるだけで充分に光栄なんだから。あのまま行ったら私、ゴミに埋もれて死ぬところだったんだもの。だからね紅ちゃん、自分を安売りしたら絶対にダメよ」

ああ、その話が出てしまったか。

薫が言いたいのはサービス料のことだった。犀川家の案件でいつもの倍額をふっかけたことを伝えたら、今後もそれで行け、と譲らないのだ。

「……料金は今まで通りにしようよ。無料で運気アップのレクチャーがつくからお得ですよって言った方が、お客さんには受けるんじゃないの？」

「何言ってるの、逆よ」

薫は目を丸くしてそう言った。

「紅ちゃん、最初に私の家を片付けてくれたとき、ゴミの下にロエベとかセリーヌのバッグが埋まってたの覚えてる？」

「なんでいきなりバッグの話？」

紅は笑った。だが薫は至って真剣だ。

「私があれを手に入れたのって、ちょうど夫が帰らなくなった頃なの。特別好きだったわけじゃない。でも買えばとりあえず満たされたの。自分はポンコツじゃないって気がして」

「……私にはそういうの分からないな。あれだけ高いと欲しいって気持ちも湧かないし」

「大事なのはそこよ。今思えば、買った理由は、高いからなの」

正解、と言わんばかりに薫はボールペンを突きつけてきた。

「価値あるものに高値がつくわけじゃない。高いものだからこそ、人はそこに価値を見出《みいだ》すの。紅ちゃんのサービスも同じ。最初に払った額が大きいほど、お客さんは紅ちゃんに心酔するはずよ。『すごいことを教わったに違いない。だってあんなに払ったんだから』って」

「怖いこと言わないでよ。それじゃまるで……」

その先を紅は口にすることが出来なかった。薫は続ける。

「すごいはずだと思わせるだけでいいの。紅ちゃんのサービスでは大事なことよ。バッグと違って形がないんだから、本当の意味で値踏み出来る人なんていない。相場がないものは、はじめから高く設定しなきゃダメ」

仕事で客に値切られてばかりだった紅にとっては、にわかに受け入れがたい話だった。

「私には紅ちゃんがやってることの価値が分かる。あなたに人生を変えてもらったんだから、いくら払っても惜しくないぐらい。だからね、紅ちゃんが自分に安値をつけるなんて絶対に許さない。安く提供すればそれだけ、あなたに価値がないと思わせてしまうんだから。お金は堂々と取るものよ」

薫の右手で、さっきの指輪が一層強烈に輝き出す。何か空恐ろしいものを紅は感じた。ただの掃除業者でしかない紅の周りに、薫は「価値」という幻の城を突貫工事で作り出そうとしている。

紅自身が、ただの掃除に「人生を変える」という価値を上乗せしたのと同じように。

私たちは何をやろうとしてるんだろう――薫の勢いに圧《お》される一方で、紅はどこか、この成り行きに期待している自分を感じていた。


「開運お掃除サービス」の新しいウェブサイトは、薫が知り合いのデザイナーに依頼してとても見栄えのいいものになった。紅のお手製だった旧サイトとは大違いだ。

料金は結局、今までの二倍ということで腹をくくった。ただし従来の顧客については半年間据え置きだ。普通の掃除しか求めていない彼らにも「開運お掃除」を実演すれば興味を持ってもらえるかも、とわずかな期待を残してのことだったが、馴染《なじ》みの客に「高岡さんがそんな人だったなんて……」と目を見て言われたときにはひどく落ち込んだ。

別にずるいことをしている訳じゃない――客が離れていくたび、紅は何度も自分に言い聞かせた。現に、結菜も薫も別人みたいに変わったのだから。ずっと無料でやってきた心のケアを、今は有償にしている、それだけのことじゃないか。

それを無言で念じたところで何も伝わりはしなかった。初夏から梅雨、ゴミの臭いに耐えかねた人々から申し込みが入りやすい季節なのに、客足はむしろ鈍っていく。

あと半年も経てば、お客さんは一人もいなくなるかもしれない。そう考えると、不安の余り眠れなくなった。寝床にじっと入っているのも辛くなって真夜中に起きだしては、不眠に効くのはどこの掃除だっけ？　と、つい自分のブログを漁《あさ》ってしまう。記事を書けば書くほど、「お掃除と心の対応」が紅の中でいかにも本当らしく定着していくのだ。

なにしろ書く時間だけはたっぷりあるので、記事は順調に増えていった。十年以上もハウスクリーニング一筋で過ごしてきたから、掃除絡みのネタなら普通の人が手をつけないような部分まで知り尽くしている。それを人生のさまざまな問題と紐付けていくのは、案外楽しい作業だった。なんだか魔法でも探しているみたいだ。現実のあちこちに潜んでいるのにまだ誰も気付いていない、人生を百八十度変えてしまう魔法。

依頼件数が伸び悩む一方で、ブログのアクセス数にはだんだん勢いがついてきた。紅の記事に興味を持ちそうな客層を狙って、薫が地道にやりとりを仕掛けていったのだ。占い師をはじめとして鑑定結果を公開している人、パワースポットを巡って旅行記を書く人、自己啓発本を読みあさってレビューを上げている人——薫はブログやSNSの機能を上手く利用して、相手の投稿を褒めながらさりげなく自分の痕跡を残していく。アカウントは薫個人のもので、自分から紅のメソッドを推すことは絶対にしないのだが、相手の方から薫のコンテンツにアクセスしてくれば、「家に寄りつかない夫が奇跡的に帰ってきた話」や、「まともに起き上がることも出来なかった引きこもり主婦が見違えるように元気になった話」が綿々と綴られ、紅のメソッドが紹介されているのだ。もちろん、夫が帰ってきたのは実は離婚の為だった、という都合の悪い部分はふせてある。

「自分で見つけた、と思わせることが大事なのよ」

例によってボールペンを振りながら薫が言った。

「開運にのめり込んでる暇人のブログを読んだら、思いがけず役に立つ情報が見つかった、ぐらいに思って欲しいの。押しつけられた情報なんてありがたみを感じない。でも偶然出会ったものなら運命を感じて大事にするでしょう。私はどう言われてもいいのよ、実際、他にすることなんてないんだから」

野辺山《のべやま》遼子《りょうこ》も、薫がそうやって開拓した読者の一人だった。


――ブログは全て読ませていただきました。非常に面白かったです。

窓外の抜けるような秋晴れを横目に、必死でブログの原稿を書きためている紅の元に、そのメールは届いたのだった。サービスの立ち上げから最低でも一日一本は書いてきたから投稿数は百を下らない。記事のそれぞれにも結構なボリュームがあるのに、全部読んだというのは本当だろうか。


――お掃除の作業を通じて、運気が上がっていく感覚が具体的に摑めました。掃除と開運を結びつける先生は多いですが、高岡先生のは具体性が段違いだと思います。

そりゃあこっちは掃除のプロだからね、と呟きながら続きを読んで驚いた。紅の話を直接聞きたがっている人を集めて「お話会」を開催したい。ついては講師をやってもらえないだろうか、というのだ。

「その話、絶対断っちゃだめよ！」

薫によれば、野辺山遼子はスピリチュアルや自己啓発系のセミナーに詳しい名物ブロガーということだった。山ほどあるその手のセミナーをノマド風に渡り歩き、臨場感たっぷりのレポートを書いて、星の数で評価をつける。要はミシュランガイドみたいなもので、セミナー選びの参考にしている読者も多い。

薫はしばらく前から彼女のブログやSNSを読みあさり、地道なアプローチを続けていた。投稿に根気よく「イイね」をつけ続け、おざなりではなく記事の内容にきちんとふれたコメントを残す。そうしたことが遼子の目に留まったらしく、薫のSNSを経由して紅のブログを訪れてくれたのだ。

会場になったのは、とあるアロマセラピーサロンだった。自宅の一室でエステやネイルの店を開く、いわゆる「おうちサロン」と呼ばれるものだ。私鉄の乗り換え駅に程近い3LDKのマンションで、普段は玄関脇の一室に施術ベッドを入れて接客しているのだという。

サロンオーナーの市川《いちかわ》さんに迎えられて、紅と薫はこのお話会のために設《しつら》えられたリビングへと歩み入った。先にソファに座っていた遼子ともう一人の客が、立ち上がって拍手をしながら開口一番「すごーい、素敵な方ですね」と目を輝かせる。

実はここへ来る前、薫は全力を注いで紅を着飾らせたのだった。「まだ誰も中身を知らないいんだから、まずパッケージがきれいでなくちゃ」と、化粧が苦手な紅を鏡の前に座らせてあれこれ塗りたくり、髪をアイロンで巻き上げ、山ほどある自分のワンピースを代わる代わるあてがって勝負の一枚を選ぶ。遼子たちのリアクションを見る限り、薫の企ては図に当たったらしい。鏡の中の自分に往年の奈津子の面影があったことも、紅の自信を密《ひそ》かに水増ししていた。

スーツ姿の野辺山遼子が「高岡先生、勉強させて頂きます」と真顔で握手の手を差し出した。年回りは紅とほぼ同じ、大手電機メーカーで法務を担当しているという。三白眼が見るからに怜《れい》悧《り》な感じで、掃除しか知らない紅が「先生」と呼ばれるのは、どことなく面はゆい。

市川さんと遼子、それにもう一人呼ばれた芳原《よしはら》さんの三人は、普段はブログを通じてのやりととりで、直《じか》に会うのははじめてらしかった。皆でテーブルを囲んだものの、流れる空気はどこか遠慮がちだ。紅は自ら口火を切ることにした。

「とっても素敵なサロンですね。市川さん、運営の方は順調ですか？」

白を基調に、花の彩りをアクセントにした明るいインテリアとは裏腹に、市川さんの返事ははかばかしくなかった。

市川さんがアロマセラピーサロンを開業したのは、半年ほど前のことだった。「おうちサロン」は場所代が掛からないため開業までのハードルが低く、主婦の起業によくあるパターンの一つだ。

「子供が小学校に上がった頃から、五年ほどスーパーのパートに出てました。必死で時間をやりくりして働いてきたんですけど、あるとき、職場でお客さんに絡まれて、ひどいトラブルになってしまって……。誰がやっても同じ仕事なのに、なんで私が怒鳴られてるんだろう、別にやりがいがあるわけじゃないのにって思ったら、急に心が折れてしまったんです。本当はずっと、誰かを癒やすような仕事がしたかった。それで、旦那には反対されたけど思い切って退職して、貯金を崩してスクールに入りました」

彼女のようにセラピストを志す女性は多く、その受け皿となる養成スクールでは、それぞれが独自の民間資格を出しているのだという。数十万円の費用は安くはないが、やりがいある仕事の為なら仕方がない。無事に資格を得て開業した市川さんは、実務経験がないのを埋め合わせるために、まずはお得なモニター料金を設定して身近な人に来てもらう、という作戦に出た。

「最初は良かったんですけど、友達とか知り合いが一巡してしまってから、予約が入らなくなったんです。ここ数ヶ月がすごく辛くて……」

はじめは付き合いで来てくれてもリピートがない。このまま集客できなければ、多くのおうちサロンがそうであるように短期間で畳むことになってしまう。悩んだ彼女が必死で検索するうちに、遼子のブログを通じてたどり着いたのが紅の「開運お掃除」だった。

「お客さんを呼びたいならまずは玄関周りの掃除ですね。玄関ドアと土間の水拭きは基本ですけど、毎日されてますか？」

「ええと、さっき慌てて……」

横合いから遼子が「私が教えたんです」と口を挟む。市川さんと違って、遼子の方は本当に隅から隅までブログを読んでいるらしい。

「続けてみて下さい。必ず運が向いてきますよ。土壌をしっかりさせたところで種をまきましょう。例えばですけど、ご近所へのチラシの配布などは？」

開運の側面からアドバイスをした後は、現実的な話に持っていくのが鉄則だ。市川さんはきまずそうに目をそらした。

「そういうのは旦那が嫌がるので……。恥になるからやめろって」

「じゃあ、予約受付時間を変えてみたら？　夜の時間帯を開放すれば、お勤め帰りの人も狙えてぐっと客層が広がりますよ」

予約表に視線を落として紅は言った。午前と午後、それぞれごく狭い時間帯しか開けていない。

「ご飯の準備があるから難しいし……、なによりも、今度こそ自分らしい働き方を追求したいんです。時間に追われてあんなに苦労したのに、前と同じだったら意味がないじゃないですか。そこをお掃除で何とかできませんか？」

お掃除の魔法の力でもって、自分ではなく状況の方に変わって欲しい——それが彼女の望みなのだ。安くない学費を払ってまで手に入れた仕事なのに、夢見た未来は一向にやって来ない。追い込まれた彼女は、自分のわがままにすら気付かなくなっている。

「市川さん、ずっと頑張ってきたあなたなら分かると思いますけど、自分らしく働きたいなら、絶対にはずせないのはプロ意識ですよ。足を地に着け、誇りを持って働くことが、自分らしさを裏打ちするんです」

紅は口調をうんと穏やかにして語りかけた。怒らせてしまえば言葉は入らなくなる。

「まずは床を磨いてみましょう。この場合、大事なのは磨く場所よりもむしろ、身体の使い方です。かがみ込んで、足腰をしっかり使うことが肝心なんです」

傍らで聞いている遼子が、おっ、と目を光らせるのが見えた。いい感触だ。

「市川さんの場合、ご自宅はとてもきれいにされていますね。でも家と身体の繋がりが切れているせいで、お掃除の効果がご自身に反映されていないんです。何となく掃除するんじゃなくて、身体をしっかり意識すれば、必要な対策を取る元気も出てきますよ」

自信たっぷりに言い切って微笑みかけた。市川さんはまだ言われたことを消化し切れていないようだ。メモ帳に忙《せわ》しなくペンを走らせていた遼子が息継ぎするみたいに顔を上げた。

「先生、そういうアプローチもあるんですね。お掃除の場所を指定するだけじゃないんだ」

「どう掃除するか、が大事なんです」

遼子は俄然《がぜん》乗り気になったらしく、「例えばこんなケースがあるのですが……」と、人からあずかった様々な相談をぶつけてきた。市川さんも家族の悩みを打ち明けはじめ、夢中で答えるうちに時間は飛ぶように過ぎていく。

饒舌《じょうぜつ》な二人の傍らで、三人目の女性、芳原さんが沈黙しているのが気に掛かった。彼女は二人よりも年かさのおっとりした女性で、どうも会話に乗り遅れている節がある。

「芳原さんはどうです？　何を聞いてもらってもいいんですよ」

紅が話を振ると、芳原さんは照れたように微笑んで、しばし言葉を探しているようだった。

「……あの、どう質問すればいいか、分からないんです。自分でも、何が不満なのか、分からないし……」

一体何をしに来たんだと言いたげに、遼子が怪訝な目を向ける。紅は芳原さんを庇うつもりで、敢えてゆっくりと会話を運んだ。

「上手くまとめようとしなくていいんです。ちょっとずつ、分かるところから説明してみて下さい」

汚部屋の片付けの応用だ。いっぺんにやろうとするな。場所を区切って少しずつ。

「とても、苦しいんです。でも、何が苦しいのか、よく分からなくて」

彼女は今年四十二歳になるのだという。三人の子供達は問題も起こさず元気に育っており、夫は優しく、夫婦仲はいい。お金には困っていないからずっと専業主婦でやってきて、外で働きたいと思ったこともない。全てが順調だし、自分は幸せなはずだ。なのにどうして、こんなに息が詰まるのか分からない——。

隣で話を聞きながら、遼子はますます苛立っているようだった。ただの幸せ自慢じゃないかと顔に書いてある。でも紅にはそう思えなかった。

「外を歩いていて、マンションを見かけると、そこの窓をじっと眺めてしまうんです。もしも自分が、その部屋に住んでいて……、全く別の人と結婚していて、子供達の顔も、性別も違っていて、もしかしたらお勤めに出ていたりして。そんな生活を想像してしまうんです。こんなこと、誰にも言えません。酷い母親ですよね」

賑《にぎ》やかだった場の空気が、次第にしんみりと聞き入る風情になった。それまでずっと無言で控えていた薫が、やにわに「分かる気がします」と口を開く。

「なんていうか……。自分の人生に閉じ込められている感じがするんじゃないですか」

あ、と芳原さんが小さく声を上げた。薫は続ける。

「若い頃は、いつか決定的な出来事があって、そこから素晴らしい人生が拓《ひら》けるんじゃないかって、夢みたいなことを考えてました。でも私の場合、むしろ下り坂になってしまって……。この先は何も変えられないまま、味のしないガムを噛み続けるみたいに毎日が過ぎていくんだなって、諦め切ってたんです。もしも明日の朝日が覚めたとき、今の自分とは違う、もっと素敵な何かになれるのなら、そのためにいくら払っても構わないと思ってました」

薫の言葉に引き込まれたのか、芳原さんだけでなく市川さんも、しみじみと肯いている。紅は話を引き取った。

「芳原さんは手に入れたものが多い分、色んな責任を負っているから自由に動けませんよね。別の人生に思いをはせるのは、むしろ自然なことですよ」

芳原さんは安易に相づちを打つことをせず、黙って話を噛みしめている。遼子の方は周回遅れでやっと納得した様子だ。自由を失う悲しみがピンとこないのは、彼女が今は独り身で、逆に束縛される幸福を求めているからかもしれない。

「実際には、大事なご家族を棄てたいなんて気持ち、芳原さんにはないんだと思いますよ。だからご自分を責める必要もない。ただ生活に新しい風を入れるだけでいいんです。まずは換気を心がけて。窓はよく開けてますか？」

いいえ、あんまり、と芳原さんはかぶりを振る。

「じゃあ朝晩それぞれ十分ずつ、家全体に風が巡るように充分換気をして下さい。それから、窓や換気口をきれいにすること。気を取り込む入り口が汚れていたら何にもなりませんから。見逃しがちなのは窓の桟。外気はここに触れて入ってきますから、新鮮な気を取り込むには重要なパーツです。きれいにすれば、目先の変わった楽しいことが日常に起こってきますよ」

家の中のどの窓を開けてどう掃除するのか、芳原さんは思いを巡らせるように目を閉じている。その傍らで、メモの手を止めてしばし考え込んでいた遼子が、パッと顔を上げて問いかけた。

「その話を深掘りすると『誰もが自分自身の中に閉じ込められている』ってことでいいんでしょうか。自分の生い立ちとか、性格とか、そういう枠組みの中に」

内心彼女の慧眼《けいがん》に感心しながら、紅は百年前から知っていた風に「そういうことです」と肯いた。遼子はさらに食い下がる。

「芳原さんの言うこと、私はあまり実感出来ないんですけど、でも、もう出来上がってしまった自分っていう枠から出て行きたい気持ちならあるんです。……まあ、自分から逃げ切れるものか分かりませんけど」

「変わることは出来ますよ」

紅は即答した。それは本心からの言葉だった。

「明日の自分は今日の自分より良くなっている、そういう望みがないと誰も生きられないはずです。なんなら、私が提供しているのは野辺山さんが逃げ切るためのメソッドだと言ってもいいくらい。諦めちゃダメです」

その瞬間、遼子の険のある眼差しがふっと緩んだ。黙り込んでいた芳原さんも、感じ入ったように紅を見返している。

少し開いた窓から、すぐそばにある小学校のチャイムの音が、何かを祝う調子で響いてきた。お掃除の最中にタイミング良く聞こえる音は、効果が現れた印――メソッドにその一文を書き足そうと、紅は小さく微笑みながら思った。

遼子のブログはその日のうちに更新されていた。言葉選びも物腰もちょっとキツい感じの彼女は、文章になるとその個性が良い方に転ぶようだ。「高岡紅のお話会」リポートは、切れ味鋭く興味深い内容になっていた。

――何を聞いても即座に明確な答えが返ってくる。名人芸を見ているようだ。

――長年掃除の仕事に関わってきた中から導き出される、地に足の着いたソリューション。夢見がちな相談者にも具体的なアドバイスを与え、それぞれの現実創造力を引き出すスキルは見事。

これまで遼子が取り上げてきたセミナーの中でも、紅のお話会はかなりの高評価だった。紹介記事も多くの人に読まれたらしい。

遼子の記事には紅のブログへのリンクが貼られて、これが驚くほど大勢のお客を連れてきた。

アクセス解析のグラフが、海抜ゼロメートルからいきなり絶壁に打ち上げられたような線を描いている。こんなことが続くはずはない、急上昇の後にはきっと急降下が待っているのだ——紅の悲壮な覚悟と裏腹に、アクセス数は高水準を維持した。好奇心で見に来ただけの人々が、リピーターになっていったのだ。記事へのコメントが増えるにつれて、その理由が分かってきた。

紅のブログを読む人々は、直接語りかけられたような気分になるのだという。特に評判が良かった記事は、例えばこんな感じだ。

——泣いている人はいませんか？　あまりにも悲しいことがあって、胸が重苦しく、息が詰まっている人は？

悲しい気持ちは肺を弱らせ、呼吸する力を失わせてしまいます。これは中国で何千年も支持されてきた東洋医学の知恵なんです。泣きじゃくりながら呼吸するのは難しいことでしょう？

悲しみで弱ってしまったあなた。おうちのエアコンや、空気清浄機のフィルターをきれいにしてみませんか。

あなたが心を込めて掃除をすれば、そこを通る空気もまた美しいものに生まれ変わります。その空気を吸って、あなたの肺が癒やされていく。すると悲しみも消えていく。こんな風に、よい循環が生まれるのです。

もしも立ち上がる元気が出たならば、ぜひやってみて下さい。フィルターを外した瞬間に、あなたの新しい人生が始まります。悲しみに沈んでいた辛い時期を、あなたの手で終わらせることが出来るのです。

お掃除は、あなた自身への優しさです。今泣いているあなたが、どうか元気になれますように。焦る必要はありません。少なくとも一人、あなたの幸せを願っている人間がここにいることを、どうか覚えていて下さい――。

紅はウケを狙ってそう書いたわけではなかった。むしろ自分を励ますような気持ちだったのだ。ブログのアクセス数は上向いても、開運お掃除サービスの受注は不調なままだったのだから。自分がかけて欲しい言葉を綴ったら、それが思いがけず評判になってしまった。みんな励まされたがっているのだ。どうしようもなく疲れた人々の心の傾きを、紅はひしひしと感じる。

ブログの読者登録数は順調に増え、はじめてのお話会の頃には七百五十人程度だったのが、遼子に紹介された後、十日余りで千人を超えた。年を越す頃には二千人の大台に乗り、増え方には弾みがついて、勢いは未だ衰えない。

評判が評判を呼び、「お話会」の開催もまた、少しずつ増えていった。たとえ地方の小さなスピリチュアルグループであっても、紅は呼ばれれば断らない。自分のメソッドを直接話して伝えるとき、身体の中に、何かが本当に燃えているような静かな充実感が生まれてくる。いつしか紅のスケジュールは、お掃除ではなく、書くことと話すことで占められるようになった。

自分が伝える言葉で他人の人生が変わっていく。それは恐ろしくて素晴らしいことだ。今日とは全然違う明日を手に入れたのは、紅自身だったのかもしれない。みんなが紅に求めているのは、今や明らかにお掃除とは別のものだ。新たに踏み出す決断をするのは、もはや自分以外の誰でもなかった。

七

開運お掃除を教える講師になろう——。

紅がとうとう腹をくくったのは、年明けて一月半ばのことだった。

とはいえ、ブログを書いて時々お話会に招かれるだけでは生業《なりわい》にならない。何をどうすれば仕事として「先生」をやれるのか。紅は幸村の他に相談する相手を思いつかなかった。

笑われるかと思いきや、紅のブログに目を通した幸村はかなり乗り気でこう言った。

「いいじゃない。本気で女王様になるつもりなら、俺は手を貸すよ」

幸村は広告代理店時代のコネを使って、フリーの編集者、山下《やました》に連絡を取った。飲食店の経営者が宣伝を兼ねて本を出すときなどに、力になってくれる人物だ。紅の場合も、まずは名刺がわりの本を作ろうというのが幸村の戦略だった。

山下の手でいくつかの出版社に企画が持ち込まれたが、どこも反応は今ひとつだった。「お掃除と開運」という題材はお世辞にも新鮮とは言えない。似たような本が山ほどある中で、頭一つ抜けるには著者自身の知名度が物を言うが、山下が企画を持ち込んだ時点で、紅のブログの読者数は三千人程だった。開設から一年も経たないことを思えばよく頑張った方だが、本を売るにはやや心許《こころもと》ない数字らしい。

無謀な挑戦だったか、と諦めかけた三月半ばのこと。一度は難色を示したある出版社が、「ぜひ高岡さんにお会いしたい」と突然連絡してきた。占いや自己啓発本がメインの中堅どころだ。

編集者の長谷川《はせがわ》は、ごく個人的な理由でプレゼン資料に興味を持ったらしかった。紅のブログを抜粋した企画書の中に「後腐れなく縁切りするには」という記事があったのだ。

――ご自宅の配管を徹底的にきれいにすれば、悪縁は自然と流れていきます。特に、相手が住んでいる方角に水回りがある方、ラッキーですよ！　効果が倍増します――

おりしも、彼女の妹はストーカー事案のまっただ中にいた。浮気者の夫に愛想を尽かし、愛人宅へと叩き出したものの、しつこく復縁を求められ困り果てていたのだ。そこで少しでも気晴らしになればと紅のメソッドを勧めたところ、妹の方は気晴らしどころか、縁切りのためなら配管もちぎりかねない勢いで飛びついてきた。

台所のシンクがちょうど愛人宅の方角にあるのを見て取ると、妹は早速メソッドを実行した。自分で掃除するだけでは気が済まず、わざわざ配管清掃の業者まで呼ぶ徹底ぶりだ。

するとどういうわけか、それまで妹宅の周りをうろついていた夫の姿が急に見えなくなったのだという。ないがしろにしていた愛人から肉切り包丁の一突きをくらった、という笑えない顚末だったが、捨てたい男の流血度合いなんて彼女にとってはどうでもいい。

この知らせに驚いた長谷川は、腰を据えて紅のブログを通読した。妹の体験談でひいき目が入ったかもしれないが、改めて読むと、魅力的な部分がちらほら目についてくる。

お掃除と開運というテーマがありふれている中で、掃除そのもののトリビアが豊富で実用に堪えることが一つ、そして豊かなお掃除ネタに対応して、恋愛や人間関係、仕事やお金といった幅広い問題への処方箋が事典のように網羅されているのもポイントが高い。本気で開運したい人にはいい手引き書になるし、人生の困り事とお掃除がどう関係してくるのか、好奇心から読んでも充分楽しめる。これが本になったあかつきには、いつでも参照出来るように手元に置きたいと感じるだろう。勝算はなくもない――。

こうして実現した打合せには、「どうしてもお礼を言いたくて」と例の妹も現れ、紅は彼女の行く末についてとことん相談に乗るはめになった。古い夫の気配が染みついたマンションをどうすればいいか。新しい出会いを呼び込むにはどんな手を打つべきか――喫茶店の片隅で、紅は例によって温泉場の卓球めいたテンポの良さで、いかにも本当らしい答えを次から次に打ち返していく。その間にも長谷川は注意深く紅の話を吟味しているのだった。これは出版に向けてのテストじゃないだろうか、と途中で気付いた紅の背中を冷や汗が伝う。妹の将来設計のために粘ること三時間、四杯目のコーヒーを口にした長谷川から「ぜひ本にしたいですね」の一言が出た時、紅はあやうく万歳三唱するところだった。

長谷川は紅の「伸びしろ」に目をつけた。企画を検討している間にも、ブログの読者数やSNSのフォロワー数は着々と増えていたのだ。現在の数字も決して小さくはない上に伸び率が高い。それに著者は弁が立つからセミナーでの収益も見込める――桜の花もすっかり散った頃、必死のアピールが実ってなんとか企画は通った。そこからがまた一仕事、山ほどあるブログの記事を選別して、ひとまとまりの教科書として筋が通るように、分かりやすく構成していく。慣れない作業に翻弄されながらも、紅の本は盛夏になってようやく日の目を見ることになった。

安心したのもつかの間、次の関門は出版記念のセミナーだった。長谷川の会社のセミナールームで読者の質問を受けるという企画で、お話会の延長だろうと思いきや、キャパが想像より大きかったのだ。五十人、いやもっと、下手をすれば百人くらいは入りそうな大部屋。寒々しい空間に、お客さんが寂しい星みたいに散らばる様子が目に浮かぶ。

案の定、募集開始からしばらくは席が埋まらず、紅はまる二週間、空席だらけの会場の夢にうなされることになった。最悪の場合、外の大通りでチケットを手売りするはめになるかもしれない。思い詰める紅を救ったのは、またしても野辺山遼子の発信だった。

彼女は参加予定のセミナーを前もってSNSで告知している。セミナーのタイトルと日付だけを並べた無愛想極まりないアカウントだが、そこでいきなり紅の話題を出したのだ。

――高岡紅、いよいよ初セミナー！　聴衆の期待に全力で応えようとする彼女に期待している。私の方も、全身全霊でぶつかっていくつもりだ――

淡々とした投稿の中に突然暑苦しいコメントが現れたものだから、SNS上では「野辺山さん怖いんだけど」「ぶつかるってどんな風に」「高岡さん逃げて」と、やや冷笑的な雰囲気ではあったものの話題になった。いつも辛口の野辺山遼子にここまで言わせる高岡紅とはどんな人物だろうと、おそらく遼子の意図とぜんぜん違う形で宣伝にもなり、チケットは無事にさばけて、最終的には、めでたいことにちょっと増席もされたのだ。

誰もが答えを欲しがっている――かつて遼子がお話会のために書いてくれたレビューはこう結ばれていた。「どう生きるべきかを私たちは知らない。結婚する・しない、子供を産む・産まない、仕事を続ける・続けない、結婚するなら一体どんな人と？　山ほどある岐路に立たされたとき、どっちを選べばいいのか、判断基準がまるでない。親世代はもう参考にならず、横を見ても同じように迷っている人ばかり。白でも黒でもなく灰色に染まった海の中で私たちはやみくもに漂い続けるしかなかった。高岡紅はそこに一瞬で、明確な答えを与えてくれる。彼女の話を聞いている間、私は『答えを持っている人にやっと出会えた』という喜びで胸が震えるのを感じていた」と。

八月の夜明けの光が、キッチンの小窓に触れて、鋭く輝きはじめる。

一睡も出来なかった紅に、その光は余りにも眩《まぶ》しかった。今日がセミナーの本番なのだ。

人生を変えたい、という大それた希望を抱いた百人の観客を前に、これからたった一人で、二時間の大舞台を回さなければならない。狭いダイニングをうろうろ歩き回りながら、まだ会ってもいない彼らの期待に押しつぶされそうな思いで、紅はテーブルに置かれた一冊の本に視線を落とした。頼みに出来るのは、この本に収めた自作のメソッドだけなのだ。

——そう、一から十までデタラメの。

今さら何を言ってるんだ、と紅は青ざめた。

少人数のアットホームなお話会では、目の前にいる相手を喜ばせることに必死で、根っこにある理屈が本当かどうかなんて二の次だった。でもマイクを持って舞台に上がるとなれば話は別だ。事ここに至って、紅はようやく、世間に向かって大嘘をつこうとしている自分に気付いたのだった。こんな大ごとになるなんて思わなかったと、子供みたいな言い訳が脳裏をよぎる。でももう本は出来てしまった。今さら逃げ出せるはずもない。

不安なときには微笑みを浮かべてお掃除しましょう、と本に書いたのを紅はやにわに思いだした。笑顔を作ろうとしたが、頬がこわばって動かない。むりやり口角を持ち上げようとした指は、ひどく震えている。

と、不穏なしじまを打ち破るように、窓の外から靴音が高く響いてきた。日が昇ったばかりの静かな時間に、足音の主は一欠片の遠慮もなく、長い廊下を突き進む。同じ並びの十軒ほどに迷惑をかけたあと、紅の家の前でそれは止まった。鍵を回す音が鋭く響く。はたして、現れたのは奈津子だった。部屋の灯りも点さずにぼうっと立っている紅を見て、「うわっ」と声を上げる。

「何よ、ビックリするじゃないの」

「どうしたの、急に」

喋った途端に人心地がついた。紅は大きく息をつく。

「どうしたのって、私の家なんだからいつ帰ったっていいでしょうよ」

気怠《けだる》そうな声には前夜の酒がまだ淀んでいるようだった。誰だか知らない男の気配が彼女の全身に絡みついていて、狭い空間にみるみる充満する。

「お客さんの別宅に寄ったのよ。太客《ふときやく》だからね、時々優しくしてやらないと。西新宿《にししんじゆく》からだとこっちの方が近いし、たまにはあんたの顔も見なきゃと思って。ああ、疲れた」

そう言ってダイニングチェアにゆうゆうと腰掛けた。リモコンを指揮棒みたいに振って冷房を入れ、背もたれに身体を預けて天井を仰ぎ見る。この世には自分以外の誰も存在しないとでも言いたげな振る舞いだ。

「どうせタクシーなんだから麻布《あざぶ》に帰っても同じじゃないの」

「あの人急に自分の車で送ってやるって言いだしたのよ。幸村と鉢合わせたら面倒でしょ。娘の家が近いから寄ってって言ったのよ」

奈津子はしれっと白状した。心底快適そうに冷房の風を浴びる彼女の顔を見ていると、なんだか憎めない気がしてくる。

奈津子は反《そ》っくりかえって伸びをすると、急に朗らかな口調になって「ねえ、何か飲み物ちょうだい」と言った。奈津子のものの頼み方には一種の魔力があって、応えることが喜びだと相手に思わせてしまうのだ。紅が冷えたコーラを出してやると、奈津子は一口あおって「ああ、美味しい」と目を閉じる。顔の造作はもちろん、その仕草や佇《たたず》まいに至るまで、全てが惚れ惚れするほどきれいな女だ。たまにこの人が帰ってくると、内心誇らしくてたまらなかったことを紅は思い出した。この家を一人で守ってきたのは、結局のところ彼女のためだったのかもしれない。

「……でも、あの人も潮時かな。最近金払いが渋くなったわ。この先堕《お》ちていく人って何となく分かるのよね。まあ、取りはぐれるようなヘマはしないけど」

仕事絡みの問わず語りに黙って耳を傾けるのも、昔からの習慣だった。こうしていると、今日のセミナーのことなど全て夢で、自分は十二歳の姿のまま、ずっとここにいたのではないかと思えてくる。

「あんた、なんでこんな時間に起きてんの？」

奈津子は今気付いたかのように問いかけた。

「仕事が気になって眠れなかったの」

「仕事ったってお掃除でしょ？　何を悩むことがあるの」

奈津子はあっけらかんと言った。昔から、彼女の中に悪意を感じたことは一度もない。きっと本当にないのだと思う。興味がなければ悪く思うこともないのだから。

「……セミナーをやるの。今日が本番なんだよ」

お掃除サービスは畳んで、今は掃除で開運する方法を教えているのだ、と経緯を説明してやると、奈津子はまだ商売用のリアクションを引きずっているらしく、大仰に驚いてみせた。

「すごい、先生なの。本まで出すなんてね」

間の狭まった大きな目がまじまじと紅を見つめている。奈津子が紅の顔をじっくり見るなんて滅多にないことだった。今の自分は何かの背景ではないのだ。すごい、という言葉がただの合の手に過ぎないとしても、紅の誇りを風船みたいに膨らませるには充分だった。

「早いうちから家のことを任せたのが役に立ったのね」

奈津子が手柄顔に言う。紅の風船はあえなくしぼんだ。それは人から散々言われてきたことなのだ。苦労したのが糧になったね、回り回って良かったじゃないか、と。赤の他人なら笑って流すが、奈津子にだけは言われたくない。

「……家事を教えてくれたのはお祖母ちゃんよ。あの人が教えてくれたことはどこに行っても役に立ったわ」

被せるように紅は言い返した。紅に生きる力を授けてくれたのは祖母なのだ。母親ではなくて。

「あの人ぬかみそ臭いことを仕込みたがるのよね。私に言われても困るのに」

奈津子はうつむいてネイルの欠けをチェックしながら、物憂い調子で呟いた。奈津子にとってはうるさくて面倒な女、そして面倒を押しつけるための女だったのが透けて見える。もしも祖父が生きていたら、少しは違ったのだろうか。

「……悲しくないの？　お祖母ちゃんのこと」

何言ってるの？　と奈津子は不思議そうな顔をする。

「私は今でもお祖母ちゃんのこと思い出すよ。あなたはなんで平気なの」

奈津子はとたんに眉をつり上げた。

「平気なわけないでしょう。ものすごくショックだったわよ。あの人が死んじゃったときのこと、お客さんにもずいぶん聞いてもらったんだから」

奈津子の一体どこに、こんな人並みの感情がしまってあったのか。あるいは、これも全て演技なのだろうか？　情緒豊かな、魅力ある女を演出するための。奈津子の目が薄青い光をためて、ふっと廊下の先にある洗面所の方に向いた。

「あの朝のことは忘れられないわ。物音がして来てみたら、いきなり倒れてる足が見えて……」

「えっ？」

それは祖母が亡くなった朝の様子だった。紅には決して忘れることが出来ない、残酷な絵画にも似た一枚の情景。それを見たのは断じて奈津子ではなかった。彼女はとっくにこの家を出ていたから、あの悲しい出来事に遭遇したのは、十五歳の紅、ただ一人だけだったのだ。

急に冷え込んで、春の雪がちらついた朝のこと。目覚まし時計を叩いて止めた紅が眠たい目をこすりながら起きていくと、洗面所の入り口に、マネキンみたいに投げ出された祖母の足先が覗いていた。

その後のことはよく思い出せない。声も出ないまま隣の住人を裸足《はだし》で呼びに行ったことと、夕方になってやっと帰ってきた奈津子が、さも悲しげに泣くので驚いたことは覚えている。当時の奈津子の男が色々便宜を図ってくれて、葬儀は無事に済ませることが出来た。

厳しい祖母だったけれど、手厚く守ってもらったとも思う。きっと奈津子に育てられるよりはずっと良かったのだろう。そんな風に自分を納得させながらも、何かが足りないという気持ちを紅はずっとぬぐい去ることが出来なかった。真新しい高校の制服で春の葬列に加わったあの日も、紅は微妙な欠けを心の中で持て余したまま、素直に涙を流せずにいた。

心に空いた穴を祖母に代わって埋めるなんて奈津子に出来るはずがない。それでも彼女は都心のマンションを畳んでこの家に帰ってくるだろうと紅は信じていた。何しろ娘が一人っきりになってしまったのだから。

ところが葬儀の後、奈津子のベージュ色に塗りつぶした唇から出たのは「仕事が忙しいからこっちにはいられないけど、あんたは頑張ってね」という思いがけない言葉だった。

紅は絶句した。胸の中で冷たい空洞が膨らんで破裂しそうだ。

奈津子は話が通ったと思い込んで立ち去りかける。紅は慌てて追いすがった。

「私はどうなるの？」

奈津子は心底驚いた様子で振り返った。紅が弱音を吐いたことなど一度もなかったからだ。

「あんたなら立派に暮らしていけるわよ、大丈夫」

とっておきの微笑みと共に返ってきたのは励ましの言葉だ。そういうことじゃない、全然分かってない。泣きわめきたいのに、安全装置がかかったみたいに涙の引き金を引くことが出来なかった。ひたすらかぶりを振る紅に奈津子は困惑し、ちょっと考える素振りをみせると、やがて「紅、よく聞きなさい」と改まった風に話し始めた。

「これは大事なことなの。あんたのお祖父《じぃ》ちゃんもお祖母ちゃんも、普通なら死なないような年で死んでしまった。これがどういうことか分かる？」

分かるわけないじゃない、と思いながら紅はつい話に釣り込まれてしまった。奈津子の語り口はそれくらい真に迫っていたのだ。

「あの二人はね、人間なんていつ死ぬか分からないってことを身をもって教えてくれたのよ。一瞬一瞬を惜しみながら、大切に生き抜かなきゃいけないって伝えるために、敢えて短い人生を生きたの。とりわけ、まだ若いあんたのために」

紅は急に恐ろしくなった。お祖母ちゃんがあんな死に方をしたことを「あんたのために」なんて言われても困る。とんでもないものを背負わされた感じがした。

「……嫌だよそんなの」

「あんたが嫌だと言っても、実際そうなのよ。あたしは人生経験を沢山積んだお客さんの話を毎晩聞いてるからね、二人がこんな早くに死んでしまったのが偶然じゃないって分かる。お客さんはみんな人生の先輩よ。深い話を沢山知ってる。毎日耳を傾けていくとね、自然と人生を知ることになるの。本質を知るアンテナが研ぎ澄まされるっていうのかしら」

声を低めて切々と語る。その語り口には不思議な説得力があって、つい話を聞かされてしまうのだった。

「あたしもあんたの所に戻ってやりたいのはやまやまなの。あんたまだ十五なんだし、本当は心配でたまらない。でもね、お祖母ちゃんたちの教えを無下にはできないでしょう。二人は『今を精一杯生きろ』って言ってるの。決して歩みを止めるな。お前の人生はいつ終わるか分からないんだからって」

　ね、と奈津子が呼びかける。うん、と紅は答えてしまう。

「だからあたしも、お店を頑張る。本心では、何もかも畳んであんたと一緒に田舎へ引っ込みたいぐらい悲しいけど、でも、ここで負けるわけにはいかない。紅、あんたはどうか、この家を守ってちょうだい」

　奈津子がそう言った拍子に本当に涙が零れるのを見て、十五歳の紅は、それを彼女の真心だと思ったのだ――。


「……あなたが二つ目のお店を出したばかりだって知ってたら、真に受けなかったのにね」

　恨んでいるわけではない。ただ一言、苦労させてごめんね、と言ってくれたらそれでよかったのだ。そんな奇跡が実現したことは一度もないが。

「仕方ないでしょう。あんたがお嬢様学校なんかに入るから、学費が大変だったんじゃない。お店が潰れたら共倒れよ」

「だからってあんな嘘をつくことないでしょう」

　今まさに嘘の舞台を踏もうという自分が、奈津子の嘘を責めている。バカバカしいと思いながら口が止まらなかった。

「自分のせいでお祖母ちゃんが早死にしたみたいに言われて、私がどれだけ苦しかったか分かる？　あなたが家をほったらかしにしても、怒ることも責めることも出来なかったのは、悪いことをしたって思い込まされていたからよ」

人に重荷を背負わせておきながら、奈津子自身は祖母の悲劇を持ちネタとして消費していたのに違いない。亡骸《なきがら》を自分が発見したかのようにセンセーショナルに語ってみせ、客の同情を誘う。慰めにボトルの一本もおろしてもらえれば儲けものだ。そんな作り話を繰り返すうちに、偽の記憶が定着してしまったのだろう。彼女の口から出るのは全てが嘘、誰かをコントロールするための色鮮やかな疑似餌《ぎじえ》だ。

食ってかかる紅を、奈津子は静かに見つめていた。まるで話をちゃんと聞いているかのように。

「紅、よく聞きなさい。大事なのは言葉の真偽じゃない。その言葉が生んだ結果なのよ」

奈津子はしんみりと切り出した。柔らかな声がふっと紅の心に触れる。

「私の言葉で、その後のあなたはどうなったの？　考えてみなさいよ」

「どうって……」

「成績優秀で、就職もちゃんと決めた。一つの職場に十年以上も勤めて、独立にまでこぎ着けた。更にセミナー講師になるなんて、あなたがここまで成長できたのは何故？　一瞬一瞬を大切に生きるという私の話が生きていたから……そうじゃないの？」

都合のいいことばかり言っている。そう思いながら紅は何も言い返せなかった。自分は怒っていい、むしろ怒るべきだと分かっているのだが。

「紅、よく考えて。たとえ嘘でも大本に真実があるならば、それは許されるはず。大切なことを分かりやすく伝えるための嘘なら、むしろどんどんつくべきよ。水の底に何が潜んでいるか……それこそが大事なの。水面をとりつくろうことに意味なんかない」

奈津子の言葉はいかにも心づくしの温かさを帯びていた。気を許すな、しょせんは芝居に過ぎない、と自分に言い聞かせても流されそうになるくらい、その言葉は紅の胸に染みいってくる。

「嘘つきだって罵られても私はいいのよ。あんたは今が上手く行ってることを、心から喜びなさい」

奈津子は不意打ちに紅の目を見て笑いかけた。パッと光を放つような表情に、紅はつい圧倒される。

「じゃあね。仕事、頑張るのよ」

紅がひるんだその隙を突いて、奈津子はさっと立ち上がった。おやすみなさい、と笑顔の残像をおいて、女優が舞台からはけるように、奈津子は颯爽《さっそう》と歩み去る。

してやられた。

紅は棒立ちのまま嘆息した。いつもこうだ。彼女の言葉なんて安手のペテンだと分かっているのに、なぜかごまかされてしまう。

忌々しい、と思いながらも、紅はふと、奈津子が来る前よりも気分がずっと良くなっていることに気がついた。彼女の残していった強靱な活気が、そこら中に満ちている。

――嘘でも大本に真実があるならば、それは許されるはず――

その言葉がじわじわと、紅の不安を埋めていく。

さっきまで奈津子が座っていたダイニングチェアに、紅は彼女になりきったつもりで腰掛けてみた。胸を張り、背もたれに身体を預けて、爽やかな冷風を浴びながら一つ大きな伸びをする。

傲然として柔らかな笑みが、自然と自分の頰にも浮かんでくる。

悩むことなどない。紅に期待して大勢の人が集まるのだ。堂々と嘘をついて彼らを幸せにすることだけ考えれば、それでいいじゃないか。

自分を守ってはばかることのない奈津子の思考回路が、不思議なくらいあっさりと、紅のものになった。そこに色濃く残された彼女の気配を、紅は体中で吸収する。なんだか、何も怖くないような気がしてきた。

八

大通りに並ぶ街路樹は、真夏の光をすっかりのみ込んだような深緑に染まっていた。二階にある控え室の大窓の向こうに、枝々は炎のような有様で揺れている。

陽炎《かげろう》が立つ暑気の中を、幾人もの女達が出版社のビルに向かってくるのが見えていた。疲れてしょぼくれた人波のあいだで、期待に膨らんだその姿は、南国の花みたいに際立っている。

「お掃除で人生激変！ 高岡紅の開運トークセミナー」の開始時間は、もう間近に迫っていた。

セミナーを思いきり盛り上げた後は、即売会を開いてサイン本を売る手はずになっている。

今さら準備することは何もなかった。机に置かれたセミナーのフライヤーには、紅の写真が大きくあしらわれている。プロのヘアメイクに仕上げてもらって、光沢紙の上ではつらつと笑う自分の顔が、なんだか他人のものみたいに感じられた。

その傍らの紹介文がふるっている。書いたのは長谷川だ。

――高岡紅。敏腕経営者の母の元に生まれる。多忙のため家庭を顧みない母、荒れてゆく生活。そんな中でも、自分で身の回りを整えつつたくましく生きてきた紅は、掃除が行き届いているときとそうでないときで、日常に起こる出来事が全く変わることを実感していた。掃除と運気の関わりについて膨大な研究を重ね、さらなる知見を得るべくハウスクリーニングサービス会社に就職。多くのゴミ屋敷を片付けながら清掃の指導をする中で、顧客たちの運勢改善に携わり、着実に結果を出していく。クライアント数はのべ千人以上。このメソッドを伝えるべくはじめたブログは、早くも読者登録数七千人を突破。満を持してのセミナー初開催となる——

「プロフィール、ずいぶん盛ったね」

緊張のせいか、変な笑いがこみ上げてきた。傍らでスマホにかじりついていた薫がふと顔を上げる。彼女は暇さえあればSNSを開いて、誰かにコメントをつけているのだ。

「別に盛ってないじゃない。今日はサロンの募集もかけるんだから、紅ちゃんのすごいところをしっかりアピールしないと」

サロン、というのは実在の場所ではない。インターネット上の架空の集会所、オンラインサロンのことだ。

開設は薫のアイディアだった。会員だけが見られるクローズドな空間で、限定コンテンツを楽しんでもらうという一種の情報サービスだ。

サロンの中には、会員が自由にコメントを書き込める掲示板形式のスペースが設けられる。会員同士の交流を楽しむのはもちろんのこと、紅じきじきの開運アドバイスや、日々のお掃除ポイントを綴ったメッセージ、さらにサロン内でしか見られないレクチャー動画も出す予定で、ライブ配信では紅に直接メッセージを送ってリアルタイムのやりとりをすることも出来る。月々の会費は五千円、決して安くはないのだが、主宰者との距離の近さが売りで、要はファンクラブの仕組みにスクールが合わさったようなものだ。会員は紅の生徒という位置付けになる。

紅がブログの記事ばかり書いている間に、薫は遼子やその他の仲間からさまざまなノウハウを仕入れたらしかった。インターネット上に広く情報をばらまくだけでなく、閉鎖的なコミュニティにファンを囲い込んで、彼らのエリート意識をくすぐりつつ、メソッドを脳に深く染みこませることが大事だ——ほかのセミナー講師たちの動向を見るに、どうもそういうことらしい。

サロンのシステムは既存のものを簡単に借りることが出来るから、コンテンツさえあれば誰でも講師になれる。必要なのは客を集める力だけなのだった。

「薫さん、スピーチの原稿用意したの?」

セミナー本番では、紅のメソッドの経験者として薫も壇上に立つことになっていた。普通のお掃除サービスだった頃もお客さんの体験談は貴重な宣伝材料だったが、開運講座に舵《かじ》を切った今はなおさら大事だ。根拠のない話を信じてもらうためには体験談の数がものを言う。ほかに説得の材料がないからだ。

「原稿は要らないわ。思ったままに話したほうが伝わるから」

へえ、と紅は目をみはる。紅がこんなに緊張しているのに、薫の方は平然としているのが不思議だった。PRの経験のおかげかと尋ねると、薫はかぶりを振ってみせる。

「今からすることは、全部あなたのためにやることなんだから、自分がどう思われるかなんて気にならない。船場薫なんてここにいないのと同じ。だから緊張もしないの。捧《ささ》げる価値があるものに身を捧げられるって幸せよ。紅ちゃんのメソッドは、本当に私の人生を変えたんだから」

——あなたには、他人を幸せに出来る特別な力があるんだわ。

かつて言われたことがふいに蘇って、紅は鋭く身震いした。

出版社のスタッフと薫に付き添われて、紅は地面から半ば浮いたような感覚のまま、階下のセミナールームへと向かっていった。

エレベーターを降りると、廊下の向かいに会場の入り口が見えている。扉は閉ざされているのに、そこから漏れる気配を紅はありありと感じることが出来た。一歩、二歩、呼吸を整えながら近づいていく。扉が開かれると、一瞬の間を置いて、拍手がわっと押し寄せて来た。

広々としたセミナールームの隅から隅まで詰め込まれたパイプ椅子。そこに肩を縮こめて座る大勢の人、人、人。紅潮した顔が一斉に紅を見つめる、その熱気の凄《すさ》まじいこと。みんなが紅を待っていた。ブログで顔を出さなかった紅を一瞬で見分けられたのは、あのフライヤーのおかげだ。

たった今部屋に歩み入ったのは、紅自身ではなくて、あの写真の女なのだと紅は気付いた。人生を変えたい、幸せになりたい、そんなみんなの期待を一身に背負った、あの女だ。

紅は写真とそっくり同じ笑顔を作った。一番奥にいるお客まで視線を届かせ、部屋全体を包み込むように気合いを入れる。拍手がひときわ大きくなった。フライヤーの笑顔と、今朝方コピーしてきた奈津子のオーラ。これは自分ではない——そう思ってしまえば、薫の言うとおり恐ろしいものは何もないのだった。

視線を巡らせると、最前列に野辺山遼子の姿が見える。遠慮せず一番前に陣取るところが彼女らしかった。吸収できるものは何でも吸収したいという貪欲さが、彼女だけでなく会場中から伝わってくる。紅が奈津子からあの傲岸さをコピーしたように、彼女達にも紅からコピーしたいものがあるのだ。

紅はふと遼子の隣の女性に目を移した。肩まで伸ばした柔らかそうな髪、大きく見開いた両の目が、晴れた日の川面めいた光を含んでこちらを見上げている。その顔をどこかで見たような気がして、紅は目を奪われた。

あの子に似ているのだ――女王の演説に感動して手紙をくれた、高校の下級生。一生分の憧れを煮詰めたような眼差しが、まるで同じだ。

紅は客席の一人一人を抱きしめるつもりで語りかけた。

「今とは全然、別の人生を生きたい。そう思ったことはありませんか？」

これまでのお話会の中で摑んできた、みんなの願いだ。会場は静まり返る。

「これから皆さんに人生を変えるお話をしたいと思います。掃除なんかで何が変わるの？　って思うかもしれない。でも毎日を過ごす環境ってすごく大きな力を持っているんです。いつも目にして触れるもの。そこを整えることで、潜在意識に繰り返し良い情報が刻まれる。小さな良い変化は、コップの中に溜まっていく水のようなもの。ある日突然溢れ出して、そこからあなた自身が大きく変わっていくんです」

紅の声は朗々と響いて部屋中を満たした。

「私自身、お掃除の力にずっと助けられてきました。私の母はとても忙しかった。幼い頃から、自分の面倒は自分で見なければなりませんでした。でも、部屋の掃除をさぼろうと思ったことは一度もなかった。きれいにすればするほど自分の心が澄んで、物事の流れが良くなっていくのをありありと感じていたからです。そこを極めたくて、ハウスクリーニングの会社に入りました。数え切れないぐらいのお客様のご自宅を掃除させていただいて、お客様の人生も変わっていくのを目の当たりにしました。どうしてもこのことを多くの人に伝えたい、そう思い定めたら、魔法みたいに全てが整っていった。気がついたら、こうして皆さんの前に立っていたんです」

会場中が固唾《かたず》を呑んで聞いているのが分かる。紅はフライヤーの紹介文をもとに即興で喋っていた。言葉は今や何の苦もなく、ひとりでに溢れてくる。

「当たり前の掃除の積み重ねが、私をここまで連れてきてくれました。こんな未来を私は想像できなかった。今でも信じられません。皆さん、聞きに来てくれて本当にありがとう。このお話でもし皆さんが幸せになってくれるなら、それが私の生まれてきた意味に違いありません」

紅が言葉を切った瞬間、自然と拍手の波が湧きおこった。出版社のスタッフがきっかけ出しのために会場の後ろにスタンバイしているのだが、それすらも必要ない。拍手はダイレクトに身体に響いて、紅の力になった。

「私のメソッドで実際に人生を変えた人を紹介します。私の良き友人でもあります、船場薫さんです」

薫を壇上へ呼び込むと、紅は両手を掲げて叩いて見せた。それが合図になって会場からも拍手が起きる。誰もが紅の振る舞いに自然と同調していた。良い流れだ。

薫は暗色のサマースーツを身にまとって、お辞儀の動作も客席に向ける表情も、かなり控えめに作っていた。紅の引き立て役に徹しているらしい。

「私は、数年前から紅さんのお世話になっています。昔は普通の生活をしていたのですが、夫が家を空けるようになってから、自宅は荒れていきました。夫の愛人からは連日電話がかかってきて、別れるように脅されて……。ストレスで片付ける気力を失ってしまったんです。いつのまにか、ゴミは腰の高さまで溜まっていました。一人きりで、ゴミの穴倉にはまって眠る毎日だったんです」

淡々とした語り口が、かえって真に迫っていた。

「……私は夫を心から愛していました。出会えてよかった、他の相手なんて考えられないと、心底そう思っていたんです。そんな相手から見棄てられて、絶望という言葉では表現しきれない程のどん底にいました。あの頃はお酒だけが友達だった。ゴミの大半はお酒の缶だったんです。眠っていると、自分の頭の上に空き缶が崩れて落ちてくる。こんな状況を想像できますか？　ゴミに埋もれて、自分の存在までが消えてなくなるような気がしました」

あの惨めさをいっそ衆目に晒してやりたい——そんないびつな欲望めいたものを感じて紅はたじろいだ。お客さんはここまで重たい話を求めているだろうか。両手でマイクを握りしめ、薫のスピーチは勢いづいていく。

「そこに現れたのが紅さんだったんです。紅さんは荒れ果てた家を献身的に片付けながら、気力を無くした私を励ましてくれました。このまま自分自身を台無しにしてしまってはいけないと、人生を変える片付けの方法を教えてくれたんです。彼女の言うとおりに窓を磨き上げたその日に、夫は帰ってきました。今でも信じられない……」

客席から息をのむ気配がした。薫は声を詰まらせ沈黙する。本当に泣いているのだ。前方の客は彼女のテンションにすっかり巻き込まれているが、後ろの客はやや引き気味に見える。

「あの時、ゴミの穴の底で絶望していた私はもういません。もし人生を変えたいと思っていて、でも紅さんのことを信じ切れずにいるのなら、私が証拠です。私を見て下さい！　もうお酒を飲みたいとすら思わなくなった。今鏡を見ると、ゴミに埋もれていた頃とは見た目も全然違うのが分かります。十歳は若返りました。そして、こうして紅さんの為に働けている。こんなに幸せなことはありません！」

街頭演説めいて声のトーンが高くなる。気まずそうに目をそらす客の姿がちらほら見えた。これ以上はまずい。

「薫さん、ありがとう。皆さん、大きな拍手をお願いします」

紅はすかさず割って入った。引き気味の客を狙って微笑みを振りまく。拍手の勢いは衰えていなかった。まだ大丈夫——ほとんど綱渡りの気分だ。

ここからしばらくは、「セミナーの参加者だけに特別公開」と銘打った、開運お掃除の紹介動画を流す段取りになっていた。メソッドに従って、紅自らお掃除する様子を撮影したものだ。

いかにも掃除のプロらしい紅の鮮やかな手際と、華やかな講師としての活躍ぶりをテンポ良く結びつけていく編集は、薫のセンスの賜物《たまもの》だ。彼女は高性能のスマホ一つで撮影も編集もこなしてしまう。SNSでの広報活動も含めると、一日二十四時間のほとんどをあの小さな画面に費やしている計算だ。かつてはゴミ部屋で暮らしながら画面の向こうに入り込むことで心のバランスを保っていたわけで、彼女の技術は言ってみれば、現実逃避の結晶みたいなものだった。

動画が終わったところで、スタッフがことさら大きい拍手を響かせた。お客達は我に返って手を叩き、現実の世界に戻ってくる。

「それでは、皆さんの質問を受け付けます。何を聞いてもらっても大丈夫ですよ」

ここから先が紅の本領発揮、質疑応答コーナーのはじまりだ。

みんな前もって聞きたいことを用意してきたはずだが、周りの様子をうかがうばかりで、なかなか手を挙げられない。紅も客同士もこれが初顔合わせなのだから無理もないことだ。

今こそが、仕込みのスタッフの出番だった。後方の座席から勢いよく手を挙げた彼女を、紅はすかさず指名する。あえて誰でも思いつくようなつまらない質問を一つ投げてもらって、快く答えてみせるのだ。呼び水が効いたのか、ぽつりぽつりと手が挙がりはじめる。

質問はどれも、「お話会」で聞いたことがあるものばかりだった。彼女たちは今の人生に決定的な不満を持っているわけではない。でも何かが足りないと感じていて、欠乏感そのものにジワジワと心を削られているように見える。

そのちょっとした不満を、具体的な掃除のやり方に変換していけばいい。「恋人が出来なくて……」と言われれば、「一戸建てにお住まいですか？　まずは門扉をきれいにして下さい。マンションなら玄関の扉で良いです。対人運を上げて良い出会いを呼び込むことが必要ですよ」と答え、「商売をやってますが金回りが悪くて……」と言われれば「洗面所の排水口が詰まっていませんか？　お風呂も確認して下さい。髪の毛を詰まらせるのはNGです。水回りの障害はお金の状態に直結しますよ」と、理屈もあわせてどんどん説明していく。考える隙を与えないくらいテンポよく進めるのがコツだ。

紅は次から次へと答えていった。何かを問われた途端に『絶対に答えてあげなくちゃ』という気持ちが腹の底から湧いてくるのだ。すると普段ならあり得ないくらい活発に頭が回って、言うべきことがポンと飛び出てくる。夢中で答え続けるうちに、いつしか終了時間が迫っていた。

「それじゃあ、次の質問で最後にしましょうか」

そう声をかけたところで、なぜかパタッと手が挙がらなくなってしまった。

わずかな沈黙が、異様に長く感じられる。せっかくここまで上手くやってきたのだ。なんとかいい形で終わらせたい。

紅はふと、例の下級生によく似た最前列の女性に目をとめた。

「あなたはどう？　まだ一度も手を挙げてないけど、何か聞きたいことがあるんじゃないの？」

ダンゴムシみたいに背中を丸めてメモを取っていた彼女が、恐る恐る顔を上げた。ネームプレートには「工藤志依《くどうしえ》」と書かれている。

彼女はうなずき、おずおずと立ち上がった。メモ帳を胸元にしっかりと抱いている仕草もまた、あの下級生にそっくりだ。きっとその唇からは、あの時みたいに切実な言葉が飛び出してくるのだろう——。

紅はその言葉を待った。しかしどれだけ待っても彼女の声は聞かれない。

見れば彼女は、質問が書いてあるらしいメモを覗き込んだきり、彫像のように身動きが取れなくなっているのだった。

「……どうしたの、大丈夫？」

最前列で立ち上がれば多くの人の視線を背中に受ける。緊張しがちなシチュエーションだが、まさか固まってしまうとは。

会場がざわつきはじめた。ついさっきまでの高揚したムードは無残に壊れようとしている。紅は沈黙をごまかすように、ことさらに笑みを作って会場中にばらまく。

そっと彼女を座らせて幕を引こうか——紅が工藤志依に歩み寄ろうとしたその瞬間、すぐ隣に座っていた遼子が勢いよく立ち上がった。

「貸して。代わりに読んであげるから」

遼子はそう言って、工藤志依のメモを半ば強引に取り上げた。よく通るが愛想のない声で、一言一句をはっきりと読んでいく。

「私の母はいつも家をきれいにしていましたが、数年前の貰い事故が原因で病気になり、それから片付けが出来なくなりました。今は家中が荒れ果て、家族の仲も悪くなっています。私が疑問に思っているのは、事故が起こる前のことです。私の目には、母は自宅をきれいにしているように見えました。でも結局災難に遭ってしまったので、何か掃除の仕方が間違っていたのかと不安に感じています……これが工藤さんの質問です」

これでいいか、と言いたげに遼子は隣に目配せする。志依はほとんど泣き出しそうだ。遼子はポンと彼女の肩を叩いて、一瞬のためらいの後に、紅に向かってこう切り出した。

「この質問、私も便乗させて下さい」

いいですよ、と紅は鷹揚《おうよう》に答えた。と、遼子が息継ぎをして身構える。

「実は私の母も掃除が得意で、実家はいつもきれいに整ってました。彼女は掃除が趣味みたいな人だったんです」

工藤志依がうつむいて鼻をグズグズ言わせる傍らで、遼子は噛みつくような勢いで語りはじめた。まるで反対尋問に入った弁護士の風情だ。

「でも、我が家——野辺山家は、いつもいがみ合って不幸でした。父と母はしょっちゅう喧嘩《けんか》していた。祖母が母をいびっていた。リビングはピカピカできれいに飾られていたのに家族の仲はずっと悪かったんです」

遼子は再び音がするくらい息を吸い込んで、意を決したように紅を見た。

「なんでですかね？　うちにだけは掃除の効果がなかったんでしょうか。あんなにきれいにしていたのに一つもいいことがなかった。その理由を説明してもらえませんか？」

紅は体中の血液がいっぺんに凍りつくのを感じた。

これまで彼女自身の相談はただの一度も受けたことがなかった。それが今になってこんな話を持ち出すのはどういう訳か。

会場を埋め尽くしたお客たちは、心なしか下がった室温の中で、身じろぎもせず紅の返事を待っている。紅は呆然《ぼうぜん》と立ち尽くしたまま、遼子が今まで、どのセミナーもよそ者の視点で評価するばかりで、決してリピーターにならなかった理由に思い当たった気がした。

もしかしたら、彼女はよそのセミナーでも同じことをやってきたんじゃないだろうか。講師を油断させて、最後の最後に相手を試すような質問を仕掛けて動揺させ、どう切り返してくるかを見定める。講師の力量を測るにはいいやり方かもしれないが、まるで嫌がらせだ。

そうだとすれば、どこに行っても爪弾《つまはじ》きにされたことだろう。全てはセミナーレビューのためなのか？　そうまでして、自分のブログを盛り上げたいのか？

違う。根拠はないが、多分違う。

彼女には全然別の目的があるのだ。欲得ずくでない、心の痛みに根ざしたような、もっと切実な目的が――。

その瞬間、ふっと雲間から光が差すように、紅は彼女の意図を見切った気がした。

「……あなたが今になってそんな質問を持ち出したのはなぜ？」

感情の乱れを一寸《いっすん》たりとも見せないように、紅は敢えて、どっしりと落ち着いた声を作る。

「聞いてくれること自体は構わないの。あなたの質問に答えることは出来るから。きっと、お母さんの基礎的な運気が、並外れて低かったのだと思う。だからお掃除で底上げをしても、普通のレベルまで届かせることが出来なかった。そういう人は一定数いる。生まれつきのことだから、とてもお気の毒だと思うわ」

切々と語って、一度間を取った。続きを待つお客たちの呼吸に乗るようにして、紅は言葉を継ぐ。

「でも、あなたの質問の眼目はそこじゃない。そうよね？」

顔を上げ、鋭く目を見開く。遼子だけでなく、全員の心を捉えるつもりで気合いを入れた。

「あなたは自分で答えを分かっていながら、あえて質問したんじゃないの？　それも、私が気を悪くするような言葉をわざと選んで。似たようなことを聞いていても、工藤さんの質問とは全然印象が違うもの」

遼子は目を丸くして聞いている。ここまで真剣にやり返されたのは初めてだと言わんばかりに。他の講師たちはきっと、面倒がって適当にあしらったのだ。ならば今こそ、彼女の手をつかんでやらなければ。

「あなたは私を試してるの。これだけ言っても自分を疎まずに話を聞いてくれますかと、それを確かめたいだけなのよ。……いいえ、それだけじゃない。あなたはこの世界全体に対して問いかけてる。どうして今まで誰も助けてくれなかったのかって。お母さんがどれだけ掃除をしても、家の雰囲気は良くならない。誰かに助けて欲しいと願い続けても、救いの手はどこからも来ない。無力だったあなたにはどうすることも出来なかった。その怒りを、あなたは誰かにぶつけたいのよ。だから今、私を怒らせるようなタイミングでその質問を持ち出したんだわ。そうじゃない？あなたが色んなセミナーに参加してきたのは、幸せになりたいのもあるでしょう。でも根本はそこじゃない。あなたは自分自身から抜け出したいの。肝心なところで、頼れそうな相手の真心を試して怒らせてしまう、そんな自分というものから抜け出したいのよ」

声がうわずった。次第に大きくなる声に会場はどんどんのまれていく。いいぞ。トーンダウンするな。このまま行け——紅の内側で、もう一人の自分が煽《あお》りを入れてくる。

「あなたは今のままでは信頼する相手を怒らせ、ことごとく関係を壊してしまう。子供の頃からの境遇に振り回されて、みすみす人生を棒に振ろうとしているのよ。そのループの中に自分を閉じ込めるつもり？　一生そのままで本当にいいの？」

一歩前に出る。声を張ろうとしてお腹に力を入れた。身体が驚くほど熱い。

「今のまま、運命に踏みにじられるままでいいの？」

落日の女王のセリフが、自分の意志とは全く無関係に飛び出した。

紅の目前に、石牢に閉じ込められた兵士たちのすがるような眼差しが、鳥肌の立つ鮮やかさで蘇る。

「野辺山さんだけじゃない。私たちはみんな、自分の人生に閉じ込められているんだわ。まるで石で出来た独房にいるみたいにね。何一つ選べない。生まれてくる場所も環境も親も周囲の人々も。人生のカードは勝手に配られていて、その条件の中で上手く戦えって言われたきり、あとは無慈悲にこの世界に放り出される。選べもしないことを、全て自分の責任なのだと引き受けて、黙って倒れていく人がいる。心を壊して、ゴミの山に埋もれていく人たちをたくさん見てきたわ。でもいいの？　本当にそれでいいの？」

自然と前のめりになりながら、紅は会場中を見渡す。この問いを突きつけられているのはあなただ。他の誰でもない、あなたなのだ――そう伝わるように、一人も余さず視線の網で捉えていく。

「生まれもったものだけじゃないわ。自分で牢屋を作り上げる人もいる。自分はしょせんこんなものだ。美しくも賢くもなく味方もいない。これ以上の人生は望めない。……そうやって、自分自身を閉じ込めてしまうの。でも聞いて。私の人生もあなたの人生も、そう遠くない未来に終わってしまう。その瞬間に、ずっと石牢の中で縮こまってきた自分を許せるの？　これで満足だって、本当にそう思えるの？」

再び問いかける。紅は一切の逃げを許さない。今ここで、何もかも足りない自分のまま、丸裸で問いに向き合ってほしいのだ。

「考えて。人生が終わる瞬間のことを。今のまま石牢の中で過ごしたなら、きっと凄まじい後悔が襲うでしょうね。牢を打ち壊して外に出ればよかった。上手く行こうと行くまいと、自分が望むように生きればよかった、でも、もう終わる。全ては手遅れだ、二度とやり直すことは出来ない――。そんな風に絶望したいの？　私は嫌。何よりも自分自身から自由になりたい。その方法がここにあるのよ。薫さんの話を聞いたでしょう？　彼女が空き缶の山から自由になったように、あなた達にも出来ることがあるわ」

目の前で遼子は絶句している。隣で志依が無言のまま涙を流している。誰もが女王の演説に魂を奪われていた。舞台に立っていたあの時と、全く同じように。

「こんなところにあなた達は閉じ込められているべきじゃない。今すぐ立ち上がって、この石牢を打ち破るのよ！」

客席は水を打ったように静まり返った。

壁掛け時計の秒針の、わずかな音さえ聞こえそうな静寂の中で、誰もが身じろぎも出来ないまま、紅の言葉の余韻に浸っている。

やがて客席の隅で、静かに立ち上がる影があった。薫だ。

ゆっくりと、会場中にたっぷりと響く音で、彼女は手を叩きはじめる。

薫に釣られるようにして、客たちは次々に立ち上がりはじめた。膝の上の荷物をバタバタと床に落としながら、それでも後れを取るまいとする人々。前のめりの気配が紅に向かって押し寄せてくる。彼らの眼差しが紅を照らす――あの光だ。助けを求めるものたちの、すがりつくような目の光。

満場の拍手が足をすくいそうな勢いで渦を巻く。すがりつくものを誰一人取りこぼさないように、紅は気合いを入れて受け止めた。すかさず、セミナーはこれにて終了です、とスタッフからのアナウンスが入る。女王の威厳を保ったまま華やかな仕草で手を振って、紅は悠々と退場した。

その背後で、出版社のスタッフたちがいそいそと客席に散っていく。この後行われる即売会の整理券を配りがてら、「オンラインサロンのお誘い」と銘打ったポストカードを手渡しする演出になっているのだ。上質紙にサロンのＱＲコードを印刷したそれは、見るからに舞踏会の招待状めいたデザインになっている。

――石牢の鍵の開く音がする。

廊下へ出ながら、紅はそう感じていた。あの芝居の中では、女王が買収した看守が、兵士たちの独房の鍵を一つ一つ開けてまわったのだ。そうして今はスタッフたちが、客の一人一人に招待状を配りまわっている。そう、それこそが新しい世界の鍵なのだ。手に取りなさい、決してチャンスを逃さないように――。

廊下の端に置かれた長机には、発売になったばかりの紅の本が、何冊も積み上げられていた。整理券の順に一冊ずつ売って、二言三言会話を交わしてから客を送り出す。それを百人分。まだ一仕事残っている形だが、疲れは全く感じない。あの兵士たちを今度こそ、ここではないどこかへと連れて行ってやらなければ。

会場の扉から、頰を上気させた客たちが続々と姿を現す。紅は再び、フライヤーに載せたのと同じ微笑みを浮かべて、彼女たちを迎えた。

九

あの時、涙でぼやけた視界の中で、紅さんだけがくっきりと光って見えていました。私はいつも迷ってばかりだったけど、紅さんについて行けば大丈夫だって、はっきりと分かったんです。

セミナーが大成功に終わってから一ヶ月余りが過ぎた。窓から見える公園の植え込みには、ちょうど盛りの彼岸花が真っ赤な頭を並べている。

紅と薫は、都心のマンションの一室でそのコメントを読んでいた。玄関ドアには「レンタルサロン」の看板が掛かっている。３ＬＤＫの個室のそれぞれが、自前の店舗を持たないセラピスト向けに時間単位で貸し出されているのだ。

紅たちは今日、「個人向けコンサルテーション」と題したセッションのためにここを借りていた。コンサルといえば大仰だが、要はお掃除ネタを絡めた人生相談だ。夕方まで部屋を借り切って募集したのは五枠ほど。どの枠もすんなり埋まったのは、先月出た本の売れ行きがそこそこ好調なのと無関係ではないだろう。

セッションは一枠あたり一時間、延長は三十分まで。相談者の家の間取り図を見ながら悩みを聞いて、お掃除や模様替えのアドバイスを行う。掃除方法の指南も含めて、料金は一万五千円だ。名前が売れたセラピストなら時間あたり三万、五万が当たり前の世界だが、売り出し中の紅はそこまで強気にはなれない。

ドアの向こうのリビングでは、よそのグループが開催しているパワーストーン講座の生徒たちが、休憩時間のお喋りを楽しんでいるようだった。事情通の遼子曰く、一昔前なら値がつかなかったような価値の低い石にもスピリチュアルな「効果」が後付けされ、結構な値段で取引されているのだという。講座の受講料は二日間通しで六万円もするらしい。受講生たちはさほど裕福には見えないのだが、きっと一点集中でこの趣味につぎこんでいるのだろう。出した額で運気が変わってくるとなればその気持ちも理解できる。価値が先にあって値段がつくのではなく、人は高いものにこそ価値を見出すのだという薫の言葉が、紅は最近ようやく腑に落ちはじめていた。
次の相談者が来るまでまだ時間がある。紅は作業用に持ち込んだノートPCで、あのセミナーの後に開設された「魂が微笑む！　高岡紅のお掃除サロン」の書き込みを丹念に追っているところだった。自己紹介のコーナーに「工藤志依」の名前がある。セミナーの最前列にいたあの繊細そうな女性が、勇気を出して書き込んでくれたのだ。

私は今年二十七歳になります。両親の間に遅くに生まれた初めての子供です。父が転勤族で、私も引っ越しと転校を何度も重ねました。
私はとても内気で、人の前に出ると声が出なくなってしまいます。授業で当てられて教科書を読むように言われるのがとても辛かったです。セミナーの時、どうしても紅さんの顔を近くで見たくて前に座ってしまいましたが、結局ご迷惑をおかけしてしまい、本当に済みませんでした。
こんな私ですが、周りの人にいつも助けられて、学生時代は楽しく過ごすことができました。

急に黙り込んだのはそういうことだったのか、と紅はあの冷や汗ものの場面を思い返した。あの時は隣にいた遼子がさっと助け船を出していた。志依は他人がつい手を貸したくなる雰囲気を持っているようだ。何でも自分一人で解決してきた紅にしてみれば羨ましい個性だった。

こんな調子なので、就職の面接でも全く話すことが出来ず、全敗してしまいました。短大を出てからは、派遣会社に登録してなんとか働いています。でも最近は契約をすぐに切られてばかりで、次の派遣先もなかなか見つかりません。父が定年退職をしてから、両親は喧嘩することが増えました。お話ししたとおり、母は事故に遭ってから思うように片付けが出来なくなり、家の中はいつも荒れています。私の願いは、ちゃんと就職して年老いた両親に余裕のある暮らしをしてもらうことです。楽しかった時代に、きっと戻れると信じています。

どことなく清らかさが滲む文章は、十代の女の子がコンテスト用に書き上げた作文を思わせた。親孝行な娘の素朴な懊悩《おうのう》。まだ若いのにこれだけ昔を懐かしむのは、よほど両親に可愛がられたせいだろうか。手厚く護《まも》られすぎて、度胸が必要なことは何も出来ないまま大人になった人。そんな風にも見える。

サロンの開設から一ヶ月が過ぎて、会員数は百人ほどになった。まだ書き込みの大半は自己紹介だが、「こんな時代なので、稼ぐ人と結婚して安心して暮らすのが目標です」とか「好きなことをして私らしく働きながら、彼からも愛されるのが目標です」とか、己《おの》が利益を他者から引き出そうとする脂ぎった内容が多くて、お腹いっぱいになっていたところだ。志依のように、人に何かしてあげることが目標になっているのは珍しい。

「この子にはどう指導するつもり?」

薫は次の相談者を迎えるために、小さな素焼きの石にフレグランスオイルを垂らしながら問いかけた。掃除の後で良い香りを立たせると幸運を招く、という指針が最近加わったのだ。

「喉周りの障害は、自己表現が苦手な人に生じがちなの。掃除は真面目にやってそうだから、むしろ空いたスペースを上手に飾って、ささやかに自分を表現してみること。喋るのが苦手なら音読の習慣をつけるのもいいわ。声がスムーズに出る状態を身体に覚え込ませるために」

相手が具体的な効果を求めているときは、アドバイスもより具体的にする。これで信憑性《しんぴょうせい》がぐっと高くなるのだ。

「よくそれだけ思いつくわね。さすが私の紅ちゃんだわ」

薫は自分の事のように誇らしげだった。

「結果を出してもらわないと、『掃除なんかで人生変わりません』って誰かに言い出されたら困るじゃない」

本音を言えば、どんどん教えていないと紅自身が不安でたまらないのだった。オンラインサロンが稼働してからはずっとそうだ。生のセミナーならばある程度コントロールが利くが、サロンは違う。紅の気付かないうちに誰が何を言い出すか分かったものではない。

考えすぎよ、と薫は笑った。

「月に五千円も払ってサロンを覗くのは何のためだと思うの？　みんな何かを信じたがってるのよ。ねえ紅ちゃん、メソッドの効果はね、出るか出ないかじゃないの。本人が見つけるものなのよ。誰だって、お金を払って手に入れた情報には価値があるって思いたいでしょう？　だから疑わないのよ。メソッドは正しい、生活のどこかに効果が出ているはずだ。探せば必ず見つかる――みんながそう思いはじめたら、あとは黙って見てるだけでいいの。誰もが自分なりの『効果』を見つけてくれる。どんどんプラスの体験談が上がってくるはずよ、先を争ってね」

こんなにも鮮やかに解き明かせるのは、実は誰よりも薫こそが、その流れにはまり込んでいるからだと紅は思う。そのことに彼女自身は気付いているのだろうか。

いや、それでいいのだと紅は考え直す。欺瞞《ぎまん》がちらついたって構わない。薫の言うとおり、みんな何かを信じたがっている。だとすれば自分が提供しているのはトイレットペーパーと同じような生活必需品だ。売るからには堂々としていればいい。

リビングとの境のドアから、控えめにノックの音が響いた。約束の時間の三分前。紅はさっと表情を作って、みんなに望まれている『高岡紅』の姿になる。着せ替えの人形みたいに、人柄もパッと着替えられるものなのだ。

例のセミナーの直前に発売された紅の書籍は、著者が無名であるにもかかわらず、順調に売上をのばしていた。

ブログで好評だった励ますような語り口は、本の中でも健在だ。掃除本でありながら、掃除が出来ない人を決して責めることがない。忙しい人や疲れて気力が乏しい人でも実践できるように、『非常用メソッド』という付録をつけたのもポイントが高かった。扉全体をきれいに出来ないときはドアノブを磨くだけでも効果があるとか、床全体を拭くのが無理なら四隅だけきれいにすれば大丈夫とか、要するにサボりたい人向けの抜け道だ。「お掃除が出来ないときは仕方がありません。そんな自分を責めないこと、それが何より大事です。開運のためにはゆっくり休んで体力を回復すること。自分に優しくしましょう。それが自分をお掃除することなのです」この結びの言葉が好きだというレビューがいくつも書かれ、メソッドそのものよりも「紅さん大好きです」と講師への好感情が話題にされた。メソッドが支持されるためには、まず教える当人が好かれること。大事なのは中身よりもそこらしい。

書籍の中でオンラインサロンが紹介されていることもあり、会員数は少しずつ増えていった。

サロンの中心になっているのは、メンバー同士で情報のやりとりが出来る掲示板機能だ。まずは紅から、メソッドのレクチャーや毎日の開運メッセージ、それにお掃除動画の投稿など、どんどん発信して話題を提供していく。ご自由にどうぞ、ではやりとりが始まらないのだ。

新入会員はまず自己紹介をする決まりになっている。会員の大半が女性、ボリューム層は三十代から四十代、独身と既婚がほぼ半々だ。職業はさまざまで、市川さんのようなおうちサロンのセラピストが集客を狙うケースもあれば、料理好きが独自ブランドを立ち上げて自家製ピクルスを販売したり、裁縫自慢の人がオーダーメイドの衣類を作ったりと、やりがい重視の小規模事業を望んでいるケースも多い。彼女らが求めているのは、自分にぴったりの運命的な天職なのだ。

もちろん昔ながらのオーソドックスな願望——恋人が欲しい、結婚したい——も健在だ。でも人並みに結婚できさえすればいいというわけではなく、こちらもまた、運命に定められたたった一人の相手を見つけてオリジナルの幸福を築く、というのが肝だった。幸福度が横並びだとしても、その中身は自分だけのものであってほしい。欲しいものが天職であれ運命の相手であれ、彼女らがまず求めるのはそれに呼応する「自分らしさ」ということになる。

私らしさってなんでしょうか——誰もがそう問いかける一方で、他人の投稿を読んで「あなたらしさ」を指摘する人間はいないのだった。自分で描いたイラストや売りたいお菓子の写真を貼り付けたり、『ゆくゆくは実店舗の展開を……』と商売の抱負を語ったり、雑談のコーナーはめいめいの主張の陳列台みたいになっていて、誰も他人を見つめてはいない。

誰か、私の投稿を見て「私らしさ」に気付かせて欲しい。何しろお金を払っているんだから、当然応えてくれるでしょう？　サロンはそんな期待ではち切れそうになっている。
開設から三ヶ月が過ぎ、人数はそこそこ集まったのに、生徒同士のやりとりは一向に活発にならない。その膠着《こうちゃく》状態の中に隕石《いんせき》みたいに激突してきたのが、前島《まえじま》あずさの投稿だった。

すみません私なんかが書き込んでもいいんでしょうか。誰にも話せなくて、聞いてもらわないと爆発しそうで。私はもう、何が何でも今の人生を変えたいです。抜け出さないと殺されるって思います。何にってわけじゃないけど、自分の運命とかそういうやつに。

その晩、風呂上がりの紅はいつも通り、ダイニングテーブルに出したPCにかじりついてサロンの様子を見守っていた。午後十時。わずかに開いた窓から吹き込む夜風には、秋の終わりの焚《た》火《び》みたいな寂しい匂いが混じっている。
紅の本は図書館で偶然見つけた、と彼女は書いていた。このサロンの会費はひと月分を支払うのがやっとで、来月参加できるかは分からない。なんとかしてメソッドを実践したいが、事情があって完璧には出来ず、それでも人生を変えたいと願っている――ずいぶん切迫した内容だ。紅は自《おの》ずと興味を惹かれ、続きが書き込まれるのを待った。

うちの彼は働きません。前は大きな会社のエリートサラリーマンだったって自分で言ってました。でも女癖が悪くて女子社員に何人も手を出してて、ある日会社のエントランスで受付嬢二人が彼氏の話をしてるときに相手が同じだって気がついて髪の毛の引っ張り合いになったのがきっかけで色々バレてクビになったそうです。そのせいで都落ちして私の住んでる町に流れ着いて、ちょっと前まで私が働いてるホテルで一緒に勤めてたんですけど、酔っ払った泊まり客と喧嘩になって相手をぶん殴っちゃってまたクビになりました。短い人生でクビ多すぎですよね。

……すごい長くなりそう。こんなこと書いちゃっていいのかな。

そこで書き込みは途切れてしまった。歓迎のメッセージを出すべきだろうか。紅が迷っているうちに、他の生徒たちからコメントがつきはじめる。

「前島さん、はじめまして！　続きが読みたいです」

「話が面白いって言ったら悪いけど、すごく気になります。続きを待ってます！」

いつもてんでんばらばらに自分の事ばかり話していた生徒たちが、他人の投稿を待ちわびている。前向きな流れが芽生えていた。

「みんな、前島さんにどんどんコメントをしてあげて下さいね」

自分でウェルカムメッセージを出す代わりに、紅はそう書き込んだ。

「誰かを歓迎すればするほど、皆さんも人生に歓迎されてどんどん開運していきます。この世界のあらゆることは互いに繋がっていますから、サロン内で起こることと、皆さんの身に実際に起こることとは無関係ではないんです」

この話、面白いかも。書きながらそう思えてきた。もう一押し続けてみる。

「もっと言えば、サロンの会話の流れが良くなれば、皆さんの運気の流れも良くなる。コメントがどんどん増えれば、皆さんにもどんどんいいことが起こる。こういうわけです」

……と、言われれば書かずにいられないじゃないか。我ながらいい思いつきだ。前島あずさの書き込みはまだない。紅は機嫌良く自画自賛しながら、立ち上がって冷蔵庫の飲み物を取り出した。とくとくとコップに注いで、再びテーブルに戻る。そのわずかなあいだに投稿の数がびっくりするほど伸びていた。サロンは明らかにざわついている。

「書けば書くほど良いことがあるって本当ですか？　例えば誰かの書き込みに、へぇそうなんだ、って相づちを打つだけでもいいんですか？」

早速生徒の一人が食いついている。紅は慌てて返信した。

「大丈夫ですよ。些細なことでも、遠慮しないで気軽に書き込んでみて下さい。皆さんの言葉がどんどん流れていくほど、幸せを妨げているものも取れていきますよ」

ややあって「すごい！」「相づちだけでもいいんだ」「手軽に開運できるなんて嬉しすぎます」「お得なサロンですね」と短文の投稿がずらずら並びはじめた。今までになかった傾向だ。

二十分ほど経って前島あずさが帰ってきた。彼女は山ほど書き込まれた歓迎のコメントを全く読んでいない様子で、続きを語り出す。

彼は前の奥さんとの間に娘が一人いるけど、養育費は一円も払ってません。離婚された原因は、会社をクビになって収入も貯金もゼロのときに彼がいきなり「景気づけだ」って大型犬をローンで買ったことです。奥さんは怒り狂って彼を追い出したそうで、彼は娘が欲しいって言うから買ってやったのに俺のせいにするなんて酷い女だって泣きながら私に打ち明けてきました。今思えば自分が飼いたかったのを娘のせいにしてる彼の方が酷いんですけど、その時は全然気がつかなかったんです。彼はその時住むところがなくて友達のところを転々としてて、なんだかすごく可哀相になっちゃって、うちに来たらいいよってつい言ってしまいました。でも一緒に暮らすようになったら今度は働かなくなっちゃって、あ、犬の種類はバーニーズマウンテンドッグでした。

投稿はまたしても途切れた。続きを待ちきれないのと御利益目当てが半々で、他の生徒たちが続々と書き込みはじめる。

「そのあと犬はどうなりましたか?」「奥さんに捨てられてそう」「衝動買いとかありえない」「餌代どんだけかかると思ってんの」「犬、可哀相すぎる」「え、その話に犬種って必要?」「いや、これから重要になるのかもしれない」

大半が犬の心配をする中で、遼子一人が「そんな男のどこがよかったんですか?」と直球を投げている。一つの話題でこんなにサロンが盛り上がるのは初めてのことだった。

しかしどういうわけかあずさは帰ってこない。不在に焦《じ》れた生徒たちが「私も似たような経験があって……」と経験談を語りはじめる。働かない、こらえ性がない、都合の悪いことは人のせい——そんなパートナーとの黒歴史が続々と上がるさなか、彼女はようやく戻ってきた。

すみません、ホテルの夜勤がはじまったところでフロントに立ってるんです。っていっても寂れてて客なんかほとんどいないんですけど、時々苦情で呼ばれるから中断しちゃって。ベッドのそばに知らない女が立ってて眠れないから部屋を替えてくれって言われて対応に追われてました。それで、バーニーズマウンテンドッグは結局奥さんの親戚が引き取ったそうです。彼はどうしても連れてきたかったみたいでぎゃーぎゃー泣いてました。なによりも犬が大事だって言うんですけど、多分犬ぐらいしか言うこと聞いてくれないからだと思うんですよね。それで今は私の部屋に引き取ったんですけど、……あ、犬じゃなくて彼です。実はうちでもすでに小型犬を三匹も飼ってるんでさらに犬を引き取るってありえないんです。うちのは大家さんのところで生まれた雑種なんですけど。で、あの人犬よりよく寝るし起きたと思ったらスマホ見てるだけで全然動かないし、でもご飯はすごくたくさん食べるし。うちは元々犬三匹の餌代でいっぱいいっぱいだったからこのままだと共倒れになると思って、介護とか運送とかいろいろ求人あるよって教えてあげたんですけど、「腰の調子が」とか「お腹が痛い」とか「夜は不眠だから朝起きれない」とかどこかしら具合が悪いことにして絶対働かないんです。「俺はなんて可哀相なんだ。俺をいたわれ」ってどんだけ自分のこと好きなんだって思うんですけど、よく考えたら、前にホテルマンをやってたのは制服が格好よかったからなんですよね。彼って自分の見栄えが何より大事なんですよ。だから介護職とかはありえないそうです。失礼過ぎますよね。それで今は私が必死で稼いでるんですけど。

また書き込みが途切れる。フロントに誰か来たのかもしれない。紅はいつの間にか彼女の話に釣り込まれていた。それは生徒たちも同じらしい。

「続きが気になります！」「前島さんの彼、よく吠《ほ》えますね」「彼氏がむしろ四匹目の犬だよね」「それだと犬に失礼じゃない？」「『前島さんの彼』って呼び方長くないですか？」「もう『バーニー』で良くない？」「いいですね」「働けバーニー」

あずさはなかなか帰ってこない。ギャラリーはバーニーの悪口でますます盛り上がりを見せていた。彼女らが罵りたいのはつまるところ昔の男な訳で、渾身《こんしん》の八つ当たりにバーニーは蜂の巣だ。みんなの男運のなさが透けて見え、紅は溜息をつきたくなった。自分も似たようなものだから笑えない。

すみません、さっきの客、部屋を替えてもやっぱり女が立ってるってしつこいんですよ。空室はあるからまた替えてもいいけど、どの部屋に泊まっても絶対何か出るから同じですよって教えてあげたら「お前の顔も怖い」とか言い出して、酷くないですか？　あ、忘れてた、彼の話ですよね。彼って働いてないのに家事を全然してくれないし、うちの犬たちの面倒も見てくれないし何なら邪険にしてくるし、気疲れでもう限界だったんですよ。そしたらある日、彼が手ごねハンバーグを作ってくれるって言い出して。なんかテレビで見て急に作りたくなったみたいで、別にこっちは食べたくないのに言い出したら聞かなくて。俺が作ってやるけど材料はお前が買ってこいって言うんで、私、お金がないなりに頑張って色々買い集めたんですよ。でも彼に見せたら、買って欲しかったやつと違うって文句を言われて……。

ちょっと間が空いた。さっきまでの空白と様子が違う。フロントに誰か来ているというよりは、何か心のしんどさに耐えかねて立ち止まっている気配がした。

それでも私、何も言い返さなかったんです。彼のこと好きだったし、ご飯を作ってもらえるなんて嬉しかったから。でもちょっとしたことで怒らせちゃって。彼が料理のことでいちいち能書き垂れるんですよ。「肉の中心温度は六十度ぐらいが一番美味《うま》いんだからな、ちゃんと保たないと」って、それどうやって測るんだって話じゃないですか。丸めた肉で鼻と口を塞いでやりたいぐらいイライラしてたんですけど、それも必死で我慢して。でも彼、御託を並べまくった後にすごいどや顔で「料理は科学だからな」って締めたんですよ。今までろくに家事したこともないのにいきなり料理をはじめたと思ったら、ひき肉の種類が違うだのフライパンは鉄じゃなきゃ嫌だの散々文句言った後に「料理は科学」って言われて。私もう、何かが切れちゃって「能書きはいいから手を動かしてよ」って言っちゃ

　そこで唐突に言葉が途切れた。その間隙を突いて生徒たちが続々と「料理は科学、むかつく！」「バーニー最低」「たった五文字でこれだけ苛つかせるなんて逆に才能を感じる」などと罵詈雑言《ばりぞうごん》を投げかける。と、あずさがようやく言葉を継いだ。

　ごめんなさい、手が震えて途中で送信しちゃった。「能書きはいいから」って私が言っちゃったんですよ。そしたらこぶしが直で飛んできて、反対側の壁まで吹っ飛ばされました。

　生徒たちの書き込みがぴたりとやんだ。

　右ストレート頬骨に直撃で、もうハンバーグどころじゃないですよね（笑）

一ミリも笑えない。画面の向こうで生徒たちが息を呑む気配が伝わってくる。

私ももうダメだと思って、もともと自分が借りたアパートなんだけど、犬と一緒に出て行くつもりでこっそり貯金してるところです。でも彼に使い込まれちゃってなかなか貯《た》まらないので、紅さんに色々教わりたいと思います。一番の悩みはいくら片付けても彼がすぐに散らかすことなんですけど、何とかして人生を変えたいです。よろしくお願いします。

長い自己紹介が終わった。

一分、二分。あずさが去った後のサロンに、張り詰めた時間が過ぎていく。あれほど賑わっていたのが嘘のように、誰一人書き込まない。というより、書けないのだ。

サロンの画面をそっと閉じる人々の姿が目に浮かぶ。ああ、この静寂をどうしてくれよう。こんな盛り上がりはついぞなかったのに、呆気なく終わってしまうのか——。

「前島さん、頑張って！」

ややあって、脳天気な応援の声を上げたのは工藤志依だった。

「ここに来たからには、きっと開運出来ます。ひたすらお掃除しましょう。彼氏さんが汚しちゃうとしても、大丈夫。きっと紅さんが解決策を考えてくれます」

えっ、私？　文末を読んで紅は飛び上がる。しかし驚いている場合ではない。

「前島さん、話してくれてありがとう！　今まで大変でしたね。言葉にするだけでも勇気が要ったことでしょう」

志依のお陰で我に返った紅は、さっそくお決まりのセリフを繰り出した。

「片付けても彼氏さんが汚してしまうとのこと、辛いですね。ではご自宅ではなく、他の場所を掃除してみるのはどうでしょう。昔の私がそうでしたが、ハウスクリーニングの会社に勤めて、お客さんの家を掃除するという手があります。お客さんの運気はもちろんのこと、自らお掃除することであなた自身の運気も上がるわけです」

こんなことを言って大丈夫か、というためらいはずいぶん薄くなっていた。生徒たちの質問に答え続けるうちに、自分が言えば本当にそうなる、という根拠のない確信が紅を満たしつつある。

「すごい、自宅以外の掃除でも御利益あるんですか？」「実家の掃除とか良さそうですね」「今からでもやりたい感じ」

短文のコメントが続く。紅はついさっき自分が付け足した決まり事を思い出して、すかさず後を続けた。

「前島さん、たくさん書いてくれたこと、すでにプラスになっていますよ。なぜなら、このサロンでは、書けば書くほど運が開けていくからです！」

あずさからの返信はなくても構わなかった。目的はサロン生全体に訴えることだ。

「皆さんにも、これから日常の中でお掃除の御利益がたくさん現れてくることでしょう。それはよく見ないと気付かないようなささやかなものかもしれない。でも見逃さないで下さい。どんな小さな御利益にも気付いて、ここに書き込むこと。そうすることでさらに次の御利益が現れ、幸せのスパイラルが生まれます。いいことを見つけにくいときは、他の人への相づちで充分です。

応援してあげるとさらにいいですね！」

書き綴るうちに、それは紅の中で既成事実となって定着していく。生徒たちにとっても同じことだった。ほどなくして、前島あずさへの応援コメントがつきはじめる。「頑張って」「くじけないで」「きっと未来は明るい」溢れかえるメッセージの美しいこと。動機の不純さなんてまったく問題にならない。

「紅さん、ありがとう！　紅さんなら、きっと解決してくれると思ってました」

何のリアクションもない前島あずさに代わって、工藤志依が感極まった風に書き込む。そう、私には本当に特別な力があるのかもしれない、いつか薫が言っていたように――それは紅の中で確信に変わりつつあった。


その日を境に、会員同士のやりとりは驚くほど活発になった。

書けば書くほど運気が上向くとなれば、生徒たちはむりやりネタを作ってでも投稿しようとする。今まで自己紹介すらしなかった生徒が「お掃除の効果を報告するコーナー」にどんどん書き込むようになった。コメントをしたければ実際に掃除をするしかない。本を読んだだけで満足して何もしなかった生徒たちも、否応《いやおう》なしに掃除に駆り立てられることになる。

「頑張って勝手口をきれいにしたら、紅さんが言ったとおり、出費がだんだん絞れてきました」

「今のバイト、半年頑張ってます。なんとか正社員になりたくて、紅さんに言われたとおり階段を下から上に水拭きしてたら、時給がちょっとだけ上がりました。実際に効き目が出ると本当に鳥肌立ちますね」

この手の小さな成功報告に対して、「おめでとう！」のコメントが山ほど並ぶ様子は、見ていてちょっと怖いくらいだった。「潜在意識には自分と他人の区別が出来ません。他人を祝えば自分を祝福したのと同じことだから、開運の効果は大きいです」と付け加えたことも大きい。サロン生たちの「おめでとう」は加速し、祝われた方も気を良くしてさらに書き込むようになる。

そうしてサロン内にはお掃除への賛辞が溢れていった。閉じた空間の中で「お掃除はすごい！」「何でも解決できる！」そんな文言がエコーする。誰もが隙あらば書き込もうとして、手元のスマホでしょっちゅうサロンを覗いているから、メソッドへの賛辞を脳が無防備に取り込んで、頭の中はそればかりになる。

サロンの中に何か異様な勢いが渦巻きはじめた。

おうちサロンの運営そっちのけで掃除ばかりしている者も出てきた。職場の掃除を熱心にやって重宝される者もいれば、やり過ぎて気味悪がられる者もいる。

生徒が独自で集まる企画も生まれはじめた。きっかけになったのは、家が元から片付いていて掃除する場所が見つからない、という質問だ。「おかげさまで別に不幸ではないんですが、もっと開運して刺激のある毎日にできればと思います。どうすればいいでしょうか」

要は、満ち足りて何も起こらない人生が退屈、という相談だった。答えは簡単。安全圏の外に出ればいい。前島あずさに答えたのと似たような理屈が使える。

「公共スペースの掃除が有効ですよ。運気には作用反作用の関係があります。あなたが他人の運気を上げれば、その働きはすぐに跳ね返ってあなた自身の運気を上げるんです。街のゴミ拾いなどに参加してはどうでしょう？」

これに賛同した生徒が、サロン内でいくつかのグループを作った。住まいの近い者同士で集まって、路上清掃のボランティアがはじまったのだ。何しろ自分の運気がかかっているから、他の団体とは比べものにならないくらい熱心に取り組む。そのうち街の人々に顔を覚えられ、何かの宗教では？　と怪しまれつつも、「お掃除で開運」というお題目の平凡さが幸いして、受け入れられるようになった。

生徒のオフ会企画としては、紅の本の読書会も多く開かれた。語りかけるような優しい口調で書かれた紅の本は、「読むと癒やされる」という評判とともに、働きづめで疲れた彼女らの心に甘い水のように浸透していったのだ。

紅の本が「持っているだけで開運する」と言われはじめるまでに時間は掛からなかった。運営側からは何も仕掛けていない。生徒の誰かが「本を持って出かけたら良いことがあった」と何気なく書いた話に尾ひれがついて、そういうことになってしまったのだ。手持ちの一冊に加えて、二冊目、三冊目を買う者が出てきた。お守り代わりに家族や友達に配るのだという。

二度目のセミナーの企画が立ち上がっていた。客はもう出版社のセミナールームには入りきらないだろう。次はホテルの宴会場だろうか。何か危うい、でも鮮烈な勢いが紅たちのサロンを取り巻いていた。

十

大通りを走るタクシーの窓に、観光客向けに作り込んだ美しい街並みが、ゆったりと流れていく。仕事で訪れるのはもう何度目かの、紅には馴染みの地方都市だ。

新幹線を降り立って、セミナー会場のホールまでは十分ほどの短いドライブだった。助手席の長谷川は誰かと忙しなく通話しており、後部座席では紅と薫が疲れた身体をシートに沈めている。紅の衣装はもう薫の借り物ではなかったし、ちょっとした移動にも車を使うから、舞台用のハイヒールで外を歩く必要もなくなっていた。

初めてのセミナーから、すでに季節は二巡りしていた。サロンは今や千人を超える生徒を抱えている。東京はもちろん、地方開催のセミナーもすっかりルーティンの一部だ。

地方に来ると、スケジュールはむしろ過密になる。三時間超のセミナーと何枠ものコンサルテーションを、たったの二日で一気にこなすのだ。明日は朝から最終の新幹線ギリギリまでコンサル予約がつまっているし、今日もセミナーだけで終わりとはいかない。地元の協力者との食事会や特別枠のグループコンサル、それに地方紙の取材まで入っている。

マスコミ対応はここしばらくで格段に増えた。女性向け情報誌で開運特集があれば、ワンコーナーは確実に紅のところへ回ってくる。生活誌のお掃除特集はもちろん、ファッションや美容の雑誌にも掃除の話題で割り込み、トレードマークのワンピースにエプロンをかけた姿で、ブラシやクロスを構えて満面の笑みを見せるのがお約束になっていた。最近では文字媒体だけでなく、テレビやラジオ、ネット上の動画チャンネルへの出演も増えている。今や紅は「メディアで掃除の話題になると必ず出てくる人」というポジションを手に入れつつあった。

とは言え、紅の懐を主に潤しているのはマスメディアへの出演料ではない。むしろオンラインサロンの会費と、コンサルや講演がらみの収入なのだ。

月々五千円の会費を千人の会員から取れば、諸経費を引いて薫のギャラを奮発しても充分おつりが来る。開運コンサルテーションも時間当たり三万円と単価が高いのでそこそこの収入だ。グループコンサルだと参加料は割安になるが、七、八人をいっぺんに相手に出来るので割がいい。セミナーの講演料は地方を回って回数を重ねればいい儲けになるし、あとでサロンの動画コンテンツに転用してさらに課金できるのもありがたいところだ。長谷川の会社はもともとイベント開催のノウハウを持っていて、本を出しつつ、著者のセミナーで儲けるところまでをひとくくりのビジネスとして扱っている。紅の喋りが初めから審査されていたのはそのためらしかった。

こうして流れ込んでくるお金は、もともと物欲が乏しい紅にとっては、むしろ自尊心を満たす方に働いた。自分の話を聞きたいがためにわざわざ会費やチケット代を払う人がこんなにもいる。その事実こそが大事だ。ネットバンクの残高は今や単なる数字ではなく、紅自身の価値を計るバロメーターになっていた。

そんなに貯めてるなら、もっと素敵なマンションに引っ越せば——薫がそう言うのももっともだったが、紅はどうしてもあのおんぼろマンションを出る気になれなかった。祖母との思い出にこだわるつもりはないし、まして、ないに等しい奈津子との絆《きずな》を惜しむわけもないのだが、なぜか動けないのだ。

幸村経由で紅の活躍は伝わっているはずだが、奈津子からのリアクションはゼロだった。彼女が出店したバルは格安の立ち飲みメニューが大当たりして話題になり、いまある三店舗をさらに拡充するのに忙しいらしい。何も言ってこないなと考えた拍子に、何か言われるのを待っている自分に気付いて、紅は苦々しい気分になった。

「ねえ薫さん、別所《べっしょ》さんにお土産持ってきたっけ？」

別所さんというのは、まだ本も出ない頃からこの地方で紅のお話会を主催していたヨガの先生だった。今日はセミナー会場で受付を手伝ってくれる予定だ。

「ちゃんと用意したわよ。紅ちゃんはそういうこと考えなくていいの」

「彼女、何か言ってくると思う？」

「ごねるかもしれないけど、気にすることないわよ。お掃除の効果が出ないのは本人の問題なんだから」

セミナーを運営するのは長谷川達の仕事だが、集客の方は、各地に散らばって紅を応援してくれる別所さんのような生徒が要《かなめ》になっていた。地元の広い人脈を活かしてセミナーに新しい客を呼び込み、それがサロンの会員増にも繋がっていくのだ。

彼女らが景気よく羽ばたいてくれれば紅のメソッドにも箔《はく》がつくのだが、飛び損ねたまま地面を這《は》っているとしか言いようがないのが、二年を経ての現実だった。

別所さんのヨガ教室は初めのうち順調だったものの、規模を大きくしてから勢いに陰りが見えはじめ、来月には小規模な自宅教室へと縮小する予定だという。メソッドを頑張ってきたのにどうして後退したんでしょう、という彼女の問いに、紅はお掃除に関係ない屁理屈を持ち出して「長い目で見てバイオリズムが低下する時期なのね。上昇のターンを待ちましょう」と答えるしかなかった。大事な客だけに、顔を合わせるのは気が重い。

ゆっくりと角を曲がったところで、文化ホールの真新しい建物が見えた。セミナー会場のキャパは百五十人ほど、ここ最近は、地方開催でもこのクラスが当たり前になっている。まだ時間には早いが、辺りには生徒らしき姿がちらほらと見え、既にこちらに気付いている者もいるので、敢えて正面に車を着けて顔見せしようということになった。後部座席のドアが開いて、紅は歩道の石畳へと優雅に両足を降ろす。いざ立ち上がろうとしたその瞬間。

「紅さーん!!」

人間のものとも思えない金切り声が響いた。驚いた拍子にバランスをくずして足首を捻《ひね》る。痛みに顔が歪んだが、呼びかけた二人の女は気付かないのか、とび跳ねるような足取りで近づいてきた。

一人は痩せぎすで背が高く五十代の半ばぐらい、もう一人は短軀《たんく》で丸っこくおそらくは四十代、どちらも東京のイベントでよく見る顔だ。彼らのように、新幹線に乗ってまで地方のセミナーに参加する生徒たちは、サロンの中では「遠征組」と呼ばれていた。遠征にもまた特別な御利益がある、というのは自然発生的に生まれたジンクスだ。

「すごい偶然！　私たちもちょうど今着いたんです！」

「別ルートなのに同時に着くなんて奇跡ですよね！　すでに開運してる気がする！」

よくある偶然でしょう、とは口が裂けても言えない。なにしろ『些細なことにも奇跡を見出しなさい』というのは紅自身の教えなのだ。

薫が慌てて駆け寄ってきて、「大丈夫？」と紅の肘を取った。支えてもらって車から離れながら、紅はいつもの笑顔を二人に向ける。

「いつもありがとう。『お掃除別働隊』の末永《すえなが》さんと桃田《ももた》さんね。活動報告、全部読ませてもらってますすよ」

名前を言い当てた途端、二人の顔が目に見えて上気した。

サロンの中では、街路や公園を掃除するボランティアグループがいくつか活動している。中でも「お掃除別働隊」の活躍ぶりは際立っていて、路上清掃の記念写真を当人達がしょっちゅう投稿していた。のっぽが末永、丸っこい方が桃田——顔と名前を覚える機会は逃さない。この記憶力は客の名前を絶対忘れなかった奈津子譲りだ。

「……紅さんに覚えてもらえたなんて信じられない！」

「忘れるわけないですよ。自分の家ならともかく、公共の場のお掃除をずっと続けるなんて普通はできません。あなたたちのおかげで、うちのサロンを知ってくれる人も増えたんです」

実際、お掃除別働隊の活動はサロンのイメージアップに繋がっていた。サロンの規模が大きくなるにつれ、紅のメソッドをインチキ呼ばわりする逆風も強まっていたから、彼女らを無下には出来ないのだ。

褒められて恐縮する桃田の傍らで、末永は誇らしげにふんぞりかえっている。彼女はサロン内のやりとりでも紅を差し置いて先生ぶった態度を取りがちで、他の生徒からの評判はかなり微妙なのだ。

「紅さんの宣伝なら任せて下さい。街の人に声をかけられたときは、必ず紅さんのご本も薦めてますから。今はすっかり顔なじみになって、他人様の家の掃除まで頼まれるようになったんですよ」

紅はギョッとしたのがバレないように口角を上げた。

「それはすごいわ。……でも、断ってるんでしょう？」

個人宅の掃除は一筋縄ではいかない。前の職場で散々経験したことだが、現場にある物の管理や、家具の傷の問題など、とにかくトラブルが起こりやすいため、友達の家ならともかく、他人の場合は勧められないのだ。末永は紅の顔色が変わったのを意に介さず、というか気付かないらしく、誇らしげに続ける。

「まさか！　私たちをわざわざ頼ってくれたんだから断れませんよ。いわゆる『ゴミ屋敷』なんで、すごくお困りみたいですし」

尚更《なおさら》まずい。紅は青ざめた。

「末永さん、ゴミ屋敷の掃除は怪我や事故がつきものなの。あなたたちにはハードルが高すぎる。専門の業者に任せた方が……」

末永は急に無表情になって黙り込んだ。すかさず桃田が割り込んでくる。

「大丈夫です！　私たち、ずっと路上の掃除を続けてきましたから、トラブルなんか寄せ付けないぐらいに運気が上がってるはずです。何もかも、紅さんのお陰です！」

彼女らにせよ別所さんにせよ、この見通しの甘さがくせものなのだ。末永が負けじと勢い込む。

「桃田さんの言うとおりです。私たち、屋敷原晴夫《やしきばらはるお》先生のサロンから移ってきたんですけど、あっちにいたときは何もいいことがなかったんですよ」

そうそう、とテンポ良く桃田が肯いた。

「私も、向こうにいた頃は婚活で苦戦してたんです。でも紅さんのところに来てからは、ちゃんとマッチングするようになりましたから！」

それは良かった、とだけ伝えて、あとは黙ることにした。他の講師の悪口はトラブルの元だ。特に屋敷原晴夫のような大物を敵に回したくはない。

物事は全て成り行きに任せれば上手く行く、というのが屋敷原の持論だった。『むやみに働いたりせず、全てを宇宙の采配にゆだねるべき。差し出されたものを自然に受け取るだけで、人はどんどん豊かになれる』という、どんぐりを拾って暮らす縄文人みたいな主張が受けて、同じ内容を焼き直しただけの著書が何冊も出され、どれもきっちり売れている。本の大部分は『怠けていたのになぜか物事が上手くいった』という真偽不明のエピソードで埋まっているのだが、何もするなというのが教義なのだから他に書きようがないのだろう。遼子曰く、何もしなくていい、ありのままでいい、という教義はとにかくウケがいいらしかった。

「あちらはあちらで素晴らしいメソッドですね。どっちが優れているという話じゃないですし」

紅は鷹揚に微笑んだ。察してくれ、この話は終わりだ。

「紅さんって他の先生の悪口を言わないんですね。でもよその先生はお互いにけなし合って、ブログなんかもう罵詈雑言の嵐なんですよ。屋敷原先生だって……」

ここだけの話とばかり、末永が眉をひそめながらまくし立てるのを、紅は慌ててさえぎった。

「悪口は心のゴミになるから、私は言わないことにしてるんです。後の片付けが大変だし」

とっておきの笑顔で締める。桃田が表情に釣り込まれたのを見て、すかさず話の続きをぶった。

「悪口だけじゃない、失望することも心のゴミになるんです。ちまたには何もいいことがないなんて愚痴る人がいるけど、あれはダメ。奇跡は探し続けなきゃ。そうすれば必ず何かが見つかる。こうして偶然会えたんだから、もっと素晴らしいことだって起こるはずよ」

桃田が感極まった風に紅の手を取った。そこから気力を吸い取られる感じがして紅はくじいた足をとっさに踏ん張る。二人は激しい握手で紅の腕を振り回した末に、ようやく去って行った。

「紅ちゃん、足、大丈夫？」

声を潜めて薫が言った。華やかなワンピースと九センチのハイヒールは、セミナーでの紅のトレードマークだ。足首がどうなろうとこの靴を脱ぐわけにはいかない。というより、脱げば魔法が解けるような気がして、その勇気が出ないのだ。

「すっかり慣れたと思ったのに、今頃くじくなんてね」

薫につかまって歩きながら、この仕事を始めたばかりの頃を思い出す。こんな靴で歩けるの？と思ったのは初めのうちだけで、一年、二年と「高岡紅」で居続けるうちにすっかり馴染み、もうずっと昔から、この細工物みたいなピンヒールで易々《やすやす》とバランスを取ってきたような気分になっていた。

「紅ちゃんのせいじゃないわ。あの人達が悪いのよ」

「高岡さんって、ファンサを絶対サボりませんよね」

車から降ろしたスーツケースを一人で引っ張りながら、長谷川が言った。中身はほぼ紅の衣装だ。

「こういう対応は大事よ。しっかり目を見て名前を呼んであげれば、サロンで多少納得のいかないことがあっても吹き飛ばせるから」

それは単なるファンサービスというよりも、不平不満の埋め合わせに近いものだった。サロンが盛り上がっていた初期の頃、「願いが叶《かな》いました」という成功報告は降るようにあったのだが、ここしばらくはさっぱりだ。生徒たちがいいこと探しに疲れたのか、それとも単純に飽きてしまったのか。いずれにせよ、紅はことさらみんなに微笑みかけてごまかさずにはいられない。

「不満なんてないと思いますよ。さっきの二人も喜んでたじゃないですか」

長谷川の淡々とした言葉が、なぜかおべんちゃらに聞こえる。「そうだといいけど」とにこやかに答えたつもりが、どこか棘《とげ》のある響きになった。

「紅ちゃん、勘ぐりすぎよ。みんなあなたを応援してる。すごく慕われてるのよ」

薫が紅を褒めるたびに『あなたがそう思いたいだけでしょう』と内心反発するようになったのはいつからだったろう。薫の耳には紅への賛辞が自分のもののように聞こえているらしい。

しっかりしなければ。休みなんて当面ないのだ。足首は多少ぐらつくが、これで厄を落としたと思えば済むことだった。もう驚かされるようなことはないだろう。この先はきっと、上手く行くはずだ——。


もうないだろう、と高をくくったことに限って、必ず二度目があるのはなぜだろう。

ロビーで出迎えてくれた別所さんに笑顔の大盤振る舞いをして、ヨガ教室絡みの泣き言をしばし聞いたあと、いざ楽屋へ入ろうというところで事件は起きた。物陰からいきなり女が飛び出してきて、紅の二の腕を渾身の力でつかんだのだ。

「紅さん！　なんで私のこと助けてくれないの！」

どのセミナーでも見たことのない顔だった。今にも泣き出しそうな声で彼女は叫ぶ。

「一生懸命お掃除してるのに、お母さんちっともよくならないの。紅さんなら何とか出来るでしょう。助けてよ！」

余りの剣幕に息が止まった。胸に氷が詰まったみたいに何の言葉も出てこない。代わりに激昂《げっこう》したのは薫だった。

「紅ちゃんに何てことするの、失礼でしょう！」

長い髪が根元から逆立つような勢いで怒鳴りつける。彼女はいっぺんに気持ちをくじかれた様子で、何もしてないのに叱られた、と言いたげに泣きべそをかきはじめた。化粧気のない頬はつるんとしていて、まだ十代の半ばぐらいに見える。かなり年かさの警備員がもたもたとやって来て、困惑したように紅を見た。

「どうします、警察呼びますか？」

彼女の泣き方が哀れっぽいせいか、同情するような調子だった。答えようとしたが、動悸《どうき》ばかりが激しくて声がまだ出ない。代わりに長谷川が、辺りをはばかりながら言った。

「通報はやめて下さい。これから大事なセミナーなので」

じゃあどうすればいいのか、とうろたえる警備員に、ひとまず不審者を控え室に連れて行くよう指示して、長谷川は紅の方を振り返った。

「とりあえず閉じ込めて、セミナーが終わるまで見張っておきますか。本番に殴り込まれたら大ごとですし」

すかさず、薫が傍らから割り込んだ。

「何のつもりでこんなことをしたのか、問い詰めてやらないと気が済まないわ」

まるで子連れの熊みたいな逆上ぶりだ。長谷川がなだめるように言葉を被せた。

「下手に刺激しない方がいいでしょう。サロンの生徒さんだったらまずいし」

「まともな生徒ならこんなことしないでしょう。よそのサロンやアンチの差し金かもしれないじゃない。この際、締め上げてやるべきよ」

二人は同時に紅を見た。さあ、みんなのために最適解を出してくれ――サロンで何か起こったとき、いつも感じる強烈な圧力だ。普段ならともかく、今は耐えられそうにない。

「……ごめん、ちょっと気持ちを落ち着けたいの。すぐ戻るから」

やっとの思いでそれだけ答えて、紅は逃げるように自販機コーナーへと向かった。視界の隅で、警備員が例の娘をなだめながら連れていく。

どうしてこんなに動揺しているんだろう。前職ではたちの悪い客にずいぶん鍛えられてきたし、今の仕事だって、人前で投げかけられる質問を即興でさばいているのだから、度胸は充分なはずだ。自分はこの程度のことに動じる人間ではないと思っていたのに。

ベンチに腰を落とし、震える手でスマホを取り出した。サロンの書き込みを見れば、いつもの「高岡紅」に戻れる気がしたのだ。

だが先に目に付いたのはメッセージアプリの通知だった。幸村だ。来月発売予定の、サロンのオリジナルグッズに絡んだ連絡らしい。

幸村の名前を見た途端、話したくてたまらなくなった。矢《や》も楯《たて》もたまらず、音声通話のボタンに触れてしまう。

幸村はすぐに応答してくれた。電話の向こうで、談笑する人々の声が遠ざかっていく。打合せの途中で抜けてくれたらしい。

メッセージの内容もそこそこに、紅はさっきの騒動のことを喋り出した。たった今起きたことを伝えるだけなのに、話が上手くまとまらない。気持ちが高ぶっているせいか妙に息切れして、声が途切れがちになる。

しばし黙って聞いてから、幸村はやにわに口を開いた。

「俺が行こうか」

そこまで言うとは思わなかった——紅はひどく戸惑った。

幸村とはこの二年間、何かにつけて連絡を取ってきた。彼はオンラインサロンについては門外漢だが、飲食店コンサルの経験をベースにしたアドバイスが意外なくらいはまって、ずいぶん運営を助けてくれたのだ。ビジネスの指南だけでなく、気持ちの面でもありがたかった。身の回りにいる人間で、紅の判断に寄りかかっていないのは幸村だけだし、「開運お掃除」が人生を変える方便に過ぎないことを分かっているのも彼だけだったからだ。

とはいえ、心細いから来て下さいなんてお門違いもいいところだった。そもそも、紅はそういう形で他人に頼ったことがない。

「大丈夫よ、ちょっと弱気になってただけだから」

強がりではない。動悸は本当に収まりつつあった。俺が行こうか、という幸村の言葉が、トランキライザーめいて効いてきたのを感じる。

「とりあえず、相手の話を聞いてみるわ。多分、本の読者かサロン会員のどっちかだろうから、話せば分かるかもしれない」

幸村はあまり賛成ではないようだった。

「二人きりにはならない方がいい。それから、相手の持ち物は先に確認しておいて。何か持ってたら洒落にならない」

「そういう目に遭ったことがあるの？　あの人絡みで」

冗談を言える余裕が出てきた。奈津子ならこのぐらいのトラブルは屁でもないだろう。

「なくもないな、あの人絡みで」

つい笑いがこみ上げ、紅はその声に自分で安堵した。手短に礼を言って通話を終える。スマホを支える手に、もう震えは残っていなかった。


薫や長谷川を引き連れて控え室に入ると、困り顔の警備員の傍らで、例の娘が背中を丸めてパイプ椅子に座っていた。薄っぺらいTシャツと短パンにはものを隠す余地もなく、持ち物と言えば手にしたスマホと自転車の鍵だけらしい。どう見ても丸腰だ。

危険なことはないだろうと判断して、紅たち三人で対応することにした。警備員が去ると、娘はますます縮こまる。全く無力に見える相手を三人で取り囲むと、まるでこっちが悪者みたいで決まりが悪い。

彼女は益井美加《ますいみか》と名乗った。十七歳、まだ高校生だ。幼い頃から母親に進行性の病気があって、ここ数年で介護が必要になり、彼女が一人で面倒を見ているという。十代の女の子が大人並みの責任を一人で背負わされている、という事実が他人事に思えなかったのは、紅にもまだ十五の春の記憶が生々しいからだった。

「あなた一人で頑張ってるのね。お父さんはどうしてるの？」

ついさっきつかみかかった相手から、思いがけず優しい声をかけられて、美加は気まずそうに目を泳がせた。

「お父さんは仕事だから仕方ないです。お金がないと療養も出来ないし。私は時間があるから、やってくれって頼まれてるんです」

「でも、それじゃ勉強も部活も出来ないよね。友達と遊ぶ時間もないし。先生には相談したの？」

伏し目がちの美加がさらにうつむいた。

「先生には言えないです。変な家だって思われたら困るし、そこから友達にばれるのはもっと怖い。ずっと何もない振りをして来たけど、でも……」

きっと身近な人々を騙すことに疲れてしまったのだろう。紅は自分もパイプ椅子をもってきて彼女の前に腰を下ろした。

「お母さんの病気は、よくならないの？」

「お医者さんに難しいって言われました。でも、それだとずっとこのままじゃないですか。お母さんは苦しいし、私もしんどいし」

彼女の目が絶望的な色を浮かべた。

「病院なんか全然頼りにならない。だったら、何か不思議な力でお母さんが治らないかなって思ったんです。それでネットを検索して、紅さんのサロンを見つけました」

彼女はセミナーの動画を見たのだという。一般向けに短く編集したものを、宣伝の一環として動画サイトに流したものだ。

「どんな悩みにも真剣に答えてて、みんなのことを思ってるのが分かって、すごく感動しました。

この人ならきっと助けてくれるって思いました。それで、思い切ってサロンに入ったんです」

思い詰めた顔で紅を見る。紅はさりげなく視線を逸らした。

「失礼だけど……、お金に余裕はないんじゃないの？」

「そうだけど、でも入ればなんとかなるって思ったんです。私のお小遣いは少ないけど、ギリギリ払えたから」

入会さえすれば、お金さえ払えば――そう考える生徒は多いのだった。彼女ほど深刻なケースは少ないにしても、サロンの会費は生徒たちにとってお賽銭《さいせん》みたいなものだ。願いを込めて月々払っていればきっと状況が変わるはず、という根拠のない期待だけが、巨大な風船のように膨らんでいく。薫が『会費は喜んで払いましょう。わずかな投資があなたの人生を変え、十倍、百倍になって返ってきますよ！』とことあるごとに煽っているのも一因だ。

なけなしの金を払って入会した美加は、早速自己紹介をして、お母さんの病気を治す方法を教えて欲しい、と質問を投げかけたらしい。美加は紅本人からの回答を待ちわびた。紅と直接やりとりをすること、それ自体が開運に繋がるという暗黙の了解がサロンにはあったからだ。まるで、触れられるだけで病気が治ると信じられた「王族の一触れ」のように。

きっと紅さんは答えてくれるに違いない。だって自分はこんなに困っているのだから――追い詰められた美加は一途に思い込んだが、紅からの直接回答はなかった。当時サロンでは「王族の一触れ」を信じ込んだ生徒たちが紅に構われたい一心でどうでもいい質問を繰り返し、収拾がつかなくなっていたからだ。『構《かま》ってちゃん』を減らすために紅は引っ込み、薫や遼子のような、メソッドに通じている古株の生徒がピンチヒッターを務めるようになっていた。

中でも、一番活躍しているのは工藤志依だった。はじめのうちこそ頼りない印象だった彼女は、入会からしばらく後に仕事を得て生活が安定し、家族仲も落ち着いて、黙り込む症状が出なくなった。穏やかに開運を重ねた彼女は、今やサロンの模範生だ。細やかな気遣いと面倒見の良さは回答係にうってつけで、美加の質問に答えたのも志依だったらしい。

「工藤さんなら、きっと真剣に答えてくれたでしょう？」

「そうだけど……、でも、言われたとおりにどれだけ頑張ってもお母さんは治らなかった」

美加は言葉を詰まらせた。

「きっと、紅さんじゃないと奇跡は起こらないんです。だからどうしても、直接会いたかったんです」

思い詰めた美加は、紅が地元に来たこの日を狙って、たった一人、必死で自転車を漕《こ》いで押しかけてきたのだった。

助けたい。紅は心の底からそう思った。でも自分に何が出来るだろう？

お掃除をすれば運気が上がって人生が変わる、そう教えたのは確かに自分だ。でもサロンで売っているのは希望であって、奇跡なんかではあり得ない。

とにかく慰めるしかない、紅は自分に言い聞かせた。ごまかすのだとは思いたくなかった。

「益井さん……、いえ、美加ちゃんね。今この瞬間に奇跡が起きているのが分かる？」

美加が不思議そうに顔を上げた。

「考えてごらんなさい。私は今、直接あなたを診てあげている。本来なら有料よ。いくらになるか分かる？」

「ええと……」

「個人コンサルは一時間三万円。でもお金は要らない。これは特別なのよ。あなたのことを放っておくわけにはいかないわ」

紅は両手を伸ばして、美加の手を優しく握りしめた。驚いてはいるが、嫌がりはしない。上手く伝えるには、体感も大事なのだ。

「よく聞いてね。今の状況から抜け出すには、あなたが自分の力で掃除をするしかないの。私が魔法を使うわけじゃない」

握った手を、言葉のリズムに合わせてそっと振りながら、紅は想いを込めて話しかける。

「あなたは思い切って行動したことで、私と直接話す機会を得た。これはものすごい幸運よ、分かる？　あなたは今、運命の分岐点にいるの。このチャンスを活かせなければ、手遅れになるかもしれないわ」

紅はやにわに目を閉じた。美加の手を握ったまま、アンテナを広げて何か探るように黙り込む。

「……あなた、洗面台のオーバーフローの掃除はしてる？」

美加はかぶりを振った。

「それって何ですか」

「洗面ボウルの側面に空いている水抜き穴のこと。裏側が汚れがちで、健康運を疎外するポイントになるの。それだけじゃないわね……」

紅は再び目を閉じて、家の中の掃除が足りない箇所を次々に指摘していった。業者でなければ気付かないようなマニアックなポイントばかりだ。

美加はうろたえはじめた。当然だ。時間のある主婦だって普通はそこまできれいにしない。

「やっぱりね。まだ掃除が不十分なんだわ。仕方がない。あなたはまだ若いんだから」

不安げにうつむいた美加の手を、紅は励ますようにぎゅっと握りしめた。

「人が生まれ持ったものはそれぞれよ。もともと難しい運命の持ち主もいる。あなたもその一人ね。まだ若いのに、重い責任を背負わされて大変だったと思う。本当に可哀相に……」

声にはやすやすと感情が乗った。気持ちは嘘ではないからだ。

「でも、今なら流れを変えられる。人生をひっくり返せる可能性があるわ。今すぐ帰って掃除をしなさい。チャンスを逃してはダメよ！」

紅は握った手を景気づけるように振ると、ぱっと放した。美加がはっと目を見開く。

「さあ行きなさい。あなたなら大丈夫。頑張るのよ！」

彼女の両肩を優しくつかみ、励ますように立ち上がらせた。美加は動揺しながらも、胸打たれた様子でいる。紅は薫に目配せしてドアの方を示した。このまま、会場の外まで連れて行ってほしい。出来ることなら、二度と戻ってきて欲しくない。

「……ありがとうございました」

薫と共に出て行く美加の小さな声が、いつまでも耳に残る気がした。どうしようもない苦々しさが、渇いた口の中でわだかまっている。

「さすがですね」

長谷川の賛辞が、今は皮肉にしか聞こえない。

「……何も出来ないわ。助けたかったけど」

「仕方ないですよ。荷が重すぎて、開運がどうとか言えるレベルじゃなさそうですし」

身も蓋もない長谷川の言葉が、実は一番美加に寄り添っているのだった。お掃除ではどうにもならない状態で紅に頼られても、結局今みたいに目くらましをかけることになる。自分の状況が変わらないのは、掃除が完璧でないから——この理屈にはどこまで行っても終わりがないが、それで納得してもらうしかないのだった。

あくまでもメソッドは正しい。願いが叶わないなら、それは完璧に実践できない本人の責任だ——どのサロンも結局のところ、この手の理屈に支えられている。そういう雰囲気さえ出来上がってしまえば、誰だって空気を読むし、あえて破ろうとする者もいないのだ。少なくとも、今のところは。

控え室の鏡に映った自分の姿が、ふと目に入った。かすかに笑っている。安堵しているのだ、この状況で。

腕をつかまれた瞬間、ありえないくらいに動揺したのは、はじめから怯《おび》えていたせいだったかもしれないと紅は気付いた。いつか誰かが、あんな風に自分を責め立てに来るんじゃないか。ずいぶん前から、無自覚にそう思っていたのだ。

その後のセミナーはいつにもまして大盤振る舞いになった。質問を募って客席で手を挙げさせ、選んだ一人を舞台に招いて目の前で答えてみせる。客席へ帰すときには握手はもちろん、流れ次第でハグもする。感極まって泣き出すのも一人や二人ではない。それを十人分ほどもこなしただろうか。

今や紅が売っているものは掃除のメソッドに留《とど》まらなかった。客が本当に求めているのは他でもない、講師の愛情そのものだ。客席に座っている自分に気付いてくれて、質問に答えてくれて、常に気にかけて見守ってくれる。そんな安心感こそが必要とされているのだった。

紅は客席全体を温かい視線でからめとり、一人一人に真摯な愛情を送る。そうしたことはただの技術に過ぎないと、場数を踏んだ今はよく分かっていた。客が「愛されている」と一瞬勘違いするだけでことが足りるのだ。

本当は誰も彼も愛を演じているだけじゃないのか。セミナーに限った話じゃない。友達や恋人、親子や夫婦でさえ、たまたま目の前にいただけの相手と、出来合いの愛情っぽいものをかわした気になっているだけじゃないのか。

渾身の演技でその日のセミナーを終えたとき、総立ちになった客席の中にひときわ大きな影を見て紅は驚いた。

幸村だ。いつの間に来ていたのだろう。

その瞬間、どこか安堵している自分に紅は気付いた。今の今まででっち上げの愛情を売りさばいていたくせに、誰かが心配して来てくれたことを喜んでいる自分が、少し後ろめたかった。

あの電話の後、すぐに仕事を切り上げてやって来たのだと幸村は語った。タイミング良く新幹線に乗れて、到着したときには、長丁場のセミナーが残り三十分のクライマックスに差し掛かっていた。会場入りして最後列の空席につくと、紅がちょうど親子連れを舞台に上げて熱心にアドバイスしているところだったという。

セミナーを終えても、幸村とゆっくり話す時間はなかった。地方紙のインタビューをこなした後、別所さんをはじめとする地元の協力者を相手に特別枠のグループコンサルを行い、たっぷり相談に乗った後はそのまま酒席へなだれ込む強行軍だ。乱入事件のことが伝わっていたらしく、みんなが紅のことを気遣って、不景気の責めを負わされるような流れにはならなかった。美加のおかげでやっかいな話題がうやむやになった形だ。

おまけに、サロンのアドバイザーとして同席した幸村が、別所さんのヨガ教室をはじめ生徒たちのビジネスに助言をしてくれたおかげで、さらに心証は良くなった。紅が取材に対応している間に、薫と長谷川の二人で頼み込んでくれたらしい。

サロン運営を何かと助けてくれる幸村は、古株の生徒たちからも頼りにされていた。紅との仲をどこか勘ぐられている節もあったが、母親の愛人で身内みたいなものですよ、とわざわざ公言するわけにもいかない。

会食の後、最終の新幹線で幸村が帰るというので、紅が駅まで送っていくことにした。後の面《メン》子《ツ》は薫が相手をして、紅は明日に備えて休ませてもらう予定だ。レストランから駅までは歩いて十五分ほどの道のりだから、車は要らないと幸村が言う。話をしながら夜の街をゆっくり歩いて行こうという心づもりらしかった。

「いろいろ面倒かけてごめんなさい。幸村さんの仕事じゃないのに」

「いいよ、コンサル料は後でまとめてもらうから」

「えっ、有料なの？」

当然だろう、と笑った声は本気とも冗談ともつかない。

夏はとうに過ぎたが、まだ秋になりきったとも言えない端境《はざかい》の季節だった。飲食店の多い路地を夜風が吹き抜けて、昼間の熱気はすでにない。仄《ほの》かに漂う食事の匂いと、ドアや換気扇から溢れ出してくる酔客たちの活気を味わいながら、紅と幸村は連れだって歩いた。

「セミナーを見せてもらったのは久しぶりだな、面白かった」

「『面白かった』じゃなくて、『ためになった』でしょう」

「女王様が健在で安心したよ。客席もいい雰囲気だった」

「だといいけど」

「あの親子連れなんか泣いてたじゃないか」

幸村が入場したときに舞台に上げていた客のことだ。お受験をやらされる幼稚園児とその母親だった。

「……あの子は人前に出るのが嫌で泣いてたのよ」

駄々をこねているだけだと分かっていながら「お子さんは限界まで頑張っているわ。この健気《けなげ》さを受け止めてあげないと！」と言いくるめて、紅は母親まで泣かせる流れに持ち込んだのだった。セミナーもサロンもごまかしの連続だ。その時々は上手くやり過ごしたつもりでも、後ろめたさは澱《おり》みたいに溜まっていく。

「試験の結果が怖いわ。あれで落ちたら目も当てられない」

「きっと受かるさ。床と天井さえ磨けばなんとかなるんだろう」

幸村はおどけて言った。件《くだん》の母親に指示したことを覚えているのだ。紅は芝居がかった講師モードで、アドバイスを再現してみせた。

「試験に必要な判断力は天から降りてくる。不安に打ち勝つ精神力は地から湧いてくる。お子さんの中で、その双方を繋ぎ合わせればきっと受験に勝てます。床と天井は必ず毎日磨いて下さい。天地の気を繋ぎ合わせるには、同時にお掃除することが肝心なのです――」

幸村は半ば呆れて聞いていた。

「よくそういう屁理屈を思いつくな」

「思いつかなくなったらお終《しま》いよ。セミナーもサロンも、理屈の骨組みで支えてるんだから」

紅はブログを書きはじめてからの三年余りの月日を振り返る。ちまたに溢れるおまじないや俗信の数々、それに紅自身の掃除の知識と人生経験を混ぜ込んで組み上げてきたメソッドは、いつのまにか自分でも持て余すくらい巨大な構造物になっていた。

「骨組みねえ。屁理屈のジャングルジムか」

上手いことを言う。紅は見上げるような公園遊具のシルエットを思い浮かべた。

「そのジャングルジムに、今は大勢の生徒さんがぶら下がってるの。でもあまり丈夫とは言えないから、補修し続けないと崩れてくる。私一人で、理屈を継ぎ足しながら支えてる感じ。喜んでくれてるならいいけど、もう飽きはじめてるかもしれない」

「さっきからずいぶん弱気だな」

背の高い幸村と一緒に歩いていると、すれ違う酔客の方で避けてくれる。女一人のときよりずっと楽な道行きだ。いつも肩肘張っているのを、今日だけは緩めてもいいような気になった。

「現に飽きはじめてるのよ。どれだけ掃除をしても、期待したことはなかなか起こらない。現実的なアドバイスもセットにしてはいるけど、みんなが求めてるのはやっぱり『魔法』だから。うんざりする現実が一瞬で変わるような奇跡が起きなきゃ、満足できないんだと思う」

今までの自分を変えろ、と発破をかけた当時のことを紅は思い出す。でもそれぞれの石牢から出て新しい人生を始めるなんて、そう簡単に出来ることじゃない。気が付いたら、ちっとも変われない人々をなだめながら、何かが変わったような気分だけを煽りたてる不毛なサイクルに陥っていた。まして美加のように本当に困っている相手のことは、逆立ちしたって助けられない。

「元からそういう商売じゃないか。掃除で人生が変わると本気で思ってたわけじゃないだろう」

「きっかけにはなると思ってた。本当に変わった人もいたし。でも大半はそうならないのよ」

不満はきっと蓄積している。そのくせ、願いなんて叶わないじゃないですか、と面と向かって言う者は一人もいない。みんな、何かを抱えたまま黙っているのだ。その沈黙が、紅には怖い。

「そのうち見放されそうよ。今日のことで身にしみたわ」

「なんでそう思う？　客の誰も、そんな素振りすらなかったぞ。今日のセミナーを見る限りは」

紅はつかの間答えあぐねた。

「ずっと教えてきたの。お掃除の効果が見つかったら、どんな些細なことも見逃さないでサロンに書き込みなさい。たくさん書くほど、いいことが起こってくるからって……。いいこと探しの投稿を続けていると、何もかも掃除の効果に思えてくる。その思い込みで、サロンは上手く回ってきたの」

「結構じゃないか。何が不満だ」

路地はそこで、駅に続く大通りに突き当たった。辺りの景色がいきなり開け、幅広の道路の向こうに、紅が泊まっているホテルの窓灯りが輝いて見える。広々として胸の空くような眺めのはずが、紅はわけもなく心細くなった。何もかもが自分を見放して遠ざかってしまったようだ。

「……そう書けばいいことが起こるって言われたから、みんな話を盛ってでも書き込みをする。賽銭箱に小銭を投げるのと同じよ。自分の利益を引き出すために、むりやり掃除の効果を捻り出す。そんな言葉をずっと読んでると、自分も世界も歪んでいく気がするの」

書き込みは沢山あるのに、誰も本当のことを言っていない。そう誘導したのは紅自身なのだった。

「気が付いたら、何を言われても信じられなくなってた。生徒さんだけじゃない。薫さんも、長谷川さんも遼子ちゃんも、みんな嘘をついてるように見える。怖いのよ。自分の世界が足下から崩れていくみたい」

言葉にしてしまうと、本当に恐ろしくなる——そう思った瞬間、ヒールが石畳の縁に引っかかって、また足を捻った。脱げて転がった靴が、まるで色鮮やかな鳥の死骸みたいだ。

数歩先で立ち止まった幸村が、振り向いて言った。

「……誰かを信じなきゃ生きられないか」

「えっ？」

「他人の言葉が空っぽだとしても、一人で立てばいいじゃないか。女王なんだから」

幸村の声は優しい。傷つける意図など微塵も感じられない。でも言葉は驚くほど冷酷なのだった。彼にとっては、それが当たり前なのだろうか。

つま先立ちの裸足を、うそ寒い風が撫でていく。遠い雪の朝に感じた冷たさが蘇って、紅は身震いした。思い出すのは、洗面所で見たマネキンみたいな祖母の足だ。一人置き去りにされた、十五歳の春のこと。

「……なんでそんなこと言うの？」

責め立てる声が、人気のない街路に思いのほか悲しく響いた。

幸村は小さく息をのみ、気まずそうに目を伏せた。沈黙の傍らを、タクシーが飛ぶように行き過ぎる。

幸村は無言のまま、とぼとぼと近づいてきて靴を拾った。それを紅の足下に置く仕草が、どこか詫《わ》びているようにも見える。幸村の肩は借りるには高すぎるから、腕につかまって靴を履いた。かすかにスエードの香水が匂う。奈津子の好きな香りだ、と気がついた。

「あなたこそ一人になってみたらいいじゃない」

幸村が肩越しに怪訝そうな目を向ける。

「絶対に愛してくれない女と一緒にいるのは、何のためなの？」

奈津子の男を引っぺがして自分のものにしようなんて悪趣味なことは考えていない。ただ、愛なんてものを持ち合わせない奈津子からなぜか離れようとしない幸村を見ていると、無性に苛立つときがあるのだった。幸村の姿が、あのマンションから離れられない自分と重なる——そんな風には思いたくないのだが。

幸村は無言で紅を見つめていた。彼らしくもなく、穴の空きそうなぐらい無遠慮な眼差しで、まるで紅の中に、失った答えを見つけようとしているみたいに。

「……もういいよ」

やにわに幸村が呟いた。ちょっと間を置いてから、これ以上送ってくれなくていい、という意味だと気付く。こんな俺のままでいい、と言ったように聞こえたのだ。

「足のことは聞いてたのに、歩かせて悪かった。平気なのかと思ってたんだ」

「いいわよ。そういう人生だし」

「人生の話にするなよ」

笑いあう、というよりは、それぞれが失笑したような形になった。

「本当なら俺の方が送ってやりたいけど、時間がない。済まない」

謝らなくても、ホテルは道の向かいだ。別に構わない、と言ったときには、幸村はもう駅に向かって歩き出していた。

「ありがとう、こんな遠くまで来てくれて」

幸村は背を向けたまま手を上げた。どんなやりとりもそつなくこなすのに、心に触れるやりとりになると途端に口を閉ざす。この男は嘘をついている方が楽なのだ。初めて会ったときにそう思った。今は似たもの同士だと気が付いている。

「……なんでわざわざ来てくれたの」

答えなど期待していなかった。そのまま去って行くだろうと思ったのに、幸村はピタリと足を止め、ゆっくりと振り向く。

車道を腰高の車が行き過ぎて、ヘッドライトがつかの間、その顔を照らした。何か見ているようでその実何も見ていない、虚ろで、途方に暮れた男の顔。

「俺にも分からないんだ」

頼りない声は、風に乗ってすぐに霧散した。

「自分の事だけ分からないんだよ」

誰にも言ったことがなさそうなその言葉が紅の耳に届いたときには、彼は再び歩き出していた。誰も寄せ付けないのではなく、寄せ付けるという選択肢をはじめから持たない背中が、薄明かりの歩道を静かに遠ざかっていった。

十一

大半の生徒がメリーゴーラウンドに乗せられて同じ場所をのろくさと回っていた二年の間、ただ一人、前島あずさだけが、安全装置をかけ忘れたままジェットコースターにしがみつくような日々を送っていた。

怠惰な大型犬にも似た同棲相手・バーニーは、あずさが片付けた部屋を一分と置かずに荒廃させてしまう強者《つわもの》で、だらしがなくてつい散らかるというよりは、積極的に荒らしていくスタイルの持ち主らしかった。当然、紅のメソッドとは相性が悪い。

あずさが入会した二年前、紅は『自宅がどうしても片付かないなら他の場所を掃除しても構わないし、むしろ掃除を仕事にしてしまえばいい』とアドバイスしたのだが、驚いたことに、それからたったの三日で彼女は転職を決めてきた。地元の産廃業者が始めたハウスクリーニングサービスだ。恐るべき行動力に、サロンは拍手が聞こえそうなほど盛り上がった。

サロンの中には、開運とは無関係にお掃除そのもののノウハウを教え合うコーナーもある。あずさはこれを活用した。経験者の同僚に追いつこうと、会費の元を取っておつりが来るぐらいの勢いで質問しまくったのだ。

当時は紅も時間があったので、彼女の問いにとことん付き合った。プロとしての掃除には十年以上の経験があるから、実践ネタなら開運メソッドよりずっと楽に答えられる。誰もが認めるクズ男・バーニーのせいで酷い目に遭わされているあずさには心からの同情が集まっていたので、彼女が浮上してくれればサロンが盛り上がる、という紅なりの計算もあった。

みんなに応援されながらなりふり構わず仕事を覚えたあずさは、職場でめきめきと頭角を現した。なにしろ不遇な人生の大逆転を狙って掃除しているのだから、給料のためだけに働いているスタッフとは気合いが違う。バーニーが転がり込む以前は家が片付いていたというから、元々掃除に向いてもいたのだろう。

働きながら、あずさは必死で逃亡の資金を貯めていた。よく吠える小型犬三匹を連れての引っ越しは物件選びにかなりの制約があって、身ひとつで逃げるように簡単にはいかない。友達の元へ身を隠そうにも、犬を三匹連れて転がり込める宛などないし、実家へ戻ったところで親もバーニーと似たようなものだから、搾取される相手が変わるだけだ。

しかしあずさの計画は難航した。小金《こがね》の匂いを探ることにかけては犬より長《た》けているバーニーが、貯まるそばから持ち出してしまうのだ。財布の中身が抜かれるのは序の口、どれほど隠し場所を工夫しても現金は確実に盗まれ、銀行に預けた金も、いつの間にか暗証番号やパスワードを把握されて残高をゼロ円にされてしまう。犬のように鼻の利くヒモ男から大事な貯金をいかに隠すか、サロンは掃除の話題そっちのけで盛り上がったが、暗証番号を何度変えても、三度のリトライのあいだに見事当ててしまうバーニーの動物的勘を前にしては、どんな対策も意味がなかった。まさにヒモになるために生まれた男、天賦の才に恵まれたとしか言いようがない。それだけ能力があるなら普通に働けばいいのにとサロンの誰もが思っている。

そんな状況下でもあずさはけっしてめげなかった。大丈夫、まだ掃除が足りていないだけだ。やり続ければ絶対に事態は良くなる——本気でそう信じ込んでいるようだ。

「前島さんが死に物狂いでメソッドをやるのは、他に頼るものがないからだと思います」

いつだったか遼子は、彼女らしい率直な表現でそう言った。

「後がない人には、信じる以外の選択肢がないんだと思います。あれだけ掃除してるのにちっとも報われないままで、それでもまだ頑張り続けるなんて私には絶対出来ません」

面と向かってそれを言うか。紅の背中に冷や汗が滲む。生真面目な者どうし気が合うのか、あずさは遼子や志依と仲がいいようだった。

あずさの崖っぷちの底力は、仕事にも遺憾なく発揮された。馬車馬のように働き、ゴミをさばく手も早いあずさは、客のアンケートでいつも高評価を取った。「前島さんの周りだけショベルカーですくったみたいにゴミが減っていく。すごい!」と名指しで書かれる辺りは、褒められ方のベクトルが違うが現役時代の紅と似ている。

ダメ男となかなか手が切れない理由を彼女は黙して語らなかった。よっぽど惚れているのか、あるいは弱みでも握られているのか。サロンの中で時折上がる「犬を手放せば逃げられるのに」という心ない声に、「そんなひどいこと出来ません!」と生真面目にやり返しているのを見ると、どうも優しすぎる性格を利用されているように思える。

その優しさに足を引っ張られながらも、着実に人生を変えていくあずさは、概してサロンの人気者だった。彼女の運命そのものがゴミ屋敷みたいな様相だが、そこをブルドーザーのごとくかきわけて進む姿は清々しい。職場であずさが認められて肩書きがつけばみんなで喜び、貯金の額が増えればみんなで祝う。それが突然ゼロ円になればみんなで慰め、次の隠し場所をみんなで考える。誰もがあずさに優しいのは、どん底にいる彼女の存在が、自分の方がまだマシという姑息《こそく》な安心感を与えてくれるからだ。一抹のえげつなさに彩られつつも、今や前島あずさの人生はサロンの名物コンテンツになりつつあった。

そんなあずさの投稿が、盛り下がりがちなサロンを賑わせたのは、ちょうど一ヶ月前のことだった。

「転職が決まりそうです。今度こそ彼から逃げられると思います！」

引っ越すだけでなく、仕事も変えなければバーニーから逃げ切るのは難しい——それは前から言われていた事だった。しかしせっかく認めてくれる今の職場をあんな男のために捨てるのはあまりにもったいない。そのジレンマに苦しむあずさに、願ってもない話が持ち上がったのだ。

深刻なスタッフ不足に悩む都内のクリーニングサービスからの、転職の誘いだった。新設の支店で、新人スタッフを指導できる経験者がどうしても必要なのだという。あずさの会社のウェブサイトには顔出し可能なスタッフのプロフィールが掲載されている。どのスタッフも満面の笑みで写る中、高評価アンケートと共に紹介されたあずさの仏頂面は見るからに職人めいて異彩を放っていたのだが、これがヘッドハンティングのきっかけになったらしい。

「これこそお掃除の効果じゃないですか！」

久々に出た大成功の報告に、サロンは沸きに沸いた。あずさの幸運に自分もあやかろうと、常連だけでなく、普段は投稿をサボっている幽霊部員みたいな生徒まで出てきて「おめでとう！」のコメントを残していく。他人を祝って自分の御利益を引き寄せようという下心見え見えの投稿だが、盛り上がるなら動機は何でもいい。紅や古株のスタッフたちは画面にどんどん溢れてくるコメントを見るにつけ涙が出そうだ。

犬三匹を連れているので住める場所が限られると告げると、転職先はわざわざペット可のマンションを紹介してくれて、入社日も正式に決まった。このところバーニーはダミーの口座に気を取られているから、あずさの手元にはかろうじて初期費用を払えるぐらいの額が残っている。危険な現場を渡り歩き、特別手当を必死で貯め込んだ虎の子だ。

ギリギリまで今の会社で働いて、彼にバレないように秒で引っ越します――みんなで見守ってきたあずさからめでたい報告が上がるたびに、生徒たちは大騒ぎだ。彼女が東京にやって来たら、サロンの中心スタッフで歓迎会を開こうと、紅たちも準備に余念がなかった。その写真を使ってSNSやブログでアピールをすれば、サロンは再び上昇気流に乗るに違いないのだ――。

川から吹き上げる秋風が、梱包《こんぽう》材だらけの室内に、涼やかな水の匂いを残していく。

その投稿がされたとき、紅とサロンの古株たちは、ちょうど薫のマンションに集まって、サロンで売り出したばかりのオリジナルお掃除グッズを荷詰めしているところだった。かつてゴミに埋もれていた薫のマンションは、今やサロンの事務所として機能しているのだ。

「済みません、またお金がなくなってしまいました……」

あずさの嘆きの投稿を読み上げたのは遼子だった。内容とは裏腹の淡々とした口調だ。

八人掛けの大きなダイニングテーブルの上には、発送用の段ボール箱がいくつも口を開けている。ショッキングピンクのハンディモップを荷詰めしていた薫が、やにわに振り向いて大声を上げた。

「えっ、せっかく上手く行ってたのに、なんで?」

「まあ、バーニーをなめるなってことじゃないですかね」

遼子がテーブルの端でPCを覗き込んだまま答えた。「あなたは誰の味方なのよ」と薫が目をむいて言い返す。紅は一人離れてキッチンの作業スペースにこもり、購入特典のメッセージカードを書きながら、カウンター越しに彼女らの話に耳を傾けていた。

オリジナルお掃除グッズは「これを使うだけでお掃除の効果が倍増!」との触れ込みで、しばらく前にサロンの起死回生を狙って企画したものだった。紅自ら、グッズを使って掃除するショート動画を撮りまくって毎日のように投稿したのが効いたのか、生徒の半数近くがオーダーしてくれて胸をなで下ろしたところだ。この先サロンには「グッズを使ってみたら良いことがあった」という報告が溢れかえって、売れ行きは尻上がりに伸びるはず——薫は自信たっぷりにそう言い切っていた。

この上、あずさも逃げ切ってくれればサロンに昔の勢いが戻るだろうと思っていたのに、とんだことになってしまった。あずさの投稿はいつも長文になる。遼子がかいつまんで語ったところによると、事情はこうだ。

つい先日のこと、バーニーが突然「すごくいい売り家があるから一緒に見に行かないか」と言い出した。まるで出て行くのを見透かされたようであずさはギョッとしたが、大事な時期に波風を立てるのはまずい。大人しく付き合うことにしたのは、遠からず捨ててしまう相手への罪滅ぼしでもあった。

確かにいい家だった。元は金持ちが住んでいたらしく設計が凝っていて、据え置きの家具も立派なものだ。あずさが気後れしていると、この家は競売物件なのだ、とバーニーが得々として告げた。高そうに見えても、実はちょっと頑張れば手が届く値段なのだと。

「いくら競売でも家を買うのは無理でしょう」

薫が眉をひそめた。遼子が答える。

「調べてみたら、事故物件らしいです。凄惨な殺人事件のあとで競売にかけられたそうで」

みんな一斉に息を詰めた。買えるかどうか以前に、住めるかどうかが怪しそうだ。

バーニーは物件を見てすっかり気に入ったらしく、猛然とあずさを口説きはじめた。ここなら犬が何匹いても一緒に住める。この家を買わないか。今までのことは心から悔いている。今度こそ生まれ変わって働くつもりだ。ついては、手付けを打たないと他の希望者に取られてしまうから、一時的に金を出してくれないか。大丈夫、返す宛はちゃんとあるから——。

「まさかそれを信じたんじゃないでしょうね」

「そのまさかです」

その場にいた全員から悲鳴に似た声が上がった。

「なんで!?」

あずさは書き込みの中でくどくどと言い訳していた。曰く、バーニーの真剣な表情を見ていたら、最後に一度だけ信じてあげたいと思ってしまった。一国一城《いっこくいちじょう》の主《あるじ》になれば、そして犬を取り返せば、バーニーにもきっと責任感が生まれるだろう。これが最後のチャンスだ。私がお金さえ出してあげれば、彼は変われる。そのためには、自分のことなんか二の次にしなければ――。

あずさが有り金を差し出してすぐに、バーニーは馬脚を現した。別れた妻にこっそり連絡していたのだ。

――前の家はお前の両親に全額出してもらった。自前じゃないのがまずかったんだ。今度こそちゃんとした家を用意するから犬を返してくれ。なんならお前らも一緒に住んでいいんだぞ――

徹底して形から入るこの男は、見栄えのいい家さえ用意すれば妻子とやり直せるに違いないと、犬の如《ごと》く単純に思い込んだのだった。

「前島さん、すごく落ち込んでますよ。なんてバカなことをしたんだろう、みんなに合わせる顔がないって」

紅は額を覆って大きな溜息をついた。

「私も悪かったわ。もっと彼女をしっかりサポートするべきだった。ここで油断しちゃいけなかったのよ」

長年不幸続きの人がいよいよそこから抜け出そうというときに、自ら幸運の種を台無しにするのは実によくあることだった。ずっと搾取にあってきたならなおのこと、今まで通り奪われ続ける人生の方が安心できるからだ。人生を変えることは、それほどに難しい。

「私は正直言って他人のことはどうでもいい人間ですけど、前島さんだけはなんとかしてあげたいです」

へそ曲がりの遼子は、何かにつけて志依を手助けしているくせにそんな言い方をする。ともあれあずさに関しては、生徒の大半が彼女と同じ気持ちでいた。どんなやっかいごとも怯まず背負って頑張るあずさは、その美点故にどんどん仕事に熟達していくが、それこそがつまらない男に利用される原因でもあるのだ。

紅は立ち上がってキッチンを出た。

「私から直接、前島さんにコメント出そうか?」

紅の申し出に、遼子はかぶりを振る。

「紅さんはメッセージカードを書かないとダメです。代わりがいないんですから」

「じゃあ内容をざっくり話すから、遼子ちゃんがまとめてくれる?」

表情の薄い顔にどこか自信をみなぎらせて遼子が肯いた。紅の話をほどよい長さにまとめて伝えるのは彼女の得意技だ。

紅はテーブルの傍らに立ち、身体の中で、温かい愛情の気配を練った。ここからはセミナーと同じ、講師の愛を売る時間なのだ。

「同じ失敗を繰り返したって恥じることはないの。何度でもやり直せるわ。今まで何度もやり直してきたあなたを、私は心から誇りに思っている。本当よ」

もちろん、あずさはこの場にいない。だが紅は心を込めて言葉を選び、目の前に彼女がいるかのように語りかけていく。

「こんな自分は大嫌いだって思ってるかもしれない。でも今、水の底で何かが動いている。あなたの努力がどんどん積み上がって、やがて水面から顔を出すのよ。奇跡の一部はもう見えはじめている。現に、引き抜きの話があったでしょう？　しかも奇跡はそこで終わりじゃない。忘れないで。あなたが生きている限りは、必ず話の続きがあるの」

あずさの代わりに話を聞いているのは、ここにいる生徒たちだ。温かな手で心臓をそっと包みこむように、彼女たちの心に言葉を染みこませていく。そうすることで、あずさへの言葉にも説得力が生まれるのだ。

「あなたには突き進む力がある。あなたほどの根性があればそれはもう才能と呼んでいいのよ。自分はダメだ、なんて絶対に思ってはいけない。その力で突き進んでいけば、今までとは全く違う世界へたどり着けるはずよ。あなたには普通の人にない力がある。けっして諦めないで！」

川風が静かに巡る室内に、紅の言葉を文字でとどめようとする遼子のキーボードの音だけが、絶え間なく続いていた。他のみんなは押し黙っている。

言葉は出てくる。あとは遼子がまとめてくれるだろうが、分からないのは、それが聞く者の胸に響くかどうかだ。サロンの始まりの頃は言葉に愛情を乗せるのも簡単だった。でも今や売り物の愛は、向こうが透けて見える古いシーツ並みにすり切れてしまっている。『もう品切れです』なんて言えるはずもないから、それっぽい気配を必死で補っているに過ぎない。

紅は冷や冷やしながら生徒たちの表情をうかがった。志依ただ一人が、じっとうつむき、肩を細かく震わせている。

「志依ちゃん、大丈夫？」

薫が志依の顔を覗き込んで問いかけた。

「……ごめんなさい。私も前に、同じようなことを言ってもらったのを思い出して。自分はダメだ、なんて絶対に思ってはいけないって」

紅は胸をなで下ろした。ここでもう一押しだ。

「急に言葉が出なくなったからって、そのこと自体がダメだなんて誰が決めるの？　ただ、あなたにとっては都合が悪い状態だから、乗り越えられるといいねって話。喋れないということ、それ自体に善《よ》し悪《あ》しはないの。そんなことで自分を卑下しては、それこそダメだと思う」

上手くはまる言葉を選べただろうか。外していないだろうか。こういうのはいつも綱渡りだ。

志依はちっとも泣き止まなかった。はじめは紅の言葉が刺さったのかもしれないが、今は何かを言い出しかねて困っているように見える。とうとう薫が切り出した。

「大丈夫じゃなさそうね。何かあったの？」

志依は途切れ途切れの涙声で答える。

「今まで、黙っててごめんなさい。実は、仕事切られちゃったんです……」

えっ、とその場にいた全員が声を上げた。志依の仕事は、というより志依の人生そのものが、誰よりも順調そうに見えていたからだ。

サロンに入った後、志依は新規で派遣されたデパ地下の菓子売り場がしっくりきたらしく、職場の上司にも気に入られて、安定して働いていたのだった。派手な活躍ではないけれど、人生を立て直したという意味で、彼女はサロンの出世頭みたいな存在だったのだ。

「信じられない。だって、正社員にって誘われてたんじゃないの？」

うつむく志依の顔を薫が心配そうに覗き込む。紅は志依のそばに寄って「落ち着いてね」と肩に手を触れた。志依は顔を覆ったまま、小さく肯いて話し出す。

「……正社員になるために、本社の研修に呼ばれたんです。かなり大勢集められてて、ピリピリした雰囲気でした。行ってから分かったんですけど、全員が正規になれるわけじゃなくて、その選抜も兼ねてたらしくて……」

つっかえつっかえ話す合間に、志依は大きく息をつく。言葉が止まってしまわないように、彼女なりの工夫があることを紅は知っていた。

「その中で、勤務中のエピソードをみんなの前で話すっていう課題があったんです。たまたま私がそれに当たってしまって……。断ったら落とされちゃうかもしれないし、思い切ってやってみようと思ったんですけど、でも」

そこで言葉は途切れた。きっと症状が出てしまったのだろう。壇上で為《な》す術もなく立ち尽くす志依の気持ちを思うと、紅まで言葉を失いそうだ。

「……職場の方でも、ちょっと前に、売り場の責任者が交代したんです。新しい主任さんはすごく怖くて、職場の雰囲気も悪くなってしまって。色々重なったせいか、接客中にも声が出なくなることが増えて……、とうとう、もう来なくていいって言われちゃいました」

それまで、緘黙《かんもく》の症状はなりをひそめていたのだ。もう出ないかもしれないと楽観視していた分、受けたショックは生半可ではなかった。

「仕事がなくなるって、本当に怖い。私、必死で次を探してるんです。でも、面接でも声が出ない。何も言えないのに採ってもらえるわけがない。声が出ない場面が、どんどん増えてる気がするんです。私って、どうして変われないんでしょう。ただ、普通になりたいだけなのに」

幼い子供が流すような澄んだ涙が、ほろほろと頰を伝った。

彼女がサロンで労を厭《いと》わず他人の質問に答え、休日を返上してまで手伝いに来ているのは、『普通になりたい』一心からだった。それは『稼ぐ男を捕まえて楽がしたい』という欲得ずくの願かけとは次元の違う、切実な思いだ。

その心に、紅は場当たり的な言葉で応じている。本当は気が咎《とが》めているのに上手くやり過ごしてこられたのは、志依の人生が見かけ上は順調だったからだ。まるでメソッドに効き目があったかのように。

でも、今は？

紅はとっさに心の焦点をずらす。何も考えるな。気付かなかったことにするのだ——。

「志依ちゃん、大丈夫よ。不運だと思えるのは一時《いっとき》のことだから。ここまでの前進で、一度御利益を使い果たしたんだと思う。また貯まれば、どんどん変わっていけるはずよ」

志依がはっと顔を上げた。

「……そうですよね。紅さんの言うとおりです」

泣いている場合ではない、と悟ったのだ。自分が不運を嘆けば、紅のメソッドを貶めることになるのだから。

「志依ちゃん、個人コンサルが必要ならいつでも言ってね。あなたは料金のことを気にしなくていい。ここにいる人はみんなそうよ」

一枠三万円のコンサルを無料に——罪滅ぼしに持ち出すのは結局お金の話だ。けれども志依は「無料なんてダメです」とかぶりを振った。

「紅さん言ってたじゃないですか。お金はエネルギーそのものだから、たくさん動かすことで活気が生まれて、運命が改善されるんだって。私、紅さんに教えてもらって感謝してるんです。お金を使うことにさえ意味があるなんて、それまで考えもしませんでした」

それはお金を払わせるために薫がつけた理屈だった。料金が高額になればなるほど箔がつく。そして高い金を払うほどに、生徒たちはより入れ込んでいく。

「紅さんに教えてもらえなかったら、私は何も知らないままでした。お掃除だって、日常の中で仕方なく繰り返すだけで、何の意味もないことだって思ってたけど、そうじゃなかった。窓拭きにも、トイレ掃除にも意味がある。紅さんは、全てのことに意味を与えてくれたんです。私の人生なんて空っぽだって思ってたけど、そうじゃなかった。今まで経験してきた辛いことにもきっと意味があったし、この先の人生は、お掃除でもっと良くしていける。そう思ったら、自分の中に確かな芯が生まれる感じがしました」

身をよじって振り向いた志依は、思いがけず晴れやかな笑顔を浮かべていた。

「私、このメソッドがなくなったら、きっと生きていけなくなると思います」

見上げる視線が、切実な輝きを帯びた。またあの目だ、と紅は少したじろぐ。紅の言葉を命綱だと言って追いかけてきた、ファンレターの下級生の眼差し。あのときの言葉が掛け値なしに嬉しかったのは、当時の紅が、誰かの命綱になることの責任をまるで分かっていなかったからだ。

紅が作った屁理屈のジャングルジムに、志依はあろうことか命をかけてしまっている——。

「決めた。志依ちゃんのためにお掃除するわ」

声が少し震えた。志依は驚き、とんでもない、と激しくかぶりを振る。

「私の家はちゃんとやってるから大丈夫です。紅さんの手を煩わすことなんて出来ません」

「そうじゃなくて、今閃いたの。私は志依ちゃんのために、私の家を掃除する。このお掃除は誰それに捧げる、って先に設定すれば、どこの掃除でも、あなたの御利益になるはずだから」

傍らで聞いていた薫が目をみはった。

「初耳ね。そんなことが出来るの?」

「大丈夫。こういうことは全て心に決めたとおりになるのよ。志依ちゃんとしっかり意識を繋げた上で、トイレと水回り、あとは天運を得るために天井の拭き掃除もやっていくわ。数ヶ月続けて、変わらないようならまた他の手を考えましょう」

志依はしばし呆然と話を聞いていたが、ややあって顔を覆うと、再び泣き出した。薫が目を輝かせて言う。

「紅ちゃん、素晴らしいわ。その考え方だと、紅ちゃんの家を掃除した御利益を、部分ごとに販売出来るじゃない。窓掃除は誰それの御利益、玄関掃除は誰それの……。紅ちゃん自ら手を動かすんだから強力よ。これはすごいことになるわ」

確かに、これは新サービスに出来そうだ。グッズと並んで、新しい商売の柱になるかもしれない。もう少し話を煮詰めてからブログで告知しようと紅は思った。高岡紅があなたのために自宅を掃除します。紅の運気が、気を繋げるだけであなたのものになります——。

紅はキッチンへ戻ると、中断していたメッセージカードを書こうと再びペンを取った。メッセージの内容はランダムだが、「その瞬間のあなたにもっとも必要な言葉が届きます」という触れ込みになっている。

——もうだめだ、と思っているあなた。ひょんなことから道が開けます。今からでもきっと盛り返せる。諦めてはダメです――

十二

カーテンの隙間から差し込む陽射しが、おぼろな視界の中で、不吉な星みたいに光っている。目覚めたのは、スマホの低いうなりのせいだった。泥のように重たい身体をやっとのことで動かして、画面を覗き込む。幸村だった。こんな時間の電話が、いい知らせとは思えない。

「悪い、起こしたか」

大丈夫、と答えた声がひどく眠たげに響いた。最近の寝覚めの悪さは異常なくらいだ。

「一つ確認したいんだ。サロンの会員の中に、他人の家を掃除してる連中がいないか」

いきなり何の話だろう。紅は回らない頭で考える。

「……掃除ボランティアの集まりなら何組かあったと思うけど、どうしたの？」

「君の生徒が掃除にかこつけて泥棒をやってるって噂が、ＳＮＳで広がりはじめてる」

眠気は一気に吹き飛んだ。紅はベッドの上で飛び起きる。

「どういうこと？」

「噂の元になってるのはアセトンってブロガーだ。知ってるか」

オンラインサロンやスピリチュアル系グループの醜聞を好んで扱うブロガーだ。話題になるのは数十万円以上の超高額セッションを手がける講師だけで、紅の活動は彼らに比べて地味だからネタにされたことはなかった。

幸村によれば、紅のサロン生が引き受けた「お掃除」に関するたれ込みが、そのアセトンの元に寄せられたのだという。

――高岡紅の生徒は、ボランティアで街頭清掃をする傍ら、個人宅の掃除も引き受けている。ある人物がゴミ屋敷の片付けを依頼したところ、家は片付いたが、ゴミの中に紛れていたはずのジュエリー、総額三百万円相当が行方不明になってしまった。ボランティアたちは「そんなものは見なかった」ととぼけている。掃除にかこつけて盗まれたのではないか――

「そんなの証明しようがないじゃない。言いがかりだわ」

「君が主導して組織的にやらせてるって話になってる。放っておくとまずいぞ」

血の気がひいた。薄明かりの部屋が今は真っ暗に見える。

「その記事、いつ出たの」

幸村によれば、記事が公開されたのは昨晩遅く、日付が変わってからということだった。旧知のクライアントとの付き合いでたまたま遅くまで飲んだ彼は、帰りのタクシーの中で様々なSNSに顧客絡みの検索をかけていた。彼自身が手がけた飲食店の評判を知るためのリサーチだったが、ふと気が向いて紅の名前を検索したところ、件のブログにリンクした投稿が引っかかったのだという。

投稿されたのが深夜とあって、噂はまださほど広がっていない。だがもう三十分もすれば通勤ラッシュの時間帯だ。電車の中で暇つぶしにスマホを見ている人々が拡散するかもしれない。時間が経つほど悲惨なことになるだろう。

「……とにかく、事実関係を確認しないと手の打ちようがないわ」

「どの生徒のことか分かるか」

ゴミ屋敷の清掃まで手がけるほど過激なのは、『お掃除別働隊』だけだ。以前、セミナー会場の前で末永や桃田と話したときに紅が止めたにもかかわらず、彼女らは特殊清掃に手を出しており、その後の再三の注意も全く聞かないまま今に至っていた。末永は相当な目立ちたがり屋らしく、活動内容を毎日のように投稿している。昨日も汚部屋の現場写真が上がったところだ。まだ作業は続いているようだから、場所さえ分かれば別働隊のメンバーにまとめて会えるかもしれない。

「誰だか見当はつくから、薫さんから連絡してもらうわ。ねえ幸村さん」

「なに」

「きっとアンチが作り話をたれ込んだんだと思うの。どうしよう」

「君は生徒を信じてるわけか」

冷笑的な物言いは元々の癖だ。そうと分かっていても、今は辛い。

「信じてるって言うと青臭いけど、盗みを働いてしらばっくれるなんてうちの生徒には無理だと思う。みんな、良くも悪くも普通の人だもの」

そう、彼女達は嘘をつく側ではないのだ——その先を紅は考えないようにする。

「やるやらない以前に、出来ないってわけか」

ひとまず納得した幸村に礼を言って、電話を切った。寝床に起き上がったまま、一筋差し込む光の中で、紅はしばし呆然と考え込む。

これまではサロンへの中傷があっても、話がマンネリだの同じワンピースを何度も着ているだの、せいぜい陰口レベルのことだった。紅はよその講師と違って生徒との揉め事も少ないし、サロン同士の喧嘩にも関わらない。嘘をついてまで陥れられるような覚えは全くないのだ。

それが一体どうしてこんなことに？

薄闇に沈んだ部屋の隅から、顔のない邪念のかたまりがじっとこっちをうかがっている気がして、紅は我知らず総毛立った。


末永には薫が連絡をつけてくれた。オンラインサロンのシステムには、会員宛に個別のメッセージを送れる機能があるのだ。『紅さんが掃除の現場を見たがっている』と伝えたところ、末永は大喜びで現場の住所を送ってきたという。車で行くとすれば、途中で薫を拾ってから向かうのが最短ルートだ。

少し安価なワンピースに、現場用の長靴だけは別に用意して、紅はタクシーに飛び乗った。後部座席に落ち着いたところで、幸村が送ってくれたURLからようやく件のブログを開く。

ことが起きたのは二ヶ月ほど前。お婆さんの一人暮らしでゴミ屋敷化した一軒家でのことだった。記事の中ではSさんとされているそのお婆さんは、片足が不自由になり掃除が滞って、近所の家から臭気の苦情が出るようになった。そこで掃除業者に見積もりを頼んだのだが、提示されたのは数十万円のサービス料。年金暮らしのSさんに払える額ではない。困り果てていたところ、近所の人から『知り合いが助けてもらったらしい』と末永たちのことを紹介されたのだという。末永は初対面のSさんに紅の著書を渡して『自分と皆さんの開運のために掃除をしているんです』と明言していた。家さえきれいにすればきっといいことがありますよ、と。

末永たちが一ヶ月ほど断続的に通ってどうにかゴミが片付いたところで、Sさんの実の娘、Tさんが現場を訪ねていった。Tさんはこの件を知らされておらず、プロでもない赤の他人に掃除を頼んだと聞いて心配になったのだという。

部屋中に積み上がっていた大量のモノはきれいになくなっていた。その場にいたボランティア曰く、辺りに落ちていたものは汚れがひどくて使えそうになかったので処分したという。Tさんは慌てた。家主である母親が大事にしていたジュエリーが一つも見当たらなかったからだ。「私にくれる約束だったんです」ブログの文中で彼女は力説していた。「子供のお受験の軍資金になるはずでした」

ジュエリーが沢山埋まっていたはずだから返してほしい——Tさんの必死の訴えに対し、末永たちの答えは「貴重品なんか見なかった」の一点張りだったという。訴えようにも証拠がない。悔し泣きしていたところにアセトンのブログを見つけ、連絡を取った、という顚末だ。ブログの後半はTさんの涙ながらの証言で埋まっている。

『母はリビングでジュエリーボックスの中身を広げて眺めるのを楽しみにしていました。でも年を追うごとに片付けられなくなって、出しっぱなしのままゴミに埋もれるようになったんです。あれは母の大事な宝物でした』『他に受け継ぐ子供もいませんし、あのジュエリーは私のものになるはずでした。うちの子の未来のためのお金を、見ず知らずの連中に持って行かれてしまった。組織的に盗ませているのだとしたら許せない。もう換金してしまったのだとしても、お金だけでも返してほしい』

『母の大事な宝物』が即座に『うちの子のお金』に化けている辺り、Tさんもなかなかの強者らしい。途中で合流した薫は既にブログを読んでいたらしく、車に乗り込みながら眉をひそめて言った。

「変なのに目をつけられちゃったわね」

紅は奥の座席にずれながら苦笑した。

「一方的な言い分だし、肝心なところはほとんど憶測だからね。まあ、でっち上げだろうけど」

「読む人が面白がるならなんでもありと思ってるのかしら。本当かどうかなんてどうでもいいんでしょうね」

その何気ないセリフが思いがけず紅の胸に突き刺さった。それは自分たちにこそ返ってくる言葉ではないのか——そうした誠実な問いかけに背を向けてから、もう長い時間が経っている。

少し渋滞に捕まったが、現場のマンションには九時過ぎには着いた。二ヶ月前に末永たちが問題を起こした一戸建ても、ブログによれば同じ区内にあるらしい。ゴミ屋敷や汚部屋のたぐいはたくみに隠されているだけで、実はそう珍しくもないのだ。

薫と二人で外廊下を歩いていくと、現場は一目で分かった。豪快に開け放されたドアの傍らに、大きなゴミ袋がうずたかく積まれていたからだ。朝夕冷え込むような季節とは言え、これでは近所に臭いが流れるし、なにより依頼主宅が汚部屋であることがバレてしまう。

中を覗くと、玄関周りはすでに片付けられていた。ところどころ汚れがこびりついているものの、土間がちゃんと見えている。ゴミそのものが片付いていても壁や床から靄《もや》のように染み出してくる臭いはしぶとく、そんなものを懐かしいと感じる自分を紅は滑稽に思った。

「末永さーん、いますかー？」

薫が呼びかける。廊下の奥から遠慮のない足音がドタドタ響いたかと思うと、ことさらに胸を張るような姿勢で当人が現れた。「紅さん、お待ちしてました」と挨拶する調子も芝居がかっている。

「紅さんが来て下さるなんて！　みんなものすごく張り切っているんですよ。さあ、見てやって下さい」

中へどうぞ、と紅たちを促す態度はまるで自分の家にいるようだ。紅は遠慮して「依頼主さんは？」と中を覗きながら問いかける。末永はちょっと寂しそうに笑ってみせた。

「出かけちゃったんですよ。どの現場でもそうなんです。最初は『自分も手伝う』って言うんですけど、だんだん嫌になるみたいで」

あなたと一緒にいるのが嫌なのでは——とはっきり言うわけにもいかない。玄関先で話し込めば今以上に近所迷惑だから、紅たちは用意してきた長靴を履いて部屋に上がることにした。薫は臭いに顔をしかめながら、おっかなびっくり廊下をついてくる。ドアや壁には微妙に湿り気が残っていて、ちょっと手を触れるのも抵抗がある様子だ。自分もかつて汚部屋に住んでいたとは言え、他人のものでは嫌悪感が全く違うらしい。

玄関から続く廊下のゴミはもうほとんど片付いていた。バスルームから出てきた桃田が、取り入るような笑みを浮かべる。方々に黒カビが残った水回りには、かなり苦戦した跡があった。

「リビングは昨日取り掛かったところなんですよ」

ゴミの山が途中まで崩されて、奥のベランダに続く窓が開いているのが目に入った。ここまで入りこむと、臭いは目に染みるぐらいにきつくなる。壁の方々に残った汚れの跡からして、元々のゴミの高さは腰レベルといったところか。手強《てごわ》い現場だったに違いない。

「……これをボランティアで引き受けるなんて、あなたたちすごいわ」

それは紅の本音だった。仮に仕事だとしても、これだけ汚れの強い中、この物量を片付けきるのは生半可なことではない。

なんてことありませんよ、と涼しい表情を作って末永が言った。ハードな片付けの過程を、末永は心持ち顎を上げてとうとうと語る。言葉の合間にちらちら紅を見て賛辞を要求する目配せも忘れない。汚れた部屋に他人を入れ、掃除をしてもらうことでたっぷり罪悪感を味わった上に連日これをやられたら、依頼主はかなり辛かったことだろう。逃げたくなるのも無理はないし、この場で高岡紅の名前が使われたことを思うといたたまれない気持ちになった。

「感謝されればいくらでもパワーが湧きますからね。お金も払わないのにこんなにしてくれてありがとうって、何度も何度も言われるんですよ」

自分が言わせていることに末永は気付かないのだった。横合いから、桃田が口を挟む。

「何よりも、ゴミを一つ袋に入れるたびに自分の運気がぐっと上がるのが分かるんです。全部紅さんの教えですから、これで明日が変わらないはずありませんもの」

「もちろん、明日はもっと良くなりますよ」

紅は強いて微笑みながらそう言った。末永たちの現場リポートはこれまでにも複数上がってきている。これほど極端な汚部屋ではないにせよ、厳しい現場をこつこつと片付けながら、未だに訪れない御利益をしぶとく待ち続けているわけだ。積み重なった期待の重さは、この部屋を埋めたゴミの比ではないだろう。

一ミリも疑わずにこっちを見ている二人の目が恐ろしかった。費やした労力の大きさと見返りの少なさを思えば、信じる気持ちが揺らぐ方が自然だろうに。

「実は、皆さんに聞きたいことがあるんですけど……」

「なんでしょう？」

末永はますます胸を張った。後ろ暗いところなど全くなさそうだ。

「あなたたちが、片付けの現場で拾ったものを持ち帰ってるという噂があるんです」

あえてストレートに切り込んだ。末永の表情は動かない。満ち足りた微笑みを浮かべたまま、仏像みたいに押し黙っている。

「もちろん、お掃除別働隊がそんなことするはずがない。ひどい中傷ですよね。でも噂を流した連中に反撃するために、まずあなたたちの話を聞く必要があるんです」

末永の目が、慈愛に満ちた感じで細められた。あれこれ言ってくる連中を特別に赦《ゆる》してやろう、とでも言うように。

「盗んだ、と言ってる人がいるんですね？」

「私はあなたを信じてますよ」

末永は満足げに、うんうんうん、と何度も肯いた。

「紅さんなら分かって下さると思ってました。あれは頂いたものなんです」

その瞬間、紅は大きく息をついて座りこみそうになった。

「そうだと思った。依頼主さんにＯＫをもらってたのよね？　なのに向こうが急に言い分を変えたんでしょう？」

お年寄りにはよくあるケースだった。片付いた部屋を見て感極まり、『これを是非持っていってちょうだい』と頼んでもないのに自分の持ち物をくれる。それをあとから出てきた親族がひったくって取り戻すところまでがお約束だ。

気が緩んで満面の笑みを浮かべた紅の前で、しかし、末永は静かにかぶりを振ってみせた。

「確かに頂いたものですが、依頼主さんからではないんですよ」

「どういうこと？」

末永と桃田が顔を見合わせる。ああ、教えてあげなければ——そう言いたげに、妙に優しい目の色になった。

「説明が遅れてしまってごめんなさい。前にも言ったとおり、屋敷原先生のサロンはもうやめたんですけど……」

今なぜ屋敷原の話が出てくる？　今度は紅と薫が顔を見合わせる番だった。

「物事は全て、成り行きに任せなければいけない。佳《よ》き流れの中で、目の前に差し出されたものを自然に受け取っていけば、人はどんどん豊かになれる。それが屋敷原先生の仰《おつしや》る『原則』なんですが、さらに十五箇条のルールというのがありまして……」

薫が苛立たしげに割って入った。

「時間がないの。手短に言ってくれる？」

末永はあからさまにムッとしながら続ける。

「十五箇条の中に、こういうのがあるんです。『落とし物は天下の回りもの。あなたの目の前に落ちているのは、それを拾って活かしなさいという天の導きです。だから、道ばたに落ちているものを見かけたなら、けっしてそのままにしてはいけない。拾うべき人間としてあなたが選ばれたのだから、ちゃんと命を吹き込んであげなさい』と」

現金や貴重品が落ちていたら迷わず自分のものにしろ、というえげつない唆《そそのか》しを精一杯ぼかしたような内容だ。屋敷原の真意はともかく、末永はそう受け取っているらしい。横領の罪悪感を帳消しにする見事な屁理屈だが、拾ったのが道ばたの百円玉ならともかく、彼女達の場合は。

「私たち、ずっと疑問に思ってました。ずいぶんお掃除を重ねてきたのに、目指す幸福にはなかなかたどり着けない。桃田さんは婚活の成就を願って必死でメソッドを実践してきました。お見合いの数は五十回を超えたそうです。でもまだ実らない」

婚活の戦績をいきなりバラされた桃田が目をむいたが、末永は全く動じることなく先を続ける。

「彼女だけじゃありません。窓際にいる三井《みつい》さんはご主人の商売が上手く回ることを願って、ベランダに出ている大山《おおやま》さんはお母さんの病気が全快することを願って……みんなそれぞれの願いを胸に必死で頑張ってきたんです。この数ヶ月は汚部屋やゴミ屋敷まで手がけました。でも、どれだけお掃除しても結果は出ない」

それを紅の目の前で言うのか。薫が眉をつり上げる。それも末永は見ていない。

「私たちのやり方のどこがいけないんだろうって悩んでいたある日、片付けの最中に突然、以前学んだ屋敷原先生の言葉が降ってきたんです。忘れもしない、こたつ布団に埋もれたジュエリーボックスから転げ落ちたティファニーのリングを拾った瞬間のことでした。そうか、片付けのときに出てくるものは、全部私たちに与えられたお恵みだったんだ、どうして今まで気付かなかったんだろうって」

驚きの余り、紅は息を吸うことも吐くことも出来なくなった。薫も固唾をのんで黙りこくっている。末永は自分だけが知っている真実を世界中に伝える義務でも負わされたみたいに、切々と語り続けた。

「ゴミの底にあってもなお輝きを失わないロレックスの時計。ティッシュの紙箱の奥から無造作に出てくるブルガリのリング。今までこんなに与えてもらっていたのに、私たち、その豊かな恵みに全然気付かないまま、持ち主さんに渡してしまっていたんです。あの人たちが持っていても、どうせまたゴミの中に埋もれていくだけなのに……。時計もジュエリーも、本当は返しちゃいけなかった。私は間違っていたんです。それをみんなに話したら、ものすごくびっくりされました」

「そりゃそうでしょうよ！」

薫が苛立ちを隠さずに言った。それでも末永は動じない。この徹底した鉄面皮ぶりをみれば、彼女たちがどんな現実にもぶれることなく紅の言葉を信じ続けた理由がよく分かる。信じたいと思った話以外は、一切耳に入らないのだ。

隣で神妙に聞いていた桃田が話を引き取った。

「末永さんはみんなに屋敷原先生の言葉を一生懸命伝えてくれました。話を聞いているうちに私、涙が出てきてしまって……。必死にゴミを掘っていくと、お金も沢山出てくるんですよね。小銭はもちろんですけど、潰れて打ち捨てられたポシェットの中からくしゃくしゃになって出てくる一万円札とか、なんて勿体ないことをするんだろうって思っていたんです。でも、あれが全部自分に与えられたものだって末永さんに教えられたとき、雷に打たれたような感じがして！ああなんてありがたいんだろう、どうして今まで気付かなかったんだろうって、すごく心が震えて……」

桃田は顔を覆って泣き出した。末永も感極まったように彼女の肩に手を添えている。わけが分からない。

――どうしてそんなでたらめを信じられるの！

あやうく叫びそうになったのを、すんでのところでのみ込んだ。その問いかけはそのまま紅自身の所業に返ってくる。自分に都合のいい話であればなんだって受け入れるような人間だからこそ、この手のサロンに居着いているのだ。

申し開きのしようもない。彼女たちは立派な犯罪者だ。自分の生徒の中からまさかコソ泥が出るなんて――。

突然、腹の底から抑えようもなく笑いがこみ上げてきた。長年ゴミに晒されたせいで汚れの文様に彩られた壁に、紅のけたたましい哄笑《こうしょう》が響く。自分の声とも思えない。何もかもバカバカしくて、このまま泣き出してしまいそうだ。

薫はつかの間狼狽したが、すぐに気を取り直して末永を怒鳴りつけた。

「あなたたち、紅さんに迷惑かけたのが分からないの！」

末永はぽかんとしている。何を怒られているのか全く分かっていない。目尻をぬぐいながら紅はぞっとした。どれだけ言葉を尽くしても、彼女には何も通じないのではないか。

「あなたがしてることは泥棒なのよ。ゴミ屋敷の中にあるものは、全部住んでいる人の持ち物なの。デタラメに床に転がってるからって所有権を放棄したわけじゃない。勝手に持ってきちゃいけないのよ」

末永はちょっと悲しそうな顔になった。叱られたから、ではない。一生懸命説明したのに分かってもらえない——ともすれば、叱った側を哀れんでいるようにも見える。私の話が分からないのね、かわいそうに、と。

「屋敷原先生の話を持ち出しちゃって済みません。やっぱり、お気を悪くされますよね。だからサロンには書けなかったんです。本当はこの素晴らしい気付きを、皆さんと分かち合いたかったんですけど」

紅はますます怖くなった。何を言っても無駄だと察したらしい薫が、ぶっきらぼうに問いかける。

「……拾ったものはどうしたの」

「売りました。しっかり活用しないといけませんから！」

末永は誇らしげに顔を上げた。桃田が続ける。

「何が嬉しいって、お金じゃないんです。私たちは真実のメソッドを実践してきたのに、ちっとも豊かな現実を作れなかった。情けなくて、苦しくて……。でもこうすれば、紅さんの話とつじつまが合うんですよ！　やっと紅さんが言ったとおりになった！　本当に嬉しくて、みんなで手を取りあって泣きました……」

喋りながら桃田が再び泣き出したので最後の方は聞き取りづらかった。掃除をしていた他のメンバーも、いつの間にか集まってきている。誰もが二人の話に目頭を熱くしているようだった。

「お陰様で、頂いたお金を母の治療費に充てることが出来ました。そのうち、サロンでもいい結果をご報告出来ると思います！」

後ろからそんな声が上がる。紅は虚ろに微笑み返した。おめでとう、そうなるかもしれないね。その頃サロンがあればの話だけど。

明日はきっと良くなるだろう、という希望を守ってきたつもりが、事態はそれでは済まなくなっている。あるはずの御利益がやってこないというままならない現実の方を、彼女たちは力ずくで、信じた理屈に合うようにねじ曲げてしまったのだ。

他人の目にどれほど奇異に映ったとしても、これはまぎれもなく彼女たちの真実だった。苦しい現場に通い詰め、数人だけの仲間内で必死に語り合ううちに醸成されていったこの屁理屈こそが、彼女たちにとっての、絶対の真実なのだった。

――「魂が微笑む！　高岡紅のお掃除サロン」の会員が、掃除ボランティアと称して一般人の家に上がり込み、家財を盗んでいた。これは高岡紅本人が指示した組織的な犯罪だ――

そんな『アセトンブログ』の主張は、朝の通勤時間帯、そしてお昼休みの時間帯にＳＮＳで暇を潰す人々の手で、瞬く間に拡散されていった。

――高岡紅の信者って地味に掃除ばっかりしてるイメージだったけど。

――グッズやセミナーもそんなに高くなかったよね。ぼったくり系の教祖に比べたら普通だから、好感持ってたのに。

――本当の収入源はそっちだったんだよ。

掃除ボランティアをやっているのは一部の生徒で、まして他人の家に上がり込むのは末永たちだけだ。サロン全体の『収入源』と呼ぶには余りにもお粗末だが、噂を囀《さえず》る彼らは気まぐれな鳥のようなもので、正しさなんかに興味はなく、より愉快な方へと流されていく。

泥棒などどこにもいない、と一刀両断《いっとうりょうだん》に出来ればよかったが、実際に窃盗は起きてしまった。そして今この瞬間も、噂は拡散し続けている。一刻も早く、はっきりと否定することが大事だ。薫は結婚するまで通販会社のPRとして経験を積んでいて謝罪文はお手の物だから、文面は彼女に頼むことにして、紅はSNSやブログといった自前のメディア全てで一斉にコメントを出すことにした。

――このたび、「魂が微笑む！　高岡紅のお掃除サロン」におきまして、一部の生徒の軽率な行動により世間をお騒がせしましたことを、心よりお詫び申し上げます。彼らが高岡紅のメソッドを曲解し、暴走の末に窃盗事件を起こしてしまったことを、大変遺憾に思う次第です。

非常に残念なことですが、一度発せられた情報は、真っ直ぐに伝わるとは限らないのが世の常であり、誤解を防ぐ術は発信した側にはないのが実情です。どれほど素晴らしいメソッドを教えたとしても、それを間違って受け取る人は一定数存在します。生徒の数が多ければなおさらです。

被害者の方に対しては心よりご同情申し上げますが、言うまでもなく、高岡紅本人はこの件に一切関知しておりません。大多数の善良なサロン生たちとこの素晴らしいメソッドの名誉を守るためにも、私たちがこの犯罪行為とは全くの無関係であることを、ここに明言させていただきたく存じます。

なお、本件につきましては、犯罪行為を知り得た一市民としての責任を果たすべく、警察への情報提供を速やかに行ったことも、併せてご報告させていただきます――

無関係な窃盗事件に巻き込まれ、自分に落ち度のないことであれだけ痛い目に遭わされても、大人としてあえて謝罪した上で、誠意を持って本当のことを語る――このスタンスで間違いない。

薫が持ってきた謝罪文に、紅は何の疑問も感じていなかった。

だが、高みの見物を決め込む鳥たちの目には、そうは映らなかったようだ。

――出たよ、責任逃れ。

――自分が悪いと思ってないよね。

鎮火を狙ったコメントは、むしろ火に油をそそぐ結果になった。ただの噂話の段階を超えて、本格的な炎上がはじまったのだ。「話をねじ曲げる奴らのせいで酷い目に遭ったたって言ってるよ」「自分の生徒に向かって『メソッドを間違って受け取るバカ』なんてよく言えたよね」と元のコメントが曲解され、さらにありもしない尾ひれがついた上でどんどん広まり、シェアされた回数は今まで見たこともない数字へと膨れ上がっていった。

中でもアンチが喜んだのは、紅がテレビに出演したときのキャプチャー画像だ。インタビューで「片付けられない自分が悪いと思ったらダメです。むしろ自分に優しくしないと」と答えた映像を切り取られて、満面の笑みの下に「自分が悪いと思ったら負けです♪」と改変テロップがつけられた画像は、今まで紅が投稿したどの写真よりも拡散された。

彼らのなんと楽しそうなこと。悪意に手足が生えて小躍りしているのが目に見えるようだ。

まず初めに踊り出したのは、元々セミナー講師全般に反感を持っている、アンチ層のアカウントだった。彼らの中には、かつてどこかのセミナーに傾倒していた転向組も多い。教わったとおりに頑張ったのに人生が変わらなかったとしても、詐欺だと訴えることは難しく、信じる方が悪いと言われて口を封じられてしまう。騙された、という痛みと自己嫌悪の中で苦しむ人々は、何の救いもない中でなんとか自らを救うために、やり返す機会を狙っている。どこのセミナーであれ不祥事を起こせば、彼らは心の傷を塞ぐために拳を振り上げるのだ――遼子はこの手の話題にも明るかった。

初めから叩く気満々で、バットを持って構えている人々だけの間で済むうちはまだよかった。拡散が進むと、普段はオンラインサロンに興味を持たない人々の視界にも入ってくる。ごく狭い社会での告発ネタが「誰が見てもそこそこ楽しめる時事ネタ」に格上げされる瞬間だ。「怪しいセミナーの主宰者が生徒をそそのかして泥棒をさせ、上前《うわまえ》をはねていた」というストーリーがどんどん大げさになっていく。ここまで来ると拡散する者たちは発信元のブログを読んでいない。「高岡紅はハウスクリーニング業時代に盗品販売の独自ルートを築いたらしい」「盗品をさばくのは外国の窃盗団で紅はリーダーの愛人らしい」「セミナーを開いて人を集めたのも彼らの入れ知恵らしい」「金だけでなく信者たちも犯罪組織の連中に上納しているらしい」云々《うんぬん》。まずいことに間違っていないのは「高岡紅」の名前だけだ。

拡散されるのはより大げさで面白い話だ。その変奏された調べに合わせて、今度はまた別のグループが踊りはじめる。彼らの靴の形は様々だ。報われない自分への哀れみと、上手い具合に稼いでいる連中への妬み、そして人前に立つ人間への羨望、八つ当たり。他人を叩いて優位に立つことで自分の価値を証明したい、そうでもしなければ不安でたまらないという底なしの無価値感。あるいは、叩けるものであれば何でもいい、という単なる暇つぶしを求める気持ち——どの靴を履いていようと共通しているのは、どれもみな見棄てられた魂の踊りだということだ。彼らは常に電子の海を彷徨《さまよ》って、何か叩けるものを探している。紅の噂が彼らのアンテナに引っかかり、そうして暗い哄笑に彩られたお祭りが始まる。

警察から事情を聞かれるに至っても、末永は徹底して反省の色を見せなかった。彼女らの心は奇妙な使命感に貫き通されている。「私達は真実に気付いてしまった。みんなに分からせてあげなければ」その一念に凝り固まって、紅の言葉でさえ耳に入りそうもない。無関係をアピールするために、末永達の活動に関わった者は全員、退会処分にせざるを得なかった。

——皆さん、どうかご安心下さい。盗みを働いた人達はこのサロンを去って行きました。恥ずかしく思うことは何もないのです。さあ、今まで通りお掃除で開運していきましょう——

多少の動揺はあるかもしれない。でもいつも通りに語りかければ、落ち着いてもらえるはずだ。そう思っていた矢先、ある数字が紅の目に飛び込んできた。

サロンの会員数だ。千人を超えていたのが、いつのまにか百人も減っている。

一見してぞっとした。これは単なる数字じゃない。百という数の一つ一つが生きた人間で、こぞって紅に愛想を尽かしたということだ。何かの間違いじゃないか？　紅は慌てて追加のコメントをしたためる。

——皆さん、動じることはありません。運気が大きくジャンプアップする直前には、こんな風に足を掬《すく》われるような出来事が起きるものです。これは善きことの前触れなのです。今やめてしまえば、目の前に迫った御利益を失うことになります――

投稿して、焦れながら反応を待った。だが会員数は下げ止まる気配がない。キーボードに添えた指が震えだした。きっとお説教じゃだめなんだ。もっと心をこめて。器を大きく見せつつ、誰の反感も買わないように。紅は手を替え品を替え必死で書き続ける。

八百人を切ってまだ減っていくのが見えた瞬間、紅は反射的にブラウザを閉じた。

今まで多少の不満はあっても、語りかければみんな応えてくれたのに。なかなか願いが叶わない焦燥の中にあっても、あからさまに反旗を翻す生徒などいなかったのに。

なぜ?

理由を知りたくても、サロン内で異を唱える者はいない。夕暮れの沼地みたいな薄気味悪い沈黙の中で、ひたすら人数だけが減っていく。

秋の日は早々と暮れて、夜陰があっという間に辺りを覆った。紅は薫のマンションに詰めている。自宅に帰っている場合ではないのだ。サロンの古株たちも、この危機を黙って見ていられないと集まってきた。

大きなダイニングテーブルのスペースを分け合って、紅と薫、それに志依がそれぞれＰＣに向かっている。そこに仕事がひけた遼子も加わって、みな状況を把握しようと必死になっていた。ＳＮＳはもちろんのこと、もっと広範囲にネット上で検索をかけて、やめていった生徒たちの声を拾っていく。ＳＮＳやブログなどで生徒たちが使っているアカウントは、書籍やセミナーなどの宣伝を手伝ってもらうために以前から把握していたが、キーワードを工夫して検索すると、それとは別の、内容からして明らかにサロン生なのに紅たちが把握していないアカウント、いわゆる裏アカでの発信が多く引っかかってきた。目立つのは、やはり謝罪文への批判だ。

——なんで上から目線？　謝罪文になってないじゃん。

——むしろ自分が被害者、ぐらいの。

——全然反省してないよね。

悪意がモニターを飛び出して眼球に突き刺さってくるようだ。紅は顔を覆って目を閉じた。目を閉じれば今度は音に責められる。謝罪文を出してしばらく後に幸村からかかってきた電話の内容が、鼓膜を削るようにして蘇ってきた。

——なんだあの文章は。自分の立場が分かってるのか。世間から見れば君も泥棒も同じ穴の狢《むじな》だぞ。そもそも人に謝るのに、自分も被害者ですなんて無責任な態度はないだろう。どうして俺に相談しなかった！

電話を切った後、しばらくは口もきけなかった。怒鳴られたからではない。何故こんなに簡単なことが幸村に言われるまで分からなかったのか。そのショックが余りにも大きかったのだ。

考えてみれば、紅はもう二年余りの間、正面切って他人から責められたことがなかった。何を言っても拍手が湧き起こる世界で、みんなに頭を下げられ、他人のつむじしか見えない世界で生きてきたのだ。そんな人間に、まともな謝罪なんて出来るはずもない。

「紅ちゃん、気にすることないわよ。私たちには何も後ろめたいことなんかないんだから」

うつむく紅に、薫は傲然と言い放つ。彼女はまだ自分の間違いを受け入れていない。幸村の言葉を伝えても、おそらく耳に入らないだろう。

テーブルの向かいで、淡々と検索を続けていた遼子が顔を上げた。罵詈雑言を目の当たりにしても顔色一つ変えない彼女は、非常時には頼りになる存在だ。

「謝罪文だけじゃなく、サロン運営への不満がけっこう上がってきてますね」

「どう言われてるの?」

「紅さんの言動に『やめたら不幸になる』という圧力を感じてる人が多いみたいですね。『今やめたら目の前の御利益を失う』とか、直近の投稿が脅し文句だと受け取られてます」

「……圧力だなんて、そんなつもりはなかったんだけど」

「昔は『石牢から出てこい』ってスピーチしてたのに、今はサロンに閉じ込められた感じがするって言ってます。支配欲が見え見えで息苦しいって声もありますね。私たちは操り人形じゃないんだからって」

忖度《そんたく》ゼロのご注進が弱った心臓に突き刺さる。操ってほしがったのはそっちじゃないか、という本音はけっして口には出せない。

「あの……、末永さんの気持ちが分かるって書いてる人もいます」

消え入りそうな声で志依が言った。気分が悪そうだ。さっきから検索しているのは悪口ばかりなのだから無理もない。

「……読み上げましょうか?」

「いい。無理しないで。自分で読むから」

紅は志依の背後に立ってPCの画面を覗き込んだ。

――お金が落ちてたら盗みたくなるのも分かるわ。私も金運つかないし。

――めちゃめちゃ掃除してたのにバイトをクビになったよ。次も決まらない。

――子供の病気とか家の修理とか、色々あってお金が出るばっかりで、ちっとも貯まらない。きっと、排水口を掃除するとお金が流れて行くんだよ（笑）。

――いいことは何もないのに、嫌なことだけはきっちり起こるよね。

――何か変わると思った自分がバカだったわ。

――やめさせられた人だって、何もいいことが起こらないから、汚部屋に落ちてるものを拾って、自力で『いいこと』を作り出したんじゃないの？　口ばっかりで何もしない高岡紅よりマシだよね。

読みながら、視界がだんだん暗くなっていく。

嫌気の泥に浸かりきって骨まで腐りそうなこの言葉こそが、あの鉄壁の賛辞の裏に隠されていた、サロン生たちの本音なのだ。一度の炎上で、サロンがトランプで組んだ家みたいに崩れだしたのは、不思議でも何でもない。当然の成り行きだった。

かつて自分を信じていた人たちの、手のひら返しの言葉。言葉、というよりは、巨大な失望のかたまりみたいなもの。来るべくして来た衝撃だというのに、まるで高波でも食らったみたいだ。

紅はテーブルに手をついて身体を支えた。大丈夫ですか？　と志依の優しい声がする。大丈夫よ、とすかさず答えた自分の声が、妙に遠くに聞こえる。

「私は大丈夫よ。こんなときこそ、直接みんなに語りかけないと。動画を撮りましょう。まだ残ってる人が七百人もいるんだから、その人たちには届くはず。落ち込んでる場合じゃないわ」

声は虚ろに響いた。目の前に志依の不安げな顔がある。微笑みかけたつもりだが、笑えたかどうかは分からない。

そこからスピーチの原稿を書いて、撮影が始まったときにはもう夜半を過ぎていた。薫が必死でメイクを施してくれたが、どんなに顔色を補っても覇気のなさは隠しようもない。

恐怖が紅を削っている。それを必死で抑えつけ、ことさら穏やかな笑みを浮かべてみせる。こんなときこそ、女王の演説が必要なのだ。たとえこの場に生徒たちがいなくても、一人一人の心をつかむ間合いで、心臓から心臓に向かって語りかける。

「お掃除を続けていても、思い通りにならないことって、沢山あると思う。でも今諦めるの？せっかくここまでやってきたのに。あなたたちの努力は、まだ目に見えないだけで、水面下で確実に形になっているのに」

確信を持って。自信に満ちて。そう言い聞かせるほどに、声は力を失っていく。自分が言えば現実もその通りになるのだ、という魔法にかかったような自信は、もう湧いてこない。

自分の中でも、何かが終わってしまっている――そう気付きそうになって、紅は慌てて思考をシャットアウトした。大丈夫。私のメソッドは多くの人を救ってきた。地道にお掃除を続けていれば、解決出来ない問題なんてないはず。今、紅は誰よりも自分にそれを言い聞かせている。

「どうか諦めないで。少なくともここに一人、あなたのことを想っている人間が――」

――そらぞらしい。

そのとき、急に誰かの声が響いた気がして、紅は飛び上がりそうになった。

耳を貸すな。無視するんだ。撮影の終わりまで、必死にカメラを見つめて持ちこたえる。薫が終わりの合図を出した瞬間、紅は弾かれたように立ち上がった。

「今の誰？　誰が言ったの？」

そこにはただ白い壁が、照明を浴びた紅の影を幾重にも映しているばかりだった。

十三

借り物のブランケットが滑り落ちて、紅は目を覚ました。

薄闇の中に、ぼんやりと家具の輪郭が浮かび上がる。暮れ残る空の色が辺りにうっすらと滲んで、灯りと言えば、テーブルの上に寂しく閉じられた何台かのＰＣが、わずかに充電中のランプを点すのみだ。

数日前の炎上騒ぎからずっと、紅は自宅に帰ることも出来ず、薫のマンションに居続けになっている。少し休憩を、とソファに横になって、そのまま眠ってしまったらしい。時計は午後五時を指している。

――盗みを働いたのは一部のサロン生です。高岡紅本人と大多数のサロン生は、犯罪行為には一切関与しておりません――本当のことを訴えれば訴えるほど、風当たりは強くなっていく。だが何も言わなければ、組織ぐるみの泥棒が既成事実にされてしまうのだ。

裏アカウントで騒ぐ生徒たちには、サロン経由でやんわりと対話を試みた。目星をつけた生徒に、ランダムなアンケートを装って直接メッセージを送り、不安や不満があれば何でも話を聞くから、是非声を聞かせてほしい、とガス抜きを図るのだ。紅名義での個別メッセージにはまだ威力があるらしく、裏アカウントの発言は次第に収まりつつある。

生徒にはまだ手の打ちようがあった。だが単に噂を楽しんでいるだけのネットユーザーを止める手立ては何もない。

昨夜から、デマは高岡紅への個人攻撃にシフトしつつあった。公式プロフィールでは経営者の娘という触れ込みだったのが、実はホステスの娘で本人も同業だ、という話がどこからともなく流れはじめたのだ。夜が更けるにつれ紅への批判は、偏見がむき出しの、性的な色合いが濃いものに変わっていく。悪質なものには法的な対応も求められるから、法務に強い遼子が徹夜で記録を取ってくれたが、それを見た薫が激昂してまずいことになった。薫自ら発言者に詰め寄るコメントがキャプチャーされて、更に拡散されてしまったのだ。紅自身、卑劣な中傷に心を削られすぎて、彼女をたしなめる気力がもう残っていない。遼子が気付いて止めに入ったが、紅の悪口がほぼ自分の悪口に聞こえている薫は、「じゃあ黙って見てろって言うの！」と逆ギレする始末。それを見ていた志依が貧血を起こして床にくずおれ、もう収拾がつかない事態だ。

ひとまず、ＳＮＳの対応や調査は休止することになった。志依は早々に家へ帰し、「昼から出社する」と言う遼子を送り出す。薫はストレスで変調を来してかかりつけのクリニックへ出かけてしまった。もう誰も帰ってこないかもしれない——そんな気がしてたまらない。たった数時間でも眠れたのが奇跡みたいに感じた。

ＰＣを立ち上げ、気が重いのを押してサロンを覗いた。直接対話が多少は効いたのか、会員数はまだ六百人台後半で持ちこたえている。問題は、書き込みがほとんどされていないことだった。

雑談のコーナーに毎朝決まりきった挨拶を書き込む人がいるだけで、会話らしい会話は何もない。賑わっていた街が突然無人になったような不気味さだ。

背後でインターフォンが鳴った。キッチンのそばのモニターを覗いたが、何も映っていない。エントランスではなく、玄関ドア前からの呼び出しらしかった。誰か戻ってきたのだろうか。戸を開けると、見上げるようなのっぽの人影が、すこし背を丸めて立っていた。

「よう」

紅はつい目を伏せた。謝罪文の内容をこっぴどく叱られて以来、子供みたいに畏縮してしまっている。幸村は決まり悪げに、老舗《しにせ》洋菓子店の紙袋をちょっと持ち上げてみせた。

「差し入れ持ってきたんだ」

「……ありがとう」

「この前は言い過ぎた。悪かった」

受け取りながら、紅はかぶりを振った。

「言われても仕方ないと思う。本当にバカだった。もう、何をやっても裏目なの」

ふいに泣きたくなったのをかろうじてとめた。幸村には涙を見せたくない。理由は自分でも分からなかった。

幸村を連れてリビングに戻ると、この数日の鬱屈した気配が淀んでいる気がして、紅は窓を大きく開けた。冷たい風が吹き込み、白いレースのカーテンが薄闇の中で大きく揺れる。窓辺に立った幸村からあのスエードの香水は匂わず、それだけでなぜか別人のように感じられた。暮色はさらに濃くなり、川向こうの街灯りが頼りなく点りはじめている。

「コーヒー飲む？」

「いい。あまり長くいられないんだ」

暮れ残る川の色を眺め渡して幸村が言った。紅はその傍らで、ソファの端の、窓に一番近い側に腰を下ろす。景色を見る人の邪魔にならないよう、灯りはつけずにおこうと思った。

「それで、状況は？」

紅は力なくかぶりを振る。気丈に振る舞うだけの力はもう残っていない。

「全然ダメ。よそのサロンまで巻き込んでもめてるわ」

巻き込むはめになったのは、屋敷原晴夫のサロンだった。

サロン自体は窃盗に無関係だと世間に分かってもらうには、一部の生徒が暴走した理由をはっきりと説明するしかない。そう考えた紅は、『落ちている物は積極的にネコババすべし』という末永の持論をブログに載せたのだった。他のサロンの教えと紅達のメソッドを勝手に混ぜたせいでこんなことになった。紅が指示したわけではない――もちろん屋敷原の名前は伏せて、充分な配慮の下で説明したつもりだった。

だがこれを読んだ人々は、すぐに「屋敷原晴夫のことでは？」と騒ぎ出した。仮にバレたとしても名指しにしたわけじゃないし、そう責められることもないだろう――そんな紅達の見通しは甘過ぎたのだ。思い上がりがまたしても現実を見誤らせた。

屋敷原サイドは即座に抗議してきた。というのも、彼らのサロンではかつて、『何もせずに遊んで暮らすべし』という教えを真に受けた過激な信者が「親族や友人にたかって暮らそう」と集団で仕事を放り出す騒ぎがあったのだ。これが週刊誌で面白おかしく取り上げられたせいで、屋敷原はつるし上げを食った。あんな騒動は一度で充分。しかも、末永達がやったことは犯罪だ。身内にたかるならまだしも、窃盗の片棒を担いだとあっては今度こそ息の根を止められてしまう。余裕がありそうな屋敷原のサロンだって実態は綱渡りなのだろう。

彼らが巻き込まれないように、紅は一度アップしたブログ記事を削除するしかなくなった。途端に「さっきの記事は嘘だったのか」「矛先を逸らそうとしたに違いない」「赤の他人を巻き込むなんて卑怯《ひきょう》だ」と顔も知らない連中から追い打ちがかかる。状況はますます不利になった。

「もうお手上げよ。何も打つ手がない」

ソファの上で背を丸め、風に紛れて消えそうな声で紅は言った。窓際で振り向いた幸村の表情は、陰に沈んで分からない。

「打つ手がなくはないさ。見えてないだけだ。謝罪文をもう一度出す気なら協力する。叩かれ方にも流儀があるんだ。上手く立ち回れば挽回だって狙える」

「でもこんなに叩かれてるのよ。ネットに全部残ってしまうし」

「わざわざ読み返す人間はそう多くない。誰だって暇じゃないからな。噂レベルの悪評なんて一過性のものだ。不祥事を起こしたタレントだって、しれっと仕事を再開してる。世間ってのは案外単純だ。やり方次第で、過去はいくらでも書き換えられる」

幸村は夕闇に沈んでいく川の流れにゆっくりと視線を戻した。

「何もかも、ただ過ぎ去っていくだけだ。水に流したければ、ただ見送るだけでいい。名声も、悪い噂も。そう考えれば、深刻なことなんか一つもないだろう」

幸村は静かにそう言った。人生の中のどんな思いも出来事も、かたっぱしから流れの中に捨て去って惜しむことすらないかのように。

「あなたの手にかかると、どんな出来事も無意味になっちゃうみたい」

「いいぞ、気楽で」

物事の虚ろさを楽しむような調子で幸村が言う。紅は半ば呆れて、気の抜けた風に笑った。少し気持ちが軽くなる。

「前に言ったこと、覚えてる？」

何？　と幸村が川面に視線を投げたまま問い返す。

「地方セミナーに来てくれたとき、話したでしょう。『誰の言うことも信じられなくなった』って」

すぐ思い当たったらしく、ああ、と幸村は声をもらした。あのとき話したことは、水に流されはしなかったらしい。

「言ってたな、拗ねた中学生みたいな顔して」

お決まりの冷笑だ。だが当たっている。今思えば、紅は子供の悩みを悩んでいたのだった。不信なんてありふれた不幸だというのに。

「あのときは、いつかサロンの誰かが裏切るとしたら、それは私の言葉を信じられなくなった人の仕業だろうって思ってたの。でも、違った」

紅は大きく息を継いだ。吸い込んだ川風が、身を切るように冷たい。

「逆だったのよ。問題を起こした人たちは、私のメソッドを誰よりも信じていた。信じ切っていたからこそ、その通りにならない現実とのギャップを埋めるためにあんなことをしたの。こうなったのは、そもそも私の言葉が嘘だったから。……初めに私が裏切ったからよ」

思えば長い間、生徒たちを欺いているという事実から紅は目を逸らしてきた。この嘘が彼女らの為になるのだからそれでいいいと。頭の片隅で、いつかつけを払う日が来ることをひそかに恐れながら。

でも、こんな形で報いが訪れるとは思いもしなかった。

「……もう終わりだわ。これ以上続けることは出来ない」

窓外の遠く、大きな跳ね橋の上を行き交う車のタイヤノイズがかすかに昇ってくる。信号の変わり目に出そびれた車が、ヒステリックなクラクションに追い立てられて走り出す。人々の焦りも、怒りも、何もかもが遠く、今の紅からは隔たって聞こえた。まるで全てに取り残されてしまったかのようだ。

「終わりだなんて言うなよ」

「どうして？」

幸村はしばしば言いよどんでいた。いつかの別れ際、路上で心許なげに振り向いて「俺にも分からないんだ」と言った声が蘇る。

「君のマンションの廊下から、遠い街灯りが見えるだろう」

レースが揺れるにつれ見え隠れする、対岸の儚《はかな》い輝きに目をやりながら幸村は言った。

「よく覚えてたわね。こんなに良い眺めじゃないけど」

彼があのマンションを訪れたのは、初めて会った晩の一度きり、もう四年も前のことだ。

「俺も子供の頃、似たような感じのビルに住んでた。外廊下にじっと座って眺めてると、灯りの方もこっちを見てるような感じがしてさ」

「なんで廊下になんか座ってたの？」

「家の前まで帰ってきても、中に入れないときがあるんだ。単純に留守のこともあるし、客が来て、大人の事情でってこともある」

紅はちょっと言葉に詰まった。もしも奈津子と一緒に暮らしていたら、自分にもそんな記憶が刻まれたのだろうか。

「そういうとき、ドアの前で膝を抱えて待っているのをさ、俺は別に不幸だと思わなかった。暮れていく空がきれいだったし、遠くまで見えるのが嬉しかった。街灯りを数えながら、俺は本当に自由だと感じてたんだ。愛されてないってことは、何にも縛られてないってことだからさ。まあ、分かってくれとは言わないけど」

かすかな風の中に、幸村の呼吸の音が聞こえた。そのリズムがいつの間にか、紅の呼吸にも馴染んでくる。

「……分かる気がする。全部じゃないけど」

幸村は意外そうに振り向いた。その表情に、かすかに照れがよぎる。

この男の幼い姿は想像できないが、心の内になら少しは手が届くような気がした。たとえ他人の目に惨めな子供と映ったのだとしても、一人で立つ足にはそれなりの誇りがあり、低い視点から人波をかき分けて辺りを見渡せば、当たり前の子供には分からない世の中の妙味がさまざまに見えてくる。小さいなりにも当人の人生があって、それは不幸や孤独といった安っぽい言葉で測れるものではないのだった。

「心に痛みがあったわけじゃない。ただ、大きな木の洞《うろ》みたいなものが、胸の奥に残った。心の一部ががらんどうで、どこまで行っても消えることがない。でも普通に暮らしていけばそんなもの忘れるだろうと思ったし、実際そうだった。仕事に恵まれて、目に見える成果がたくさん残っていく。いい気分だったよ。全てが上手く回っている気がした。人並みに、結婚してみてもいいと思えるぐらいに」

おや、と紅は眉を上げた。そんなこともあったらしい、というのは話の流れで聞いたことがある。深く聞かれたくなさそうだったその話題を、今になって持ち出すとは思わなかった。

「もう十年くらい前だ。自然とそういう流れになったんだよ」

「すごく好きだったの？　その人のこと」

「当人がどうってわけじゃない。タイミングだ。洞を埋めるにはうってつけだと思ったから、話に乗った」

「……失礼な話ね。その人、見る目がなかったんだわ」

幸村の目にさっと、傷心の色が走った。過去の女を堂々とくさしておきながら、切り返されれば子供っぽく傷ついてみせるのだ。愚かで、この人らしくもない。そう思った拍子に、少し心が傾いた。

「それまでは、誰とやっていくにも問題はなかったんだ。でも一緒に暮らしはじめたら、一年も保たなかった」

「逃げられちゃったの？」

幸村は決まり悪げに肯いた。

「耐えられないってさ。でも傷つけたつもりはない。俺は何も変わらなかったのに」

「愛情の薄さってね、一緒にいる時間が長いほど効いてくるの。おろし金でずーっと心を削られてるみたいな感じ」

幸村はその言葉から逃れるように背中を見せた。

「……俺にそんなものを望まれても困る」

「開き直り？」

口をついて出るのはなぜか皮肉ばかりだ。傷心をむき出しにした男になぜ優しく出来ないのか、自分でも分からない。

「俺にははじめっから理解できないものなんだ。なのに要求される。否応なしに」

淡々と、ほとんど感情の滲まない声でそう言った。窓の下に広がる川の流れも静かなまま、身のうちに何かをひっそり沈めている。

「あの人と一緒にいるのはそういうわけ？」

絶対に愛してくれない女であればこそ、幸村には都合がいいのだろう。何しろ愛し返さなくて済む。

やにわに幸村は振り返った。薄闇の中で目が光をためて、紅の上にじっと視線をとどめている。前にもこんなことがあった、と紅は思った。言いたいことはその目の中で膨らむばかりで、一つも言葉になりそうにない。

やがて幸村は、話をごまかす間合いで呟いた。

「……君だって愛されなかったんだろう」

「すごいこと言うのね」

「だって奈津子さんの娘じゃないか」

文句なしに美しいのに、どこか化け物じみたあの面影が、風に揺れるレースの面に描かれるような気がした。紅をおろし金で削り続けたのは、言うまでもなくあの女だ。

「愛をもらったのもらわないのって、子供じゃあるまいし、今さらどうでもいいじゃない」

自分に言い聞かせてきたことを、敢えて人にも言ってみる。

幸村はゆっくりと、ソファの前に歩み寄ってきた。言いそびれてしまった何かをたぐり寄せるように、しばし言葉を選んでいる。

「ずっと不思議だったんだ。もらってもいないものを、君がどうして他人にばらまけるのか」

「何の話?」

幸村はつかの間言いよどんだ。

「……セミナーを見たとき、君の中にある愛情が、大勢に向かって流れていくのが、本当に見えた気がした。この川よりもずっと豊かな、尽きない流れだ。俺はあんなものを見たことがなかった」

小さな目が、川向こうの灯火に似て寂しく光る。喉から手が出るほど欲しいものが配られているのに、素直に列に並べない子供のような顔だ。

「どうしてあんなものが湧いてくるのか分からない。教えてほしい」

教えてほしい、というのは建前に過ぎなかった。彼はそれを、無限に飲ませてほしいのだ。

ひざまずいて乞うかわりに、幸村は紅の前にしゃがみ込む。自分こそが面倒を見てやる体で。

愛人の娘にも構ってやる親切な男の顔をして。

ああ、この男は夢を見ているのだ——紅は悼むように目を閉じる。

何ものにも期待しない大人になったと見せかけて、彼はまだ、この世のどこかに正真正銘の愛を探しているのだ。そんなものはどこにもないのに。

「幸村さん、愛は売り物なのよ」

そう口にした瞬間、紅は自分が千年も年を取った老婆になったような気がした。

「ただのプロダクト。技術さえあれば、同じものを沢山作れるの」

しゃがみ込んだ姿勢から紅を見上げたまま、幸村はしばし呆然としていた。

「そこらのセミナー講師も、どこかの教祖も聖職者も、みんなそれっぽい空気を醸し出すテクニックを知っていて、信者を酔わせてるだけ。本物じゃなくても用が足りるの」

幸村の顔に、見る者の目にも沁《し》みるような寂しさが滲む。

やがて一つ大きな溜息をついて、幸村は身体を投げ出すような仕草で床にあぐらをかいた。

「……そんなもんか」

「そういうものよ」

うなだれて座った姿が、紅の目の下で意外なほど小さく見える。そのわびしい背中が、無言のうちに語るのが聞こえた気がした。頼むからそんなこと言わないでくれよ、と。

全てに無関心をつらぬいて、何も望まないことで自分を守り通してきた男が、今になって、期待外れの現実に子供じみた異議を申し立てている。

「何もない場所に、何も持たないままでいきなり放り出されて、ここから一人で生きて行けって、無茶振りされるのが人生だ。そう思わないか」

薄闇を流れるその声は、ひどく儚く響いた。

「だから、生きていくためにはまやかしが必要だ。誰もが、誰かを愛する振りをして、明日に希望があるような振りをする。嘘でも構わない。ただ人生に何か意味があるように見えさえすれば、それでいい」

幸村は何かにすがるように語り続ける。

「嘘が必要なんだ。空気みたいに。そう思わないか」

そう言って紅を見上げた目に、底の抜けた渇望が滲んでいた。

紅は突然、その頭を撫でてやりたい衝動に駆られた。前屈みに手を伸ばすと、指先がほんのわずか髪に触れる。その向こうから見上げる視線が、ひどく心許なげに、手のひらをかすめてくるのが分かる。

ふいに、風が途切れた。今はもう、行き過ぎる車の音さえ聞こえない。突然何もかもが滅びてしまったかのように、二人の存在だけが、閉ざされたこの場にむき出しになる。愛なんてものは互いに持ち合わせていないのに、何か見えないものが薄闇の中で、強烈に引き合っている——。


鍵を回す乾いた音が、繭《まゆ》に包まれたような静寂にヒビを入れた。

廊下の向こう、薄暗く沈んだ玄関で、そっとドアの開く気配がする。

紅が手を引っ込めるのと同時に、幸村は音もなく立ち上がった。廊下に続く扉から、買い物袋をガサガサいわせて志依が入ってくる。

「あ、済みません。鍵を薫さんから預かってたので。お話し中でしたか？」

志依は電気のスイッチを入れながら、何も勘ぐるところのない明るい笑顔で言った。

「どうぞお気遣いなく。もう帰りますから」

ついい数秒前まで共有していた何かをあっさりと流し去って、幸村は快活な調子で答えた。紅も同じようによそよそしさを纏《まと》う。

「それじゃあ、謝罪文はお任せしてもいいですか」

「了解です。明後日ぐらいには送ります」

幸村の顔に、誰にでも見せるような汎用の笑みが浮かんだ。志依とすれ違いざま「お疲れ様です」と声を交わして、ドアの方に向かう。

ああ、行ってしまう。紅がそう思った瞬間、幸村はふと、何か思い出したように立ち止まった。

「俺はね、高岡さんに会うまで、誰かに励まされたいなんて一度も思ったことがなかったんですよ。でも先生の『女王の演説』は効いたなあ」

そう言って志依に微笑みかけた。その表情に、心の洞の名残がかすかによぎる。

「俺はそれまで、ちょっと腐ってたんですよ。でもそれを変わりたいと思わせるのはさすがだな。すごいね、君達の先生は」

紅の方を一度も振り向かないまま、幸村は話を切り上げた。志依はすっかり舞い上がって、幸村が断るのも構わず玄関まで見送りに立つ。

ドアの閉ざされる音を、紅は一人リビングで聞いていた。灯りのついた室内からは、川向こうの光はもう見えない。まだ語られていないことがあったのに、室内灯が点された瞬間、幸村の孤独も渇望もふっとかき消えてしまったようだった。

「あんな風に言わせるなんて、紅さん、やっぱりすごいです」

戻ってきた志依は頬を紅潮させていた。幸村をあのまま帰してよかったのか迷う気持ちをごまかして、紅は開けっぱなしの窓をそっと閉ざす。風の音が消え、カーテンが引かれた部屋には、途端に日常の空気が戻ってきた。

「サンドイッチ買ってきましたけど、コーヒーでも淹れましょうか？」

「……食事はいいかな。コーヒーだけちょうだい」

志依は肯く。彼女の穏やかな佇まいは、この非常時にも変わることがない。

「休んでてよかったのに、どうしたの？」

「やっぱり、サロンのことが気になってしまって。うちはそんなに遠くないから、ここでちょっとでもネットを見張っておこうと思ったんです。一緒にいれば、何か出来ることがあるかもしれないし」

「ああいうものを読むのは辛いでしょう。無理しなくていいのに」

「みんなと一緒なら大丈夫だと思います。それに、何もしない方が辛いんです。何度も助けてもらったから」

ごく自然にそう言って、志依はキッチンに入っていった。静かな部屋に、ウォーターサーバーの稼働音がかすかに響いてくる。

志依だけはきっと、何があっても裏切らないだろうと紅には思えた。彼女の無垢《むく》の信頼は、理屈抜きで紅を勇気づけてくれる。再就職が難航しているのが心配だが、繊細な心にむち打って頑張る彼女のためにも、今は潰れている場合ではない。

志依に輪をかけて気がかりなのが薫のことだった。例の騒動以来、薫は一度も落ち込んだ姿を見せていない。こんなことで紅ちゃんが潰れるはずはない、サロンは無論存続し、この先も何の問題もない——瞬《まばた》きの少ない、変にぎらぎらとした目でそう言い切る彼女の姿には、隠しきれない危うさが滲んでいる。

コーヒーの香りが漂ってきた。ややあって、紅が座っている窓際の席まで、志依がカップを運んでくる。ソーサーに小さなビスケットを載せているのがいかにも彼女らしい心遣いだった。

「ありがとう。ちゃんと眠れた?」

昨晩はみんな気が張っていて、仮眠を取ることなど思いつきもしなかったのだ。

「大丈夫です。ご飯もちゃんと食べてきました」

そう答えながらも、彼女の顔色はすぐれないのだった。志依のように、自分の具合が悪くても他人のために何かをしたいというタイプはこの界隈《かいわい》では希少種で、それも彼女がサロンの世話役を引き受けてきた一因だった。

志依の心根は一体どんな風に形作られたのだろう。紅はふと考える。子供の頃はずいぶん大事にされたらしいから、両親の愛と言えばもっともらしいが、それだけではないだろう。周囲に弱点をさらけ出して助けてもらうことが多かったという彼女は、思いやることにも思いやられることにも慣れていて、他者への気遣いを呼吸のようにやりとりしているように見える。

こういう人間には敵《かな》わない——そんな言葉がふとよぎった。紅や幸村が一生かかってもたどり着けない場所に彼女はいる。そんな気がする。

「……こんなときに何ですけど、紅さんにお願いがあるんです」

「なに？　お願いなんて珍しいわね」

「実は、前島さんのことなんですけど」

やっぱり他人の話か、と紅はつい微笑んだ。

「サロンの会費、なんとか免除してあげられないでしょうか。バーニーに何度もお金を取られて、もうずいぶん前から払うのに苦労してたみたいなんです。彼女本当に一生懸命だから、私が代わりに払おうかとも思ったんですけど……」

志依自身が無職なのだから立て替えは難しいだろう。図々しいお願いで済みません、と他人のために小さくなっているところが、いかにも彼女らしかった。

「前島さんはあれからどうしてるの？」

「新しい会社の方からはずいぶん急かされてるみたいですけど、引っ越しの初期費用を払えないのがネックになってるみたいで……」

あずさのために新居を探してくれたのは転職先の会社だった。彼らが用意したのは、ペット可で築浅、通勤に便利な立地のそこそこ値が張るマンションだ。ペット可とはいえ三匹も飼うのは規約違反だが、凄腕《すごうで》のスタッフを迎えるに当たって、そこをなんとか交渉してくれたのだという。彼らが引き抜くのはよく稼ぐやり手社員だという認識になっていて、それだけに、まさか初期費用が払えずに往生するなんて夢にも思わないらしい。

契約日はもう目前に迫っている。思い切って、有り金全部を男に吸い上げられて無一文になっている、と正直に話したところで、あずさの方こそ身辺を怪しまれるのがオチだろう。単に引っ越せればいいという話ではなく、ことは既にあずさの信用問題になっていた。仕事絡みの物件探しにペット可なんてプライベートな条件を出した時点であずさは既に「面倒くさい人」になっている。これに「金銭問題を抱えた人」がプラスされたら転職の話自体が吹っ飛びかねない。残された手は犬を手放して身ひとつで上京することだが、自分を頼る者を見棄てるという選択肢を彼女は絶対に取らないだろう。それが出来るならとっくにバーニーから逃げているはずだ。

「困った話だわ。せっかくのチャンスなのに」

あずさに同情する気持ちはもちろんある。でもそれ以上に、誰より掃除を頑張っている生徒が報われないのでは困る、という計算が働いていた。この状況下では尚更だ。もし彼女が潰れたら、かろうじて持ちこたえているサロンも総崩れになるのではないか。

お金さえあればというのなら、自分が出してやればいい——ふとそんな考えが浮かんだ。それで転職が叶ってサロンが盛り上がるなら安いものだ。問題は、受け取ってもらえるかどうかだが。

志依がやにわに、何か思い出した素振りで顔を上げた。

「紅さん、前に、私のためにお掃除をしてくれるって言ってましたよね」

紅はとっさに思い出せずに冷や汗をかく。あれは確か、みんなで通販の商品を荷詰めしていたときのこと。志依が失職したと聞かされて気の毒に思い、紅がお掃除した分の御利益を彼女に譲ろうという話になったのだ。炎上騒ぎにかまけて、つい忘れていた。

「そうだったわね、まだ御利益が出なくて申し訳ないけど」

「私のことはもういいんです。どうか、前島さんを助けてあげて下さい。お願いします」

志依は深々と頭を下げた。

「じゃあ今晩帰ったら、前島さんのためにトイレ掃除からはじめようか。今は何をおいても金運が必要だろうし」

「紅さんのお掃除だったら、きっとすごい御利益です」

「誰でも同じよ」

苦笑しながら答えたその瞬間、紅の頭に、鋭く閃くものがあった。

サロンを再び賑わせるための、新セミナーのテーマ。そして、前島あずさを援助しつつ、新しいメソッドを広めるための立役者として上手く働いてもらう方法。

あずさだけではなく、今まさに紅自身が躓《つまず》いているこのやっかいな流れを、ことによったら一気にひっくり返せるかもしれない。

「紅さん、どうしたんですか?」

呆然と黙り込んでいた紅を気遣うように志依が尋ねた。紅は意を決して答える。

「……前島さんのお金、全部私が出すわ」

志依が目を丸くする。そのリアクションを見て、紅はにわかに怖くなった。渡ってはいけない橋に足をかけてしまった、そんな気がする。でもこの期に及んで、渡らない選択肢はない。

「今逃げないと、今度こそ彼女は潰れてしまうかもしれない。転職の話が生きてるうちに、なんとかしなきゃ。もしかしたら彼女、気を悪くするかもしれないけど」

そんな! そんな! と志依は激しくかぶりを振った。絨毯《じゅうたん》の上にぺたんと座り込み、膝にすがって紅を見上げる。

「前島さん、きっと喜びます。これでバーニーから逃げられるんですもの、彼女は人の厚意をはねつけたりしません。きっと受けてくれます！」

志依の目に、純粋な憧れを煮詰めたような、あの光が閃く。

「ああ、よかった。やっぱり私が思ったとおりの紅さんだった」

紅の膝に突っ伏して、彼女は今にも泣き出しそうだ。やめてくれ、と紅は目を逸らす。今は彼女の光に照らされたくない。志依が思うような美しい物語などどこにもないのだ。無垢な色彩で塗りつぶして美談に仕立てられるのは耐えられない。

「志依ちゃん、追い込まれてる前島さんにしたら、感動してる場合じゃないと思う。このことは、あなたから彼女にちゃんと伝えてね」

すみません、と志依は顔を上げた。

「前島さんの会費は、この先免除でいいわ。特別扱いだって騒がれるといけないから、みんなには黙ってて。もちろんこの援助のことも内密にね。お金を出すのは、彼女のためだけじゃない。前島さんのことはサロン中が注目してるから、この話がダメになったらみんなのメンタルに影響する。例の件でただでさえ動揺してるのに、これ以上のダメージを与えるわけにはいかないの」

「……どうしてそこまでみんなのことを考えてくれるんですか」

志依は、信じられない、と言いたげな顔をしている。

「だってみんながいなくなったら、私どうしていいか分からないもの」

思いがけず本音がもれた。

「そんなこと言わないで下さい。いなくなるなんてあり得ない」

志依は激しくかぶりを振った。

「紅さん、私、本当は家に帰っても全然眠れなかったんです。それで玄関と洗面所の鏡を掃除してました」

それは数あるメソッドの中でもよく実践されているものだった。心がざわついて眠れないときには、家中の鏡を、風のない日の湖のように磨き上げて下さい、するといつの間にか、あなたの心も静まっているはずです――。

「磨いているうちにどんどん心が静まってくるんです。まるで魔法みたい。このメソッド、本当に凄いって思ったら、なんだか泣けてしまって……。それで気がついたんです。鏡を磨くなんて、こんな小さな事にも意味があるんだから、きっとこの辛い出来事にも意味があるに違いないって」

紅はとっさに立ち上がって逃げ出したいような気持ちになった。だが膝には志依が重しのように寄りかかっている。

「きっと私の仕事が決まらないことにも、言葉が出ないことにも、それで良かったんだってあとから思えるような意味があるんです。そうに違いないんです。紅さん」

志依は顔を上げた。

「紅さんは光です」

紅の背中を冷たい汗が伝う。

「私の光です」

すがるように紅を見上げる、その目の光が、紅にはなにより恐ろしかった。

十四

こぢんまりした私鉄駅の改札を出ると、目の前はすぐ踏切になっていた。休日の午後、電車の通過をのんびりと待つ人々の間をすり抜け、紅は年季の入った駅前通りを歩いて行く。雑踏にも、ガラス戸越しに見える飲食店の中にも、気取らない格好の人々が思い思いにくつろぐ中、履き古したスニーカーで歩く紅の姿もまた、この町に馴染んでいた。いつもの『高岡紅』にはほど遠いが、今日だけは目立つわけにいかない。あずさに聞いた家賃の額はこの風景に釣り合わない気がしたが、きっとターミナル駅に近い便利さが反映されているのだろう。

つい先日、あずさは無事に引っ越しを済ませたということだった。志依が何度も説得して、紅が包んだ金をやっとのことで受け取らせたのだ。新しい会社にも勤めはじめて、サロンの事務所である薫のマンションには、真新しいあずさの名刺が、素朴な文言の礼状と共に送られてきた。

例の炎上騒ぎからはもう二週間が過ぎていた。幸村が作ってくれた謝罪文がそれなりに効いて、火の勢いはかなり弱まっている。会員数の減少にも歯止めがかかり、SNS上には紅に同情する声がぽつぽつと出はじめていた。サロンの書き込みも少しずつ増えて、元の雰囲気が戻りつつある。幸村からの「世間向けには自粛して、サロン内では普段通りに」とのアドバイスに従って、お掃除絡みのショート動画を上げ続けたのも功を奏したらしい。

全体としては盛り返しつつあるが、批判が消えたわけではない。時間が経って、批判的なブロガーからは炎上騒ぎを総括する記事が出てきている。中でも紅に突き刺さったのは、最初の謝罪文がなぜ燃えたのか、冷静に分析したブログの一節だった。

――高岡の謝罪が不快なのは、言葉のはしばしに無自覚な無責任さが滲み出ているせいだろう。そもそも『お掃除で開運』などと全く根拠がないことを自信に満ちて言い切れるのは、彼女が正しいからではない。徹底して無責任だからだ。自分の軽はずみな発言の影響、それで他人の人生が台無しになる危険性など、彼女は考えてもみないのだ――

紅はその文章をつとめて忘れることにした。今は落ち込んでいる場合ではないのだ。サロンの内部をしっかり固めるためにも、一刻も早く例のアイディアを実行しなければ。

前島さんのことが何かと心配だから、直接会って話がしたい――そう連絡すると、あずさはひどく恐縮した。自分の方から事務所にお邪魔しますと言い張るのを、紅は強いて断った。他の面子に見られるわけにはいかないのだ。日曜日なら時間が取れると言うから、あずさの自宅にほど近い店で、お茶を飲みながら話すことになった。

約束のファミリーレストランは子供連れでごった返していた。紅が扉をくぐった瞬間、一番奥の席にいた小柄な女性が、テーブルにぶつかりながらすごい勢いで立ち上がる。会うのは初めてだったが、前の勤め先のウェブサイトで写真を見ていたから、一目で彼女だと分かった。

「この度は、本当に御世話になりました」

緊張した口ぶりに、少年めいた世慣れない感じがある。肌や髪の感じはせいぜい二十歳そこそこで、実物は写真よりもずっと若く見えた。目元は涼しく、口元も引き締まっていて、つまらない男に振り回される哀れな女、というサロンでのイメージとは重ならない。

「会えて嬉しいわ。何頼む?」

何も注文せずに待っていたという彼女に、紅は優しくメニューを手渡した。あずさはひどく落ち着かない素振りでそれを受け取る。

「気を遣うことないよ。なんでも好きなもの頼んで」

「すみません。ずっと接客側だったんで、こういう店に客として入ったことがないんです。座ってるとソワソワして、自分が注文を取りに行かなきゃって思っちゃって」

冗談だろうと思ってひとしきり笑ったが、あずさの方は大真面目だったらしい。メニューを決めかねている彼女の代わりにパンケーキのセットを注文したところで、紅はさりげなく、気が重い一件を切り出した。

「サロンのこと、みんなに心配をかけちゃってごめんね」

あずさは小さくなってかぶりを振った。

「あの、お役に立てなくてすみません。何か大変なのかなとは思ってたんですけど……」

「……もしかして、知らなかったの？」

「あれから、サロンに入る時間がほとんどなかったんです。たまに書き込みを読んでも事情がよく分からなくて」

バーニーの事故物件購入に巻き込まれたあと、あずさは金策のために働きづめだったのだという。転職先に迷惑をかけるわけにはいかないし、給料の前借りという最終手段もこの状況では使えない。仕方なく、勤務時間外をアルバイトで埋め尽くすことになったのだと。

「でも、そんなことじゃ追いつかないでしょう？」

短期間のアルバイト程度では、紅が渡した金額には全然届かないはずだ。

「今思えばそうなんですけど、その時はとにかく、働くことしか思いつかなかったんです。なんか頭が回らなくて……」

ああ、と紅はいたたまれない気分になった。セミナーの世界でも、食い詰めた人間ほど一発逆転を狙って高価なグッズをローンで買ったり、借金してまで百万円超えのセッションを申し込んだりと、収支の計算が出来なくなるケースはままある。極度のストレスのために判断力を失ってしまうのだ。金がない状況、とはそれほど人を追い込むものなのだった。

「私の方こそ、みなさんにすごく心配をかけてしまって、本当にすみませんでした」

テーブルの向こうであずさはさらに小さくなった。

「気にしないで。ダメ男から離れるのって誰でも難しいから。女性を引き留めることにかけては、プロみたいなものだからね」

「でも、私がバカ過ぎるからこんなことに……」

「それは言っちゃいけない決まりでしょう」

自己卑下の言葉は開運の邪魔になるからサロンではNG、普段もなるべく使わないように、という決まりになっている。それでもつい出てしまうのは、長年の口癖なのかもしれない。

「すみません……」

「謝らなくていいよ。それより、あなたがどうして『私なんか』って思うようになったのかが知りたいな。ここまでの人生経験に理由があると思うの」

コンサルでもないのに、つい同じ流れになってしまった。でも長い付き合いの彼女にとうとう会えたのだ。じっくり話を聞いてみたかった。

干物が海辺でカーテンみたいに吊《つ》られてる町で育ったんです――あずさはそう語りはじめた。

彼女は今年で二十三になる。実家は貧しかったので、中学を出てすぐに仕事に就いた。昼はファミレス、夜は個人経営の居酒屋、シフトの具合によっては単発のバイトも入れるという凄まじい働きぶりだったが、これは稼ぎのない親兄弟に金をむしられていたためらしい。

そんなあずさを気の毒がったのが、バイト先の居酒屋の女将《おかみ》だった。彼女はあずさに悪い虫がつかないように目配りをしてくれ、給料が出るそばから親に取られるのを見かねて、天引きで貯金までしてくれたという。しかも数年後には、知り合いの支配人がいるホテルの仕事を紹介して、離れた町へと逃がしてくれた、というのだ。

こうして件の幽霊ホテルに就職したあずさは、下働きを続けるうちに真面目さと気働きが認められ、やがてフロント業務へ抜擢《ばってき》された。図抜けて仕事の出来るこのホテルウーマンは、愛想がないせいで一流どころでは通用しそうもないが、人手の足りない場末のホテルで重宝されて、人の少なさ故に管理職の呼び声もあるぐらいだった。

しかしそこへ、前職をクビになって食い詰めたあげく妻子にも見棄てられた無一文の宿無し・バーニーが流れついてしまったのだ。

断る隙も与えずバーニーはぐいぐい迫った。女癖が悪いのは言い換えれば口説きが上手いということで、あずさのような免疫ゼロの女が目をつけられたら勝ち目はない。殴る男はいつでもサンドバッグに出来る相手を漁っている。頼れる相手がおらず、不都合なことは全部自分のせいにしてしまうあずさに付けいるのは簡単なことだったろう。

「こんなこと言っていいのか分からないけど……、別れようと思えば、もっと早くに別れられたんじゃないかな」

紅の言葉に、あずさは運ばれてきたパンケーキをつつきながら、申し訳なさそうにうつむいた。

「誤解しないでね、責めてるわけじゃないの。でもずいぶん酷い目に遭わされてきたのに、どうして本気でバーニーを叩き出すことを考えなかったのかなって。そうすれば、あなたが逃げ出さずに済んだのに」

それはサロンの皆が思っていたことだった。仕事であれだけの根性を見せながら、バーニーには強く出られない。文句を言いつつも結局は言いなりになるだらしなさに、本気で腹を立てる生徒もいた。それだけ彼女は思い入れを持たれていたのだ。

「……別れなきゃと思うたびに、出会った頃のことをどうしても考えてしまうんです。あんなに一生懸命口説かれたことなかったから、なんかいい思い出になっちゃって」

あずさの口元が、かすかに緩む。そんな情熱はまやかしだと切って捨てられないぐらいに、彼女は色んなものに飢えていたのだろうか。

「気を悪くさせたらごめんね。でもあなたの話を聞く限りバーニーは、とにかく相手を思い通りにしたくてグイグイ押してるだけの自分勝手な人に思えるけどな。それを素敵だと思うのは、あなたがこれまでの人生で大事にされてこなかったからじゃない？　そんなものを喜ぶのは、自分を貶めることだと思う」

あずさは黙り込んでしまった。自分でもうすうす気付いていたことを突きつけられて、怒りよりはショックで言葉を失っている――と見当がつくのは、紅が前の男に似たような経緯で騙されたからだ。生徒の前では口が裂けても言えないが。

ややあって、あずさは神妙な面持ちで切り出した。

「……自分でも訳が分からないんですけど、頼ってこられたら、面倒をみなきゃいけないような気になるんです。お金がないって言われたら出さなきゃいけない。お腹空いたって言われたらご飯を作らなきゃいけない。うちの犬だって、大家さんが困ってるって聞いて、自分が食べるお金もないのに引き受けちゃったんです。バカなことしてるって分かってたけど、三匹揃って尻尾を振ってる姿を見たら、絶対助けてあげなきゃって、それ以外考えられなくなる。サロンに入ってはじめて、そこまで他人を優先しなくていいんだよって教えてもらえました。これって、紅さんが言ってることと根っこは同じかもしれない」

淡々と、誠実そうな口ぶりで、あずさは自身を振り返る。

彼女は、サロンのみんなが思っていたような人物とはまるで違うのではないか。紅にはそう思えてきた。

個人コンサルの場では、ドブを浚《さら》って汚泥が現れるように、見たくもないような当人の愚かさが明るみに出ることがある。そこに向き合うのは辛い作業だ。ちょっと辛口程度のアドバイスでも、へそを曲げる相談者がどれだけ多かったことか。

しかしあずさは違う。突きつけられた泥を静かに見つめる度量がある。大人になるほど難しくなることを、彼女はさらりとやってのけるのだ。

「本当にお金がなかった頃、あの人には夜職《よるしょく》に行けって何度も言われてたんです。それだけは絶対に嫌だって思ってたから、必死で断ったけど」

「夜職、そんなに嫌なの」

問い返しながら、ふっと奈津子の顔が思い浮かんだ。

「心にもないことを言うのが、すごく苦手なんです。友達にも何人かいて、嫌じゃないの？　ってきいたことがあるんですけど、割り切ってしまえばいくらでも嘘をつけるし、嘘の笑顔が出るって言われて……。自分には無理だって思いました」

この先切り出す本題のことを思って、紅はひやりとした。

「それでも彼がしつこくて困ってた頃に、ちょうど紅さんの本に出会ったんです。図書館で、実用書に混じって並べてあったんですけど」

よく聞く話だ。紅が小さく笑うと、あずさの表情も少しほぐれる。

「それまで、運がどうこうなんて考えたこともなかった。目の前のことに必死すぎて。でも、本を参考にして職場のお掃除を続けていたら、ちょっとずつ嫌なことが減ってきたんです。まあ、自分比なんですけど。それで、運の善し悪しって本当にあるのかもって思って……」

「もちろんあるよ。それにあなたは、自分で思ってるより運が強いんじゃないかな」

あずさの瞼《まぶた》がぴくりと動く。きっと驚いたのだろう。彼女の表情を読むコツが何となく分かってきた。

「どんなに厳しい状況でも、居酒屋の女将さんが助けてくれたりとか、肝心なところで手がさしのべられるでしょう。本当に不運なら、そこで悪い相手に出会っちゃうもの。あなたは元々、お掃除が出来る人なんじゃないかな。生まれる環境は選べなくても、コツコツ身の回りを整えることで、自分の運命を救ってきたんだと思う」

言い切ることに紅はためらいを覚えた。簡単に語れないはずの他人の人生を勝手に総括して、もっともらしいことを言うこの仕事が、彼女に向き合っているとどんどん辛くなってくる。

だが、あずさは本当に嬉しそうだった。ありがとうございます、と嚙みしめるように言う。

「女将さんとか、ホテルの支配人にはすごくお世話になったんです。辞めちゃって申し訳なかったけど、今でも感謝してます。あの人達に会えたのは私の財産なんです。もちろん、紅さんも」

あずさは鞄の中からいそいそと紅の本を取り出した。

「これ、図書館で借りたって言いましたけど、ちゃんと本屋さんで買い直しました。私のバイブルです。今までずっと、本とサロンが心の支えでした。その上援助までしてもらって、紅さんにはどうお礼を言っていいか分かりません。お金は必ずお返しします」

あずさは深々と頭を下げる。隣の家族連れが物見高い視線を向けてきたが、そんなことはどうでも良かった。

「……いいよ、返さなくて」

紅は本心からそう答えた。

誰もが一言で言えないような荷物を山ほど背負っている。自分で選んだのではないたくさんの重荷。それがときに判断を狂わせ、足を掬う。サロンでのあずさがお世辞にも賢そうに見えなかったのは、その理不尽な重みのせいだ。見誤った自分が恥ずかしかった。転んだまま起き上がれない誰かを指さして笑う者は、他人が背負った荷物の重さなど気にも留めない。他の生徒の背中にあるのがリュックサックだとすれば、あずさのそれはエベレストを登るシェルパ並みだ。身体より大きい荷物にもがきながら、それでも黙々と次の一歩を踏み出し続ける彼女の周りには、澄み切った空にも似た不思議な輝きがある。

今日バッグの中に用意してきたものを思うと、ひどく気が重かった。彼女の前にこの封筒を差し出すことが、果たして許されるのだろうか。

「前島さんにはいつも申し訳ないって思ってた。この二年間、誰より熱心にやってきたのに、なかなか好転しなかったものね。あなたのためにメソッドをもっとブラッシュアップしなきゃって、それればかり考えてた」

「何で紅さんが謝るんですか」

あずさは真顔でそう言った。

「今日もこんな風にアドバイスしてもらって、コンサルの予約も取ってないのに申し訳ないぐらいです。それに私、紅さんの本に出会ってから、一度もお掃除をサボったことがないんです。だから、そのうちに絶対上手く行くのは分かってます。謝らないで下さい」

信頼の重さにたじろぎながらも、紅はとっさに理屈を組み立てた。この情熱を向ける先がなくなったら、彼女はきっと困るはずだ。サロンを支えることは、結局彼女のためでもあるのだ――。

「実は、前島さんに受け取ってもらいたいものがあるの」

紅は少し膨らんだ長封筒を、あずさの前にそっと置いた。

怪訝な顔の彼女に「どうぞ、中身を確かめて」と声を低めて告げる。テーブルの向こうで、するどく息をのむ音が聞こえた。

「なんですか、これ」

追加の援助金、五十万円だった。

「大した額じゃないけど、受け取ってくれる？」

謙遜ではなかった。この程度で足りるなら安すぎるくらいだ。

「これから色々物入りだと思うし、あなたは少し余分に持ってた方がいいと思う。万が一バーニーに見つかったとき、すぐに逃げられるように」

「だめです。こんなに借りたら返せません」

あずさは真顔でかぶりを振る。紅はぐっと腹を据えて切り出した。

「返さなくていい。前に振り込んだのも合わせて、全部あげる。前島さん、今バーニーから逃げ切れなかったら、あなたは一生を台無しにするかもしれないよ」

「でも……」

「直接守ってあげることは出来ないけど、お金があれば選択肢は増えるでしょう。あなたが潰れたらサロンのみんなが悲しむ。私も耐えられない」

あずさは何かに打たれたように目を閉じて、静かにうつむいた。

「なんて言ったらいいか……。私なんかに、こんな……」

「またそれを言う。『私なんか』は禁句でしょう？」

紅が冗談混じりに言うと、あずさはハッと顔を上げた。引き結んでいた口元がかすかに緩む。

今だ——紅の内側で何かが合図を出した。

「卑下する必要なんかない。あなたはむしろ、他人を助ける側の人間よ。実はあなたを見込んで、お願いしたいことがあるの。サロンのために」

「私に出来ることなら、なんでもやります」

その声には迷いがない。機を逃すまいと、紅は一気にたたみかけた。

「新しい趣向のセミナーを計画してるんだけど、そこで是非、あなたに体験談を語って欲しいの。必死でお掃除をしていたら引き抜きの話が来て、条件のいい転職と引っ越しの希望が同時に叶うなんて、なかなかない話でしょう。あなたの場合はペットを連れてバーニーから逃げるという難しい条件もあったわけで、みんなすごく興味を持つと思う」

あずさは少し怖じ気づいたように目を伏せ、それでも決然として肯いた。

「……自信はないけど、私なんかでよかったらやらせてもらいます。もしお掃除に出会わなかったら、私なんかとっくに潰れてたと思うし、紅さんには本当に助けてもらいましたから」

私なんか、は容易には直らない。彼女の大きな荷物を脇からそっと支えるように、紅は答える。

「あなた自身が頑張ったから生き延びられたの。あなたほど熱心にやる人は、正直、他に誰もいない。みんな見習って欲しいぐらい」

あずさの人生で、人から褒められる経験は少なかっただろう。自分はそれを分かった上で、敢えて今、頼み事の直前に持ち出している――。

ここが押しどころだ。ためらっている場合ではない。

「それでね、みんなに話すときには、私から支援があったことは黙っていて欲しいの」

あずさがパッと目を見開いた。先生は自分の善行を隠そうとしている――美しい誤解を詰め込んだその眼差しを、紅は見なかったことにする。

「私はお金を出してない。その代わり、何か奇跡的な方法でお金が入ったことにして欲しいの」

あずさは無表情のまま固まった。

「次のセミナーでは、私が自分の家を掃除して得た御利益を、生徒さんにプレゼントするっていう、新しいメソッドを紹介するの。そんなこと出来るのかって思うでしょう？　実はね、ここ半年ぐらい、ずっとあなたのためにお掃除をしてきたのよ。するとあなたに転職話が舞い込んで、バーニーから逃げるための引っ越しまでお膳立てされた。ここまで効果が出るとは思ってなかったから、私もビックリしたわ」

あずさの表情は動かなかった。紅は目をこらしてかすかな動きも読もうとする。だが全く分からない。

「途中、バーニーの妨害もあったけど、そこは私がちょっとだけフォローをした——あくまでも、ちょっとだけ。その部分だけ少しアレンジして、今のいきさつをみんなに話してくれないかな。お金を渡したのは私であって私じゃない。私はたまたま運命に操られたに過ぎないの。私がやらなければ、他のところからお金が入ったでしょうね。それが宝くじであっても、思いがけない遺産相続であっても、別に構わないじゃない？」

あずさはいよいよ石像のように固まってしまった。

いったん動かないとなったら本当に動かない。彼女が余りに不動なので、お冷やのグラスの外側を滑り落ちていく水滴の動きが際立って見えるぐらいだ。そのまま何分も過ぎたような気分になった。

「……でも、それって……」

その先の言葉を、あずさはどうしても口に出来ないようだった。

紅はティーカップに添えた指が一気に汗ばむのを感じた。前島あずさは思っていたよりずっと賢い人物だ。『あなたの為に半年間お掃除した』というデタラメもあっさり見抜かれたかもしれない。

「……気を悪くしたらごめんなさい。でもサロンのみんなは不公平を嫌うから、あなたを個人的に支援したのが分かったらまずいことになる。それに、奇跡だってことにすれば、みんなが希望を持てるはずよ。希望は何よりも大事。それだけで、お掃除のパワーを倍増することが出来るから。前島さんに負担をかけるのは申し訳ないし、事の経緯をアレンジしたストーリーは、こちらで用意するわ」

あずさは再び石像になってしまう。大丈夫、こんなの大したことじゃない。これは正しい嘘なのよ——彼女に向かって念じる言葉は、いつの間にか自分に言い聞かせる調子になる。

「……紅さんのためなら、やらせてもらいます」

ややあってあずさがそう答えたとき、紅は危うく安堵の息をつきそうになった。

「ありがとう。あなたのおかげでみんなが助かるわ」

パンケーキはちょっと手をつけたきりでそのままになっていた。「食べましょうか」と微笑したつもりが、大きく笑み崩れてしまう。改めて口にしたご馳走《ちそう》は、もう冷めかけていた。

「紅さんと一緒に甘いものを食べられるなんて、想像もしませんでした」

「私も嬉しいわ、本当に」

「紅さん、こんなこと言ったら、気を悪くされるかもしれませんけど……」

「何？」

内心ひやりとしながら、紅はフォークを持つ手を止める。

「このお店だけでも、私に払わせて下さい。あんなにもらっといて言うのはバカみたいですけど、このままだと気が済まないので。お願いします」

あずさが小さく頭を下げる。真っ黒な髪に丸く浮かんだ光の輪を見つめながら、紅は今さら、食べているものの味がほとんど分からないことに気がついた。


地下鉄の階段を上がったら、あとは間近に見える東京タワーを目指して、ひたすら真っ直ぐに進めばいい――。

いつだったか幸村が、奈津子のマンションへの道筋をそんな風に話したことが、歩きながらふと記憶にのぼった。聞いても仕方がないのに、とその時思ったことも。

あのレストランであずさと別れた後、紅はいくつか所用を済ませて、サロン用の動画を撮るために薫のマンションへ向かうはずだった。だが地下鉄に乗り換えたとき、運良く座れたのがあだになった。そのまま気絶するように眠り込み、ハッと目覚めたときにちょうどドアが閉まりかかっているのを見て、慌てて降りてしまったのだ。

まだ目的地まで半分も来ていない。紅は駅名標を見て溜息をつきながら、ふとそこが、奈津子のマンションの最寄り駅だと気が付いた。

これが偶然だろうか。ひょっとしたら、自分は無意識にあの女に会いたがっているんじゃないか、そう思えてならなかった。会ってどうするつもりだろう、彼女から得られるものなんて何もないのに。他人事みたいな自問自答をくり返すうち、紅はいつのまにか、幸村に言われたとおりに地下鉄の階段を上がっていたのだ。

日はすでに落ちかかり、通り沿いに吹き抜ける風は冷たく乾いている。マンションのエントランスには十分ほどで着いた。アポなしで来たから、在宅だとしても会ってもらえるかは分からない。紅はダメ元で、うろ覚えの部屋番号を呼び出す。

不穏な沈黙のあとに「珍しいわね。何の用？」と訝しげな声が応えた。奈津子がいたことにホッとしながら、来意を告げようとして、紅は自分が何をしに来たのか全く分からないことに今さら気付く。「ちょっと話が出来ないかと思って」とごまかすと、沈黙の中に一瞬、尖《とが》った気配が走った。追い返されるのかと思いきや、無言のうちにエントランスが開錠される。

自室の玄関で出迎えた奈津子はひどい仏頂面だった。この不機嫌さでなぜ会う気になったのか、彼女の意図も分からない。いつもの軽躁《けいそう》的な独り語りはなりを潜め、休日用の黒縁眼鏡に隠れた大きな目が、ひどく疲れて見える。

夕景のリビングに入ると、まだ淡い光があった。仕事の最中だったらしく、ダイニングテーブルには書類が雑然と広げられている。名残の陽射しが街を照らして、大きな窓越しの東京タワーが薄紫の空に静かにそびえているのが見えた。

「十分ぐらいで切り上げてよ。面倒はご免だからね」

大きな対のソファに向き合って腰を下ろしながら、なぜか挑むような気配で奈津子が言った。長年店の女の子を束ねてきた彼女に、ひとまずサロンの相談でも持ちかけようかと思ったが、とても聞いてもらえる雰囲気ではない。仕方なく、無難な話題を切り出した。

「……幸村さんは出かけたの？」

その名を聞くなり、奈津子がぐっと身構えたのが分かった。

「もうここにはいないわよ」

「なんで？　喧嘩でもしたの？」

驚く紅を、奈津子はなにか探るような風情でしばし眺めている。

「……あんたのところに行ったんじゃないの？」

紅は慌ててかぶりを振った。

「そんなわけないでしょう。幸村さん、何か言ったの？」

奈津子はソファの背に身体を預け、大きな溜息をついて、まだ疑いの残る目で紅を見つめて言った。

「一人になって考えたいっていきなり言い出したのよ。一人だなんて見え透いた嘘ついてくれるじゃない。誰に乗り換えるつもりか問い詰めてやったら、急に御託を並べだして……」

愛してもいなければ愛されてもいないのに、一緒にいて何になるのか——幸村はそう言ったのだという。不毛さの中に閉じこもっていることに疲れた。人生の終わりに後悔するのが怖くなったのだ、と。

「そういう青臭い理屈は紅のところで聞いたんだろうって言ったら、彼女は関係ないって顔色変えるじゃないの。絶対あんただと思ったわ」

いつも幸村がつけていた奈津子好みの香水が、薫のマンションにやって来たあの夕暮れには香らなかったことを、紅は今頃になって思い出した。

「濡《ぬ》れ衣《ぎぬ》よ。私のところにはいないわ」

「そう？　別にくれてやってもいいんだけど。幸村のアイディアもマンネリだったし、そろそろ新しいコンサルに替えようかと思ってたところよ」

奈津子の顔に安堵したような、奇妙な笑みが浮かんだ。泥棒猫が話をつけに来た、という誤解はようやく解けたらしい。

「いつ出ていったの?」

「さあ。二週間……もっと前かしら」

とすると、会いに来たときにはもう別れていたのだ。

あの夕暮れ、幸村はいつになく、紅に何かを求めている感じだった。愛とも呼べない、ちょっとした寂しさの埋め合わせ。それが済んだら元の居場所に帰るのだろうと思っていた。まさか、奈津子と別れてやって来たなんて考えもしない。去り際に平静を装って、でもどこか思い詰めた様子で残した言葉が思い返された。

——誰かに励まされたいなんて一度も思ったことなかったんですよ。

幸村はあの時、本当に人生を変えようとしていたのだろうか。不毛の砂に鼻先まで埋もれたような生活から、本気で抜け出したがっていたのか。だったら受け止めればよかった——沈黙のうちに激しい後悔が訪れた。今、幸村は一体どこにいるのだろう。

「ねえ、あんたたち本当に何もなかったの」

奈津子は急に明るい声になって尋ねた。

「あるわけないでしょう」

「お互い趣味じゃなかった訳ね」

奈津子は肩の荷が下りたような風情で、立ち上がってダイニングテーブルの方に歩いて行った。書類の傍らにあったたばこの箱を取り上げ、一本抜いて火をつける。かすかな紫煙が夕暮れの靄のように漂ってきた。

「幸村の話じゃないなら何？」

奈津子の現金さに呆れながら、今にはじまったことではないと紅は思い直した。とにかくサロンを立て直さなければならないのだ。

「講師の仕事のこと、前に少し話したでしょう？　オンラインサロンをやってるんだけど……」

ああ、と奈津子は事もなげに肯いた。

「知ってるわよ。流行《はや》ってるんだってね。あんたの本、まとめ買いしてお店の子達に配ったわ」

「……本当に？」

聞き返した声が妙にうわずった。マスコミへの露出が多かった頃でさえ、奈津子から何か言ってもらったことは一度もなかったのだ。

「ああいう話は女の子達に受けがいいのよ。おまじないも神頼みも好きな子多いしね。親子だってことはどこからともなく分かるものなのね。あんたの名前が売れてくれて助かったわ」

どこからともなく、な訳がない。自分で言いふらしたのだろう。奈津子にとっては女の子を確保するのも仕事のうちだから、紅の話題は人気取りに利用されたのかもしれない。幸村が何も言わなかったのはその魂胆を分かっていたからだろうか。だとしても、自分の働きぶりが奈津子に知られていたのは嬉しかった。

「なんか炎上してたんだって？　大丈夫なの？」

奈津子は窓際に立ったまま問いかける。彼女に心配されるのは不思議な気分だった。

「悪い評判を立てられて、生徒が減っちゃったの。なんとか誤解を解いて、立て直さないと」

「今が踏ん張りどころね。せっかく育てた金のなる木を諦める手はないわ。何か手は打ったの？」

「新しいメソッドを企画して、次のセミナーで巻き返すつもりだけど」

「一発逆転を狙う訳ね。そういう話大好きよ。そこでお金が要るわけね？」

結局金の話だろう、という含みを持たせて奈津子は言った。旨《うま》みのある話なら乗らなくもないと言いたげだ。紅はかぶりを振った。

「お金の話じゃないの。新しいメソッドに箔をつけるために、御利益があったっていう証言を生徒さんにお願いすることになったんだけど……」

「いいんじゃない。体験談はすごく大事。私の知り合いで美容サロンのオーナーがいるけど、自社サイトの口コミ増やすのに必死よ。お金でレビュー買ってるもの」

話がいきなり核心に触れた。

「……それって、バレたら困るんじゃないの」

「だからバレないようにやるんでしょう。迷ってるお客さんは、他人の話で背中を押してもらいたがってるんだから、それが本当でも嘘でも構わない。むしろ必要なのよ」

何もかも見透かされたようで、二の腕にざっと鳥肌が立った。これはきっと、話せ、ということだ。今日ここに来たのは偶然ではない、それこそ運気の積み増しの成果かもしれない。

「実は私も、嘘の証言を頼むことになって……」

「それで？」

奈津子は笑顔で話の続きを促した。

「もちろんあんたのことだから、すぐバレるような嘘じゃないんでしょうね？」

「そりゃ、話は念入りに作るけど……」

「充分にお礼はするんでしょう？」

した。既に。

「相手は納得したんでしょう？」

納得してくれた。ついさっき。

「じゃあ、話って何？」

その時紅は、自分が何のために奈津子に会いに来たのか、ようやく分かった気がした。

止めて欲しかったのだ。

金の力で他人に嘘を強いるなんて非道なことはやめなさいと、叱りつけてほしかったのだ。今になって逃げ出そうとするなんて滑稽な話だった。嘘ならもう一生分ついてしまった後だというのに。

「まさか、怖じ気づいてるわけ？」

奈津子は実に楽しそうだ。紅は失笑しそうになった。止めて欲しいなら、頼む相手を完全に間違えている。自分はなんてバカなんだろう。ちっとも大人になった気がしない。

「あんたとこんな話をする日が来るなんてね。ずいぶん頼もしくなったもんだわ」

詐欺すれすれの娘の所業を、奈津子は明らかに喜んでいた。たばこの煙を一息吐きだし、ふと窓の外に目をやって、何かに気付く。折しも、薄紫の夕景に溶け込んでいた東京タワーが、じわりと内側から膨らむように輝きはじめていた。ちょうど日没、点灯の時刻になったのだ。

「ねえ紅。私もずいぶん人を騙してきた。そりゃあ、やりきれなさも残るわ」

薄暮に沈んでいく街を眺め渡して、奈津子は、過去に踏みにじってきた哀れな者たちのことを、何かのついでのように語り出した。彼女の『やりきれなさ』は、恐ろしく軽い。

「酷い話ね」

「そう？　自分がこの手で築き上げたものを見れば、そんなもの簡単に吹き飛ぶわ。怖じ気づく必要なんかない。これでよかったと思う日が必ず来る」

倫理も、他者の痛みも、彼女は軽々と飛び越えて夜の縁に立つ。奈津子はゆっくりと振り向いた。

「あんただって上手くやれるわ、私の娘だもの。やるしかないのよ。どっちみちあたしたち、もう引き返す道なんてないんだから」

——あたしたち。

そのなにげない言葉に、紅は息の止まる思いがした。

自分は今、生まれてはじめて奈津子に認められているのだ。彼女と同じ、騙す側の人間として。

奈津子は不敵に微笑む。思いがけずいい仕上がりを見せた実の娘を惚れ惚れと見つめて、自分と似たような人間を一人この世に増やしたという達成感に、酔いしれるような風情で。

「派手にやりなさいよ、紅。人生は短いわ」

奈津子の声には嘘がなかった。それは紛れもなく、彼女の本心から出た言葉なのだ。

夕明かりの窓辺に浮かぶ街の灯《ひ》に入り混じって、奈津子の眼光はひときわ鮮やかだった。その瞳に紅の姿が、かつてないぐらいはっきりと映っているのが分かる。

たった今、魔法のように人生が変わったのだ——紅はそう思った。

紅が薫をつれて長谷川の出版社を訪れたのは、その二日後のことだった。

――前に、失業した志依ちゃんのためにお掃除の御利益を譲ってあげよう、って話をしたのを覚えてる？　あのアイディアを膨らませて、次のセミナーで使おうと思うの――

こう提案すると、薫は一も二もなく乗ってきた。ただしメソッドを実践している時間がないから、セミナーの肝である体験談の紹介が出来ない。そこで、前島あずさにモニターを頼んだことにして、こちらで用意した証言を彼女に発表してもらってはどうか――薫に話したのはここまでだ。あずさに出した支援金のことは言い出せなかったが、敢えて伝える必要もないだろうと、紅は自分を納得させていた。

お茶も出ないまま三十分ほど待たされた後、会議室のドアが開いて、ようやく長谷川が現れた。落ちくぼんだ目の下のクマが悲愴感を漂わせている。

「屋敷原先生の新刊がもうすぐ校了で、寝る間もないんです。遅くなってすみませんでした」

今一番聞きたくない名前だ。薫が皮肉っぽくやり返す。

「実は待ってる間、初セミナーの思い出に浸ってたんですよ。あのときの紅ちゃん、誰よりも堂々として素敵だったわ。長谷川さんも思い出しませんか」

「……今がしんどいと一番良いときに戻るって言いますもんね」

疲れ果てた長谷川は嫌みでも何でもなく、素で口走ってしまったらしい。薫がムッとしたのをさりげなくなだめて、紅は切り出した。

「忙しいのにごめんなさい。あれから全然顔を見てないし、どうしてるかなと思って」

例の騒動からはもう半月余りが過ぎていた。ちょうど、来年に向けて新刊とセミナーの企画を練ろうとしていた矢先のことだったのだ。電話で何度か連絡は取ったが、長谷川が直接様子を見に来ることはなく、その沈黙に、紅は不穏なものを感じていた。

「いろいろ立て込んでたんですよ。屋敷原先生とも、例の件で随分やりとりがありましたしね」

薫がすかさず切り返した。

「何か誤解があったみたいで残念ですね。ゆっくりお話し出来る機会があればいいんですけど」

「あちらはそう思ってないみたいですよ……」

長谷川が額に手をやって溜息混じりに答えた。長谷川は紅たちに当てつけているわけでなく、むしろ屋敷原の怒りをかわすことに腐心しているように見える。彼はこの出版社のドル箱だ。同じ内容を何度焼き直ししてもキッチリ本が売れるのは、屋敷原本人に根強い人気があるからに他ならない。

長谷川に切られるとすれば紅の方だ。出版はもちろんのこと、セミナーも開けなくなるかもしれない。そうなれば、サロンが再起する目は潰れてしまう——。

形勢不利を目の当たりにしても、不思議と紅の心は揺るがなかった。奈津子に「あたしたち」と言わせたあの夕べから、紅の中には異様な熱気が渦巻いている。どんな状況下でも、今なら潰れない自信があった。あえて余裕たっぷりの笑顔で長谷川を見据え、堂々と「では、新メソッドのご説明を」と切り出す。

「うちのメソッドでは、自宅以外の場所をお掃除しても御利益を得られることになっています。例えば、私が長谷川さんの家をお掃除するとしましょう。自宅がきれいになった長谷川さんにいいことがあるのはもちろんですが、同時に、お掃除をした私の方も幸せになれる、というのが基本の考え方です。お友達の家をお掃除してあげれば、自分と相手の二人分の御利益が生じて二度美味しいと、こういうわけです」

他人のためにいいことをすれば自分にも見返りがある——考え方としては受け入れやすいから か、このロジックに疑問を持たれたことはなかった。

「これをちょっとアレンジします。お掃除する前に、『このお掃除を誰それさんに捧げます』と宣言して、あらかじめ『気』を繋げるんです。すると、その人の自宅をお掃除したときと同じように、双方に御利益が生じる。お掃除するのはどこでもよくて、『誰かのために』と宣言すれば効果が倍増する、そういう設定にするんです」

「……そんなメソッド嬉しいかなあ？　私は全然いい人じゃないんで、他人の幸せなんかどうでもいいんですけど」

頼む、最後まで聞いてくれ——紅は祈る思いで続けた。

「いえ、よく考えて下さい。この設定だと、私と長谷川さんとでお互いのためにお掃除をし合えば、一度のお掃除の御利益が、自分の分と相手からもらう分で二倍になるんです。サロン内で友達を作って一緒にお掃除すれば、開運スピードが倍になる。サロン外の友達を勧誘すれば、更に御利益が広がりますよ。なんなら、三人で組めば三倍に、と人数が増えるほど得になる設定にしても構わない」

これは激減した会員数を盛り返すための秘策でもあった。なんだかマルチ商法みたいだが、もはやなりふり構っている場合ではない。

「……生徒さんが信じてくれるか微妙ですけど、信じてくれたとして、運営側にはどういう旨みがあるんですか」

「ポイントは、『気を繋げる』という特殊技能です。今回私たちが売るのはその技術なんですよ。今までのような座学のセミナー形式に加えて、これからは実践的なワークショップを展開するんです。これは長谷川さんにとってもおいしい話じゃないですか？」

セミナーのチケットはあくまでも『入場料』だが、ワークショップの場合は『受講料』になる。何かしら技術を教えます、と銘打てば、たとえそれが全く実質のないものであっても、客にそっぽを向かれないギリギリのラインまでお金を取れるのがこの世界だ。

「要は、高岡さんが前にサロンで言ってた、街頭清掃とか、自宅以外のお掃除でも自分の御利益になるっていう話、あれの拡大版ってことでいいですか？」

「ええ、まあ……」

ああ、そこに話を戻すか。嫌な予感がする。

「となると、みんな末永一派のことを連想するんじゃないですか。公共の場所だの他人の家だの散々がんばって掃除したのに、最後は泥棒になってサロンを追い出されてますよね。いいことがあったようには全然見えませんけど、どう説明するつもりですか」

敢えてそっちに話を持っていくのは、紅の新企画を何とかして潰したいからに違いなかった。屋敷原から相当圧力がかかっているようだ。

「……長谷川さん、大きな声では言えませんが、実はあの騒動って、お掃除の御利益が一番派手に出たケースなんです」

とっさに切り返した。嘘は言っていない。

「はあ？」

「よく考えて下さい。彼女達、金銭面だけ見れば大幅な黒字ですよ。拾ったジュエリーを売り飛ばして得た利益は数百万です。プロの業者がゴミ屋敷に入ったってそんなに稼げません」

「いやいや、普通に泥棒じゃないですか」

「運気を扱う世界では、物事に良いも悪いもないんですよ。ただ純粋に、開運する方に動いたかどうかで全てが決まります。金運を願っていたら目の前に管理されてないジュエリーが転がり出てきた。だったら素直に拾って換金すればいい、そう教えたのは屋敷原先生じゃないですか」

「えっ、まあ、そうかもしれないけど……」

長谷川は急にトーンダウンした。

「この世界じゃ屋敷原先生は大御所です。末永さん達があれだけの御利益を手にしたのは、私でなく、むしろ先生のメソッドの効果でしょうね。最終的に失敗したのは、この世のモラルを軽視しすぎたからです」

そう、屋敷原が。そもそも奴がネコババを推奨するからこんなことになったんじゃないか。

「分かったからこれ以上先生を巻き込まないで下さい。こちらとしてはですね、捕まらないで穏便に開運出来る方法を提案してほしいんですよ。また何かあったら私が保ちません」

心底疲れ果てた風に溜息をついて長谷川は言った。紅はとっておきの餌を取り出す。

「……実はですね、合法的に、しかもとんでもなく開運してる人がいるんですよ。今まさに、新しいメソッドを使って」

長谷川はあからさまに目をすがめた。溢れる不信感を隠そうともしない。

「……本当にいるんですか？　そんな人が」

「このメソッドは、モニターさんと一緒に開発してきたんです。前島あずささん。サロンの有名人なんでご存じだと思いますけど、彼女、ヘッドハンティングを受けて転職と転居が同時に叶って、ついにＤＶ男から逃げ切ることが出来たんです。あれ全部、このメソッドの効果なんですよ」

長谷川はしばし無言で考え込む。ややあって、薫の方に顔を向けた。

「あの経緯は見てましたけど……、船場さん、本当に？」

薫は悠々と肯いて、本当ですよ、と答えた。

「満を持して発表するところだったんです。あの泥棒騒ぎですっかり遅れてしまいましたけど」

「じゃあ、船場さんもメソッド開発の流れを見てたんですね？」

「もちろんです。紅ちゃんは前島さんのために、すごい情熱を傾けてました」

見てきたように薫は語る。彼女の中ではすでに、そういう過去が出来上がっているのかもしれない。

「これって、高岡さんがお掃除をした御利益で、前島さんの人生が激変したと、そういう話ですよね？」

紅は自信満々で肯いた。

「ええ、半年の間、みっちりとやらせてもらいました」

「で、このメソッドだと、お掃除した側も幸せにならないとまずいんですよね？　でなきゃ誰もやらないし」

はり付いた笑顔のままで、紅は息をのんだ。

「高岡さん、今泥棒疑惑をかけられてめちゃめちゃ不幸じゃないですか。これじゃ誰も真似してくれませんよ」

とっさの切り返しが出なかった。肺に穴が開いたみたいに、息の漏れる音がする。

紅は横目で薫の表情を盗み見た。彼女は平然と前を向いている。紅の説明を聞いたとき、彼女は矛盾点に気付かなかったのだろうか。まさか、薫もグルなのか？　長谷川と、ひいては屋敷原と一緒になって、紅を潰す側に回ったんじゃないか——わずか数秒の間に、妄想は際限なく膨らむ。

その傍らで、薫は不思議なくらい落ち着いていた。答えあぐねたというよりは、あえて間を置いた風にゆったりと切り出す。

「……紅ちゃんは、自分の御利益を譲ってしまったのよ」

妙に凄みのある声だった。視線は全く揺らがない。

「前島さんをあんなに幸せにしてあげて、本当なら、紅ちゃんは誰より幸せになるはずだった。でも前島さんの開運に必死になりすぎて、自分の御利益も全部あげてしまったのよ」

「そういうことにしておいてくれと？」

「私は本当のことを言ってるの」

物に憑かれたような表情に、長谷川がたじろぐ。

「紅ちゃんはメソッドの創始者だから、不可能なんてないわ。みんなの運を取り上げて独り占めすることだって出来るのよ。でもむしろ、人のために自分の運なんかなげうってしまうのが、紅ちゃんという人なの。紅ちゃんの不幸は、前島さんの開運が凄まじかったことの裏返しよ。セミナーではそこを強調しましょう。一人の生徒を思う余り、他の大勢をトラブルに巻き込んでしまったことを真剣に謝ればいい。きっと理解してくれるはずよ」

　理解しない者は許さない、そんな含みにぞっとしながら、紅は薫の表情をうかがった。こんな切り返しをとっさに思いつけるものだろうか。

「前島さんはセミナーに来るんですか？」

　もちろんです、と紅は肯いた。

「彼女はメソッドの効果を証明する大事な証人ですから、これまでの経緯を自身の口から語ってもらいます」

「それって辛すぎませんか。高岡さんの不運を背負って矢面に立たされる感がありますけど」

「……前島さんには、充分なお礼をします。彼女はきっとやってくれます」

　長谷川が一瞬、汚いものを見たように目をそらした。その表情が目に焼き付いたのを打ち消す勢いで、紅はたたみかける。

「長谷川さん、うちのサロンで飛躍的な開運をした人は、正直言って誰もいませんでした。みんな半端だった。後退している人もいる。あげく、講師は揉め事に巻き込まれてじり貧です」

　紅の開き直りを長谷川は困惑した様子で聞いている。

「そこに颯爽と、みんなの幸運を独り占めにして人生を変えた前島さんが現れるわけです。一番不幸だった彼女が、今は一発逆転して先頭を走っている。この事実は圧倒的です。彼女一人では終わらせない。成功した者には、その幸運をみんなに分け与える義務がある。その流れで、『互いにお掃除をし合って開運を加速するメソッド』を紹介するんです。ダントツで幸運になった者がみんなを引っ張り上げるという物語で、セミナーを彩るんです」

「……前島さんが上手くやってくれれば、ですよね。ちょっと危ない賭けだけど」

混ぜっ返しながらも、長谷川の態度は軟化している。薫がすかさず切り返した。

「前島さんのスピーチには私が責任を持ちます。賭けにはしませんよ」

長谷川はちょっとたじろぎながら、紅に問いかける。

「……じゃあ、メソッド自体はどう教えるつもりです？　具体的にどうこうするのが難しそうですけど」

その辺の理屈を組み立てるのはお手の物だ。

「誰かのためにお掃除するやり方を、儀式化すればいいんです。リラックスのための呼吸法とか、瞑想《めいそう》法なんかを応用して、それっぽいお作法はいくらでも作れます。儀式を細かく体系化して、小出しにして教えていく。初級から何段階かに分けてワークショップを開けば、受講料はもちろん、進級のたびに検定料を取ることも出来る。そちらにとってもおいしい話じゃないですか？」

長谷川はたっぷり考え込んだ。壁掛け時計の秒針が、何か身に迫るような調子で響いてくる。

「……うーん、まあ、いけるかなあ……」

熱意も何もない、気の抜けた返事だった。それでも紅は小躍りしそうになる。長谷川は頭の中でソロバンをはじくような顔をして続けた。

「この状況で残ってくれてる生徒さんは、高岡さんへの信頼がかなり厚い人だと思います。だとすれば、セミナーへの参加率はそこそこ高い。多分いけるんじゃないでしょうか。ただ、あれだけのことがあった後だから、信頼と言っても、盤石ではない。疑いの目で見る人たちも納得させるような内容をお願いしたいですね」

「大丈夫。そのための前島さんですから」

紅は自信たっぷりの微笑みを作った。そう、あたしたちは大丈夫。上手くやれるに決まってる。

さっそく企画を通して会場を押さえてしまおう、ということになり、打合せはお開きとなった。

時間がなくてお見送り出来ませんけど、と長谷川は言い残し、紅たちのためにエレベーターの下りボタンを押すと、すぐ脇の階段をさっさと駆け上がっていく。まだ残っている数百人の生徒が離れないうちに最後の一稼ぎを——妙にせかせかした足取りが本音を語っているようだ。

長谷川がどう思っていようと、ここで終わりにしてなるものか。

エレベーターの扉が目の前でゆっくりと開く。連れだって乗り込みながら、紅は言った。

「……さっきはありがとう。薫さん」

「何のこと？」

一階のボタンを押しながら薫が言う。

「何って、話を上手くまとめてくれたじゃない」

「大げさね。私は本当のことを言っただけよ」

薫は瞬きをしない。一瞬でも目を閉じたら、自分の見たい世界が消えてしまう——そんな具合に。

「紅ちゃんは自分の御利益を全て譲ってしまうような人。私には分かる。あなたは、本当にそういう人よ」

彼女の中の現実は、とっくの昔に消えていた。そこには後悔もなければ罪悪感もない。生徒達が紅のサロンで溶かした金と一緒に、薫の中にかつてはあったはずの現実を見据える目も、易々と溶けてしまったのだ。

万が一サロンがダメになるようなことがあったら、薫はどうなってしまうのだろう。自分が望んだのと全く違う方に崩れてしまった現実を否応なしに突きつけられたら、彼女は。

想像して紅はぞっとする。嘆くとか悲しむとか、そういうレベルではない。死ぬかもしれない——そう思った瞬間に、ざっと肌が粟立《あわだ》った。

十五

サロン会員向けセミナーは年明け、一月半ばの開催となった。これ以上生徒が逃げないうちにと長谷川が奔走して、都内のセミナールームを押さえたのだ。

百五十人規模の会場で、騒動前ならともかく、この状況下では捌けるかどうか微妙なキャパだった。集客しやすい休日の昼間帯を押さえられずに、平日の夜開催となったのも不安材料だ。

しかし、蓋を開けてみればチケットの売れ行きは順調だった。長谷川が言ったとおり、今サロンに残っているのは万障繰り合わせてセミナーに飛んでくるような忠誠心の高い生徒ばかりなのだろう。そう、恐れることなど何もない。

セミナー開始の一時間前。身支度を終えた紅は控え室の隅に座り、壁の端から端へと渡された大きな横長の鏡に目を据えた。

こんなときでさえ駆けつけてくれる生徒達には、とりわけ特大の愛情で応えなければ。紅はとっておきの微笑みを作ってみせた。目尻と口角の具合を少し調整すると、いつだったか幼い頃に垣間《かいま》見た、接客中の奈津子の顔とそっくりになる。

改めて見ると、なんて似てるんだろう。今まで人から言われたことは何度もあったのに、自分でそう思ったことは一度もなかった。奈津子があの日、輝きはじめた暮れ方の街を背にして「あたしたち」と言った瞬間に、全てが変わったのだ。今はこの笑顔ひとつで、客席を埋めた生徒達を一人残らず魅了できる自信がある。

一度つき始めた嘘は、徹底してつき通す他にない。奈津子が言ったとおり、もう引き返す道なんてないのだから。その言葉が彼女の口から出るとき、悲愴感は消え、ただゲームを楽しむような高揚感とスリルばかりが残る。勝てる戦いだ、と紅は思った。奈津子の娘であるこの自分ならば、きっと。

殺風景な控え室にノックの音が響く。入ってきたのは薫だった。お仕着せのリクルートスーツを着たあずさも一緒だ。二人は一足先に会場に入って、スピーチのリハーサルをしてきたのだった。

「前島さん、どう？　上手くやれそう？」

無言のまま肯いたあずさは、ひどく緊張した様子だった。薫が大きなメイクボックスを広げながら答える。

「初めてにしては上出来よ。さすが、結果を出してる人は根性が違うわね」

薫は紅の並びの椅子にあずさを座らせると、彼女の背後に回って手早く化粧に取り掛かった。顔にあれこれ塗られながら身動きも取れない様子のあずさに、紅は鏡越しに声を掛ける。

「スピーチ、覚えるの大変だったんじゃない？　薫さんが長いの書いちゃったから」

紅が聞き取ったあずさの来歴を、薫は見事に、セミナーの趣旨に沿った筋書きに作り替えたのだった。話の方々に思い切ったアレンジが利いているから、元の内容とは食い違うところがある。新メソッドを広めるためにはやむを得ないが、それを当人の口から語るのは難しいだろうという心配もあった。

「前島さんは筋がいいからちゃんと出来てる。いずれ紅ちゃんを助けて教える側に回るかもね」

話し方や、身振り手振りなどスピーチの細かいところまで、あずさには前もってレッスンをつけてあったらしい。企業のPRとして働いていた頃は後輩の指導もしていたというから、こういうのは薫の十八番《おはこ》なのだろう。黙り込むあずさに、紅は再び語りかけた。

「前島さん、大丈夫よ。今はしんどいかもしれないけど、乗り切ってしまえば上手く行くから。人生がガラッと変わるわよ」

薫は手を止めることなく調子を合わせる。

「そうよ、志依ちゃんも頑張ってるんだから、あなたも負けないで」

志依の名が出て初めて、あずさの表情が動いた。

「……工藤さん、今日、来ないんですよね？」

心細げな声だった。紅は彼女の背中を叩くような気持ちで答える。

「お掃除であなたのバックアップをしてくれてるの。ここにいなくても、一緒にいるのと同じだからね」

志依には今日、薫のマンションを徹底的に磨いて欲しい、と頼んであるのだ。

――あなたは今、人が大勢集まるところに来ない方がいいと思う。あんな騒ぎもあったことだし、なるべく神経を休めないといけない。薫さんのマンションは、サロンを代表する場所。そこをきれいにすれば全体の運気を上げることになるから、お掃除を通じて間接的に私たちをバックアップして欲しい。セミナーの内容は、あなただけ特別に、後から無料で伝授するから――

あずさによれば、志依とは個人的にメッセージをやりとりする中で、昔のことも時折話すのだという。今日のスピーチの内容は、彼女の過去を知る者にはかなり違和感があるはずだ。万が一にも、本番の真っ最中に横やりが入るのだけは避けなければならない。セミナーが成功してサロン復活の雰囲気さえ出来上がってしまえば、あとのフォローは何とでも出来る。ひとまずは今日一日だけ、志依を遠ざけることが出来ればいいのだ。

言葉選び一つ間違えれば嫌がらせと取られかねない依頼を、紅はこれ以上ないぐらい慎重に切り出したが、志依は文句も言わずに引き受けて『そこまで私のことを考えてくれたんですね』と感謝の素振りさえみせた。

そう、彼女が嫌だと言うはずがない。誰もやりたがらないことこそ引き受けようとするその人柄を、自分はどう利用しようとしているのか――。

それ以上考えるな、と紅はすかさず釘を刺した。奈津子が一度でも彼女自身を省みたことがあっただろうか。今こそ彼女を見習えばいい。

鏡の前でされるがままのあずさに、紅は発破をかけるつもりで言った。

「前島さん、今日のこのセミナーで、あなたは有名になる。不運に巻き込まれたサロンの救世主として、名を上げるのよ。人生が変わるって、そうそうあることじゃない。何の発展もないまま一生終わる人だっている。この得がたいチャンスを、あなたならきっとものに出来るわ」

薫が化粧を施す手を止めた。あずさは紅の方を振り向く。いつもながらの無表情の上に、おびえたような、あるいは高揚したような、不思議な輝きが見て取れる。

「あなたの活躍で、今日を境にサロンは生まれ変わる。前よりきっと素晴らしいものになるわ。もしかしたら、あのトラブルさえも偶然ではなかったのかもしれない。一種の厄落としね。一見不運にみえる出来事が、全てを変えるチャンスだったのよ」

二人はお告げでも受けるように、神妙に紅の声に聞き入っている。

「ここから先は誰にも邪魔させない。運命はたった今反転したの。今日、全てが蘇るわ」

控え室が、どこか厳かな沈黙に浸される。やがて薫の頰に、誇らしげな笑みがじわりと湧き上がるのが見えた。

「……それでこそ私の紅ちゃんだわ」

死ぬ気で演壇に上がった紅を迎えたのは、心に染みいるような、満場の拍手だった。

紅はこみ上げる涙をこらえることなく、むしろ皆から見えるように泣いてみせる。指で目元をぬぐうと、ひときわ拍手が大きくなった。

最後列の中央通路脇には遼子が控えている。すぐそばに後方ドアがあるので、生徒の誘導のため、というのが表向きの理由だが、実は拍手のきっかけ出しの方が大事な仕事だ。演壇の下手《しもて》側にすえられた司会者席には、薫が立っている。今回、出版社スタッフの仕事は最小限に留められていた。長谷川は一応来はしたものの、隅の方で他人事みたいに眺めているだけだ。

「来てくれてありがとう。またみんなに会えて、本当に嬉しい」

紅が涙声で喋りはじめると、客席は水を打ったように静まり返った。想いを込めて皆を見つめ、幸村が言っていた尽きない流れで、会場を満たしていく。最前列の一人が、はっと何かを感じ取った様子になった。その小さなリアクションに、紅は思いがけないほど勇気づけられる。

「まず、みんなに謝らなくちゃいけない。嫌な思いをさせたこと、本当にごめんなさい。私はみんなのことを心から大事に思ってる。泥棒をさせるなんてとんでもない。それだけは信じて欲しいの」

紅は末永たちの名前は出さずに、一部の生徒が屋敷原晴夫と紅のメソッドを混ぜ合わせて、独断でネコババに走ったことを説明した。

「こうして見渡してみると、いつもいるはずの人がいないのがよく分かる。心から悲しく思うわ。ここを離れてしまった以上、あの人達の今後が明るくないことが、私には分かってしまうから。見棄てるのは忍びないけど、もう何もしてあげることが出来ない。残ってくれたみんな、本当にありがとう。あなた達がいるから、私はあのバッシングに耐えられた。どれだけお礼を言っても足りないぐらい」

胸の前に手を合わせて、紅は感謝のジェスチャーをする。遼子がすかさず、ことさら大きな音で拍手して見せた。客席が釣られて手を叩く。さまざまなセミナーを渡り歩いてきただけあって、彼女は盛り上げるタイミングをよく分かっていた。

「さっきも言ったとおり、今回のことに関して、サロンには全く落ち度がないの。なのに、こんな騒ぎになってしまった。ずっと開運お掃除を続けてきたのにどうして？　みんなそう思ったでしょう。本当にごめんなさい。実は私のせいなの。私が、ある人を開運させるために必死になりすぎたから……」

この数ヶ月間、今までよりもさらに強力な開運法をモニターと共に開発してきたのだ——紅はセミナーの冒頭で『開運増し増しメソッド』の概略を一気に語った。本来ならもっと引っ張る肝の部分だが、今日はこのあと大事な話がある。

「……お掃除をしてもらった人も、してあげた側も、一緒に幸せになれる画期的なメソッドよ。モニターを務めてくれたのは、みんながよく知っている前島あずささん」

最前列に座ったあずさを、紅は大きく腕を伸ばして指し示した。あずさの名前にわっと拍手が湧き起こる。誰もが彼女を身近に感じているのだ。あずさは座ったまま恐縮している。

「前島さんがどれだけ追い詰められていたかは、みんなの記憶に新しいと思う。彼女の人生はまるで、石牢に入っているような有様だった。親や兄弟、家の経済状況、周囲の環境、自分では選べなかったあらゆる条件のせいで、どれだけ働いてもお金を奪われるばかりの虚《むな》しい人生に閉じ込められていたの。せっかく一つの牢から出ても、また次の牢が現れる。みんながよく知っているあの人。地獄の駄犬、バーニーのことね」

客席がどっと沸いた。

「……悲しいけれど、人生ってそういうもの。一度でも落とし穴にはまると、似たような落とし穴が次々に現れる。一つの不利が次の悪条件を呼び寄せて、脱出がどんどん難しくなっていくのね。それ自体は単なる物理的な現象だから、実は良い悪いの問題じゃないの。でも悪循環にはまった当人にしてみれば、こんな酷い話はないわ。不幸に生まれついたらずっと不幸でいなきゃいけないの？　そんなのおかしいでしょう？　流れを変える方法がなくちゃ、余りにも理不尽よ。私はその方法を必死で探してきた。そしてついに、このメソッドを見つけたの」

そのとき紅は、会場後方の扉がそっと開かれるのを見た。周囲に気遣いをしながら音もなく滑り込んでくる、どこか見覚えのある人影。

——工藤志依。

紅は体中の血の気がいっぺんに引くのを感じた。薫のマンションで一日がかりのお掃除をしているはずの彼女が、なぜここに？

「この会場にも、今まさに苦しんでいる人が、きっといることでしょうね」

動揺している場合ではない。紅はあえて志依に狙いを定めて語りはじめた。

「仕事がない、お金がない。頼れる恋人もいない。不安で今にも潰れそう。誰か助けてくれたらって、天を仰ぐような気持ち。でも神様なんてあてにならない。天国のソファに寝っ転がってポテトチップスを食べながら、人間の苦しむ様子を面白がって見てるだけ。残念なことだけど、この世界はちっぽけな人間一人一人を助けるようには出来ていない。私たちは浜辺の砂粒みたいなもの。大波に翻弄されながら、それでも一生懸命に生きてきたのに、お金と運が回らなければ簡単に波にのまれて、海の底へと消えてしまう。でも、どうか聞いて欲しい。たとえ砂粒だとしても戦うことは出来るのよ。この前島さんのように」

あずさの肩がピクリと動いた。志依は壁際にひっそり立ったままで紅の話を聞いている。どういうわけか髪の毛がべったり頭に貼り付いて、豪雨にでも遭ったような有様だ。

「生まれたときから痛めつけられていたら、普通は頑張る気力なんて消えてしまう。でも前島さんの魂は壊れなかった。お掃除道具を武器に、本気で運命に抗《あらが》ったわ。私は何が何でも、彼女をバーニーから逃がして開運させたかった。そのために、お掃除で自分が得るはずの御利益を全て彼女に譲る、と誓いを立てたの。……それからほどなくして、前島さんに転職の話が来た」

するどく息をのむ気配が客席に走った。

「本当に嬉しかった。運命の不平等さ、理不尽さに打ち勝った気がしたわ。人生のスタート地点で外れクジを引いたとしても、お掃除さえ頑張れば、全てをひっくり返して全然別の人生をはじめることが出来る。素晴らしい希望よ。このメソッドが成立すれば、前島さんだけじゃなく、みんなの人生を変えられる。実はこのときもう、私の身の回りには少しずつ不調が表れていたの。でも私はそれを見なかったことにして、御利益を全て彼女に譲り続けた。……そして、あの日が来てしまった。代表者である私の運気が下がりすぎたせいで、サロン全体に影響してしまったのね。まさかみんなを巻き込むことになるとは夢にも思わなかった。本当にごめんなさい。なんてお詫びすればいいのか分からない」

紅は演台のかげから出て、客席に全身をさらすと、深々と頭を下げた。波のような拍手が、温かに押し寄せてくる。拍手が弱まるまで、低頭したままじっとこらえた。演台に戻って再びマイクを取る。

「これは全て私の不見識が招いたこと。決して前島さんのせいではないの。そのことだけは分かって欲しい。それに、みんながこのメソッドを実践しても、自分の御利益を失うことは絶対にないから安心してね。創始者にはいろんな裏技があるけど、みんなが利用するときは安全に作用するように、メソッドは設計されているから」

紅は司会者席に控える薫に目配せをした。さあ、そろそろ主役の出番だ。薫が気配を消して最前列のあずさに近づいていく。

「お掃除さえ頑張れば、昨日までとは全然別の人生を切り開くことが出来る。前島さんは見事にそれをやってのけた。彼女に出来ることは、みんなにも出来ることよ。さあ、いよいよ前島さんにお話をしてもらいます。彼女の話を聞いて、配られたカードがどんなに悪かったとしても、全てをチャラにして全くの別人になれるんだってことを、是非実感して欲しい。前島さん、ステージへどうぞ！」

遼子のきっかけ出しと共に、拍手が大きく膨らんだ。いい雰囲気でバトンタッチが出来そうだ。あずさが薫に付き添われて演壇に上がってくると、拍手は一層大きくなる。紅からマイクを手渡して、さりげなく演台の後ろに立たせた。こんな格式張ったものは普段は使わないのだが、身体が半分隠れていれば慣れない話し手でも緊張が和らぐ。スピーチの間だけ会場の照明を落として彼女にスポットライトを当てるのも、客席を見えにくくしてリラックスさせるための工夫だ。スピーチの内容を忘れたときに備えて、薫がほど近いところにスタンバイしている。紅は祈るような気持ちで演壇を降りて、上手《かみて》側の隅に立った。

と、薄闇の中を、志依が壁に沿ってひっそりと近づいてくるのが見える。一体何をしに来たのか——紅は我知らず唇を引き結んだ。ステージ上では、あずさが意を決して語りはじめる。

「前島あずさです。このたびは、皆さんに嫌な思いをさせてしまって、本当にごめんなさい。高岡先生が、バーニーに搾取され続ける私を見かねて『お掃除の御利益を全部譲る』と言って下さったとき、こんなことになるとは思ってもみませんでした」

思ったよりしっかりした声だ。紅まで緊張しながらステージの方を見つめていたら、すぐ側に志依が立つのが分かった。妙に湿気《しけ》た臭いが鼻腔《びこう》をくすぐる。

「志依ちゃんどうしたの？　お掃除は？」

視線は舞台に据えたまま、小声で囁いた。それに応える志依の声はひどく切羽詰まっている。

「紅さん、それどころじゃないです。薫さんの部屋、水浸しになっちゃったんです」

「……どういうこと？」

紅は驚いて向き直った。ずぶ濡れのままこの寒空の下をやってきたせいか、全身がひどく震えている。

「脚立を出して、天井の拭き掃除をしていたんです。サロンはずっと不運なことばかりだったから、なんとかして天運をもらわなきゃって。拭き残しがないように、少しずつ脚立を移動させて拭いてたんですけど……」

よほど言い出しにくいのか話が回りくどい。紅は食い気味に「それで？」と聞き返した。

「ソファセットの辺りって、家具が邪魔で脚立を置きづらいんです。それで隙間に立てようとして、脚立を持ち上げたんですけど、ぐらついて、スプリンクラーに直撃しちゃって……」

紅は息をのんだ。それがずぶ濡れの理由か。志依は泣きじゃくりながら続きを語る。

「本当にごめんなさい。水の勢いがすごくて、私、すっかりパニックになっちゃって……。止めようとして家中走り回ったけど、何も出来ないまま部屋中水浸しになって、それで飛び出して管理人さんを呼びにいったんです。薫さんを呼んでくれって言われて電話したんですけど、スマホの電源は切られちゃってるし、とにかく直接知らせなきゃって思って。どうしよう、なんてお詫びすれば……」

志依は声を押し殺しながら泣いている。紅はしばし呆然としたまま、頭の中で回り続けるただ一つの疑念に翻弄されていた。

なんで今日なの？

そんな馬鹿げたトラブルが、よりによってこの大事な日に、一体なぜ？

「紅さん、これって何かの前兆でしょうか。私のせいで不幸を呼び寄せてしまったのかもしれない。今日のセミナー、大丈夫ですよね？　ダメになったりしませんよね？」

「志依ちゃん落ち着きなさい。セミナーはもちろん……」

どういうわけか、その続きが出てこなかった。今までなら、どんな偶然の出来事だってやすやすと開運にこじつけることが出来たのに。

なにしろ『現実』は口をきかない。だから何が起ころうともメソッドに合わせて好きなように意味づけが出来たし、紅はほとんど自覚もないままそれを続けてきた。

まるで、今頃になって物言わぬ現実に反撃されたみたいだ。紅は背中にざっと鳥肌が立つのを感じた。サロンの命運を勝手に背負わされた薫の部屋が、もうお終いだ、全てはおしゃかだと、意趣返しのように反乱を起こしたんじゃないか――。

その間もあずさは淡々と、地道に切り開いてきた人生の道筋を語り続けていた。

話の出発点は、海辺の町の実家のことだ。両親と姉の三人は無為に暮らしている。働いてお金を入れるのはあずさの役目だと、理不尽な役割を押しつけられた。あずさのお金は家族のもの、と十代の頃から洗脳され続け、それがおかしいことだとは気付けなかった——あずさは誠実に、一生懸命に語りかける。薫が書いたスピーチは、ここまでは本筋を逸れていない。そう、ここまでは。

この先を志依に聞かれてはまずい。紅は我に返った。近くに座っている生徒たちも、志依の異様な様子に気付いて訝しみはじめている。

「志依ちゃん、ちょっとあっちへ」

紅は志依の肩に手を添えると、セミナールームの前方ドアから志依を連れ出した。廊下に隔離してしまおうと思ったのだ。

だが志依はドアを通り抜けざま、閉まらないように片腕を挟んで隙間を空けた。

「紅さん、話の終わりが分からなくなったら大変です。少し開けておきます」

「気を遣わなくていいのよ」

「いいえ、そういうわけにはいきません。セミナー進行はタイミングが命だって、野辺山さんが言ってたし」

必死で泣き止もうとしながら、曇りのない目で言い返す志依に、紅は一瞬歯がみしたいような気分になった。とにかくあずさの話から気を逸らすほかにない。

「志依ちゃん、よく聞いて。心配することはないの。室内に雨が降るというのは、昔から、夢診断においてはとてもいい兆しだと言われてるんだから」

今思いついたことを感じさせない余裕の口調で、紅はゆったりと繰り出した。

「雨漏りがいいことなんですか？」

「雨というのは、夢においては豊かさを象徴しているの。雨は地面を潤して作物を育てる。だから収穫や、お金の獲得に結びつくのね。しかも家の中に降るはずのないものが降るんだから、幸運度は倍増するわ」

「でも紅さん、これって夢じゃなくて現実です。薫さんの部屋、私のせいで酷いことになっちゃったし……」

　またしても泣き出しそうになる志依の背後から、あずさの声が忌々しいほどはっきりと聞こえてくる。慣れない彼女のスピーチが聞き取りやすいように、マイクの音量を上げ気味に指示したことを紅は今さら悔やんでいた。話はすでに居酒屋のパートへと進んでいる。

「当時、バイト先は三軒掛け持ちしてました。その中の一つが、地元の居酒屋です。そこの女将に、稼いだお金を全部親に取られてしまう、と話したら、女将はとても気の毒がって、『バイト代はこっちで預かって貯めてあげよう』と言ってくれました。でも、そのお金は二度と戻ってこなかった。女将に使い込まれてしまったんです。……私には、人を見る目がありませんでした」

　片手で顔を覆っていた志依が、ハッとした様子で顔を上げた。

「紅さん、今の話……」

「志依ちゃん、よく聞いて。室内に雨が降るなんて、夢でもなければ起こりえないことでしょう。そんな非現実的なことが、実際に起こったの。これはすごい吉兆よ」

「違うんです紅さん、前島さんの話が……」

　ステージの上で、あずさは切々と訴えている。

「お金を返してくれない女将と揉めて、私はその店にいられなくなり、皆さんご存じの、あの幽霊ホテルに転職しました。時給制だったんですけど、働いた時間をごまかされて、お給料は少なく出されていた。そういうことをしてもバレないだろうって、侮られていたんです。そのお金をさらにバーニーに横取りされて、当時の私は、自分には何の価値もないと感じていました」

志依は今や、ドアの隙間から中を覗き込むようにして、明らかにうろたえている。

「紅さん、どうしよう。あの話、私が聞いたのと真逆です。女将さんにも支配人にもお世話になったって、すごく大事に思ってるって、前島さんそう言ってたのに……」

「志依ちゃん、スプリンクラーの事故は素晴らしい吉兆よ。でも早く片付けなければ不吉に転じてしまう。今すぐ帰りなさい」

「でも前島さんが……」

あずさの話には次第に熱が入ってきた。持ち前のひたむきさに場内が静かに盛り上がっていく気配が、廊下にいても伝わってくる。

「そんな状況を見かねて、高岡先生は、私のためにお掃除しよう、御利益を全部譲ってやろうと、そう言ってくれたんです」

作られたストーリーを、あずさは懸命に繰り出していった。紅さんが新メソッドを実践してから、どんどん効果が出てきました。東京のお掃除会社からヘッドハンティングを受けて、お給料は二倍になり、引っ越し先まで用意してもらって、私はあり得ないほどいい条件で転職することになりました。みんな新しいメソッドのおかげです——。

紅がどれだけ話しかけても、志依は耳を傾けない。青くなった唇を呆然と開いたまま、ひたすらあずさの話に聞き入っている。

「紅さん、こんなのあり得ない。紅さんが最初にこのメソッドを思いついたときには、前島さんはもう引き抜きの話をもらってたじゃないですか。あのとき紅さんは、私のためにお掃除するって言ったんです。デパ地下をクビになって泣いてた私のために」

頼む忘れてくれ、今はそれどころじゃないんだ——紅は喉元まで出た言葉をかろうじて呑み込んだ。あのときは本気で志依を可哀相に思っていたはずだ。今だって、その気持ちを失ったわけじゃない。

「そうだったね、あなたにもお掃除してあげる約束だったのに、前島さんばかり構って寂しかったでしょう。本当にごめんね」

「……何言ってるんですか？」

志依の声が少し大きくなる。冷え切った彼女をなだめる自分の手もまた、驚くほど冷たい。

あずさの話はすでに、千載一遇の転職のチャンスをバーニーに潰されかけたところに差し掛かっていた。薫が作ったストーリーでは、紅があずさのピンチを救うために必死で水回りのお掃除をして、バーニーとの縁切り祈願をした、ということになっている。

「高岡先生は私に、『あなたの運気はかつてないレベルまで上がっている。お金を取り返すチャンスがきっと巡ってくるから、逃さないように気を付けて』と言って下さいました。それでひとまず彼のSNSを見張っていたら、彼の実家の、古い飲食店の写真が上がったんです。よく見るとお店の看板が写っていて、電話番号も書いてある。それを先生にご報告したら、『思い切って突撃しなさい。運気のレベルが上がれば、出会う相手も変わる。実家の人たちはきっと良くしてくれる』と仰ったんです。実際に、ご両親は誠心誠意謝ってくれて、慰謝料をもらえることになりました。驚いたことに、それはバーニーにつぎ込んだよりもずっと多い金額だったんです」

会場から喜色混じりのどよめきが上がった。紅は安堵で膝が震えそうだ。よかった、ここを信じてもらえれば、後は何とかなる——。

と、志依が絶望したように、半開きだったドアを閉じた。辺りは急に静まり返る。

「……紅さん、どうして？」

志依の声はひどくかすれていた。

「私、前島さんに聞きました。バーニーが前の奥さんの実家にたかっていたのは、本人の実家があてにならないからだって。前島さんを助けてくれる人なんて誰もいなかった。紅さんからお金をもらうまで、彼女はご飯もろくに食べられなかったんです」

紅は声を低くしてなだめた。

「志依ちゃん、こういう話になったのには訳があるのよ」

「……お金を渡して嘘をつかせたんですか？」

真っ青な唇を震わせて志依は言った。

「信じられない。前島さんにお金を出すって言ったとき、私、紅さんを神様だと思ったのに」

どっと冷や汗が噴き出した。

急ごしらえの愛を込めて、紅は志依の肩にそっと手を触れる。それをとっさにはね除《の》けた志依は、他人を叩いておきながら自分が傷ついたみたいに悲しい顔になった。

「……信じてたのに」

裏切られる者がどんな思いでいるか、紅には身にしみてよく分かる。だからこそ、その涙声をこっちに向けられたくはなかった。

「志依ちゃん、大人になりなさい。世の中には、正しい嘘ってものがあるの。必要な嘘をつけることは、大人としての大事な能力よ」

「そんな能力なんか要らない！」

紅の目を見て彼女は言った。

「お金をもらって事実をねじ曲げるなんて、私だったら、口で言えないぐらいに辛い。前島さんも同じだと思う。紅さん、平気で嘘をつけるような人間ばかりじゃないんです。こんなことはやめて下さい」

紅は自分の表情がすっと凍りつくのを感じた。もはや作り笑いすら浮かばない。

この、甘ったれた娘が。

水漏れの現場を修復もせず、無責任に放り出して泣き言を言いにくるのは、誰かに助けてもらうことが彼女にとっての当たり前だからだ。いつだって救いの手が勝手に伸びてくる人生ならば、人の気を惹くために嘘をつく必要などなかったろう。多くの人から庇護《ひご》されて、優しく素直に育ったお嬢様には、薄っぺらい正義感に酔いしれて、上から目線で他人を指さすのだって簡単なことに違いない。

正義の味方でいられるのは、あなたが恵まれているからよ――ずっと押し隠してきた本音が、今になって顔を出す。

「紅さんがやめさせないなら、私、サロンに書くしかなくなってしまう。これじゃ前島さんがかわいそうすぎます」

「……あなたの正義が何だって言うの？」

押し殺した声の背後で、怒りは一瞬にして火を噴いた。野火のように燃え広がるそれに、紅は今にもなぎ倒されてしまいそうだ。

「志依ちゃん、そんなに言いたいなら、今ここでチャンスをあげる」

紅はドアを引きむしるように開いて、セミナールームの中に志依を押し込み、耳元で囁いた。

「これからマイクを渡すから、さあ、みんなの前で話しなさい」

冷え切った二の腕をつかんで、紅は百五十人の観客の前に志依を引っ張っていく。

薄闇の中に並んだ顔、顔、顔。席がほど近い者たちが、異変に気付いて視線を向けた。わしづかみにした腕から、さっと筋肉のこわばる感覚が伝わる。

「舞台に上がれば、あなたの一挙手一投足をみんなが見てくれる。きっと話を聞いてもらえるわ。さあ、マイクを取りなさい。あなたが自分で望んだことよ」

思い出しなさい。初めてのセミナーで、質問に立ったなり絶句したときのことを。職場の研修で大勢の視線を浴びて立ちすくんだのは、まだ記憶に新しいはず。恐怖はあなたの全身に刻まれている。それさえ蘇れば、きっとあなたは黙る。それでみんなが救われる。

「さあ、話しなさいよ」

押し殺した声がどす黒く歪んだ。制御しきれないこの怒りがどこから溢れてくるのか、紅にはもう分からない。

志依はゆっくりと紅を見上げた。

——どうして？

いつも光を湛《たた》えていた大きな目が、今は驚愕《きょうがく》と、絶望に染まっている。

——誰よりも信じていたのに、どうして？

志依は何も言わない。言えないのだ。でも目の光が語る。透き通った氷のような信頼が、こなごなに打ち砕かれて、無残に散りながらなおも輝く。

——紅さんは光です。

なぜその声を今思い出すのか。

——私の光です。

志依は目を見開いたまま何も言わなくなった。心の内が恐怖で荒れ狂っているのだとしても、それを表現することすら出来ないまま、ゆっくりと、沈むようにしゃがんでいく。

彼女は静かに潰れていった。ものも言わずに溺れ死ぬ子供のように。

遼子のきっかけ出しの拍手が鋭く響いた。あずさのスピーチが終わったのだ。客席に戻っていくあずさに盛大な拍手が注がれ、生徒の視線はそちらに引きつけられる。大丈夫、異変に気付かれたとしても、なかったことにできたはずだ。

早くステージにもどらなければ。うろたえるな——紅は演壇に向かってギクシャクと歩き出した。志依の姿に気付いた薫が、訝しげな顔で近づいてくる。すれ違いざま、紅は鋭く耳打ちした。

「志依ちゃんの気分が悪くなったの。連れて行ってあげて」

薫の顔色が変わった。単に『気分が悪くなった』のではないことを察したのだろう。

何事もなかったように、会場の照明が点る。ハンドマイクのスイッチを入れた拍子に、手がひどく震えていることに気がついた。弱気を叩きつぶすようにマイクを握りしめ、輝くような笑顔で宣言する。

「今の話で一番大事なこと、分かりますか？　みんなにも、前島さんと同じ成功が可能だということよ！」

再び大きな拍手が湧き起こる。紅はほんの一瞬脇見をして、志依の様子を確かめた。しゃがみ込んだままの彼女を、薫は介抱する風に見せて自分の身体で隠している。気にしている生徒もいたが少数派だった。誰だって、自分自身の幸せがかかっているセミナーの内容を聞き逃したくはないのだ。唯一戸惑い顔なのはあずさだが、疲れ果てて動く気力もないらしかった。紅はここ一番の笑顔を浮かべる。

「前島さんは自分の幸運をみんなに分けたくてたまらないの。新メソッドで彼女と一緒にお掃除すれば、きっと素晴らしいことが起きるわ！　もう気付いてると思うけど、このメソッドで一番重要なことは、誰と一緒にお掃除するかなの。もしも信用出来ない人が相手なら、あなただけにお掃除をさせて自分はサボるかもしれない。あのトラブルで、メソッドへの愛が足りない人たちはみんな去っていった。つまりは、仲間が厳選された、ということよ。あの騒動は一見酷いことに見えて、実はそうじゃなかった。全ては完璧よ。あれで良かったの！　本当は、何もかもが善きことに繋がっていたのよ！」

すかさず遼子が手を叩いた。拍手は一層膨れ上がる。この高揚の中では、ついさっき謝罪したばかりの人間が手のひらを返して『実はあれで良かったのだ』と言い出すことの無責任さなど、誰も問題にしない。それでいいのだ。何も考えるな。その方がきっと幸せになれるのだから――。

拍手で満ち満ちた会場の、床の辺りを這うように、かすかな異音が伝っていくことに、初めは誰も気がつかなかった。

昏《くら》い水が密かに流れるような、あるかなきかの、か細く悲痛な音。

泣いている。

この歓喜に満ちた会場の中で、誰かがひっそりとすすり泣いているのだ。

一人、また一人。拍手が収まるにつれ、生徒たちはその声に気付きはじめる。

「……えっ、何この声？」

初めの一人が呟くのを待っていたように、不穏なささやきが広がっていった。

「……あそこにしゃがんでる人？」

「あれ、工藤さんじゃないの？」

「具合悪そうなんだけど……」

焦った薫が、志依を抱きかかえて連れて行こうとする。

肩を抱えようとしたその手を、志依は思いきり振り払った。勢い余って薫の横面をはたく音が、鋭く、会場中に響き渡る。

「なにするの！」

薫が眦《まなじり》をつりあげて怒鳴ったその瞬間、顔を上げた志依は、みるみる表情を歪ませ、声を上げて泣きはじめた。

大人がこれほど悲痛な声で泣きわめくのを、紅は聞いたことがなかった。客席の生徒たちも、ステージ上の紅も、息をのんだまま動くことが出来ない。

「黙りなさい！」

薫の声は届かず、志依は大声で泣き続けた。叫ぶほどに、動きを奪われた彼女の喉が開かれていく。決して語ってはならないことが、彼女の内側から、今にも飛び出そうとしている――。

薫が再び志依の肩を掴む。今度はむりやり立ち上がらせた。その腕を振りほどいて、泣きわめく声は更に大きくなる。恐怖のために葬られた言葉たちが、息を吹き返そうとする気配。紅のワンピースの布地の下に、ざっと鳥肌が走った。志依は思いきり息継ぎをすると、赤らんだ顔を衆目に晒し、涙にまみれた口を開く。

「……脅せば黙ると思ったんですか!?」

迷子の子供めいた絶叫に、会場は凍りついた。

「志依ちゃん、落ち着いて。みんな見てるよ」

黙れ、と念じながら、口元だけでくっきりと微笑んだ。だが志依は反応しない。暗示にかけるための決定的な何かが崩れてしまった――その顔を見て紅は悟る。

「私、もう何も怖くない。話せなくなることも、仕事がなくなることも、もう全然怖くないよ！だって紅さんが壊れちゃったもの！　こんなの紅さんじゃない。私が知ってる紅さんじゃないよ！」

志依はますます顔を真っ赤にして、客席に向かって仁王立ちになる。

「前島さんが話したことは全部嘘よ！　紅さんがお金を渡して喋らせたの。こんなの酷すぎる。相手を人間だと思ってたら出来ないはずよ！」

志依は大きくしゃくり上げて、息を整えるようにつかの間黙り込んだ。最前列であずさが青ざめているのが見える。

「前島さんが上手く行ったのは、大勢の人が助けてくれたからよ。前島さんの必死さが周りの人を動かしてるの。紅さん、あなたのおかげなんかじゃない！」

薫は志依の前に立ってすかさず平手打ちを食らわせた。凄まじい音が響いて、客席から悲鳴が上がる。

「薫さん、やめて！」

紅の制止は届かない。薫の金切り声が人々の耳をつんざいた。

「何てこと言うの！　あなた、お掃除をなんだと思ってるの！」

「お掃除なんか、もう何の意味もないよ！」

志依はこの世の終わりみたいな声で叫ぶ。客席は静まり返って、息の音すら漏れてこない。

「……お掃除してもダメなときはダメだって、私だって気付いてたよ。でも御利益があるって信じたかった。紅さんのことが好きだったから」

志依はゆっくりと顔をめぐらせ、紅の上に視線を留めた。

「……あなたを信じていられた間は、何をしても、全てのことに意味があった。今がどんなに辛くても、お掃除さえすれば明日は良くなるって、私はバカみたいに信じて、そのつまらない私にさえ、あなたは価値があるって言ってくれた」

志依の目が涙を湛えて輝いている。世界中の憧れという憧れを煮詰めたようなあの光が、紅を捉え、逃げ出そうとする足をからめとる。

「……でも今はもう、何もない。あなたが裏切ったから、あなたが与えてくれた意味も希望も、みんな消えてしまった。ここには何もない。本当に何もない。真っ暗で何も見えないの。誰か助けてよ。私一体どうすればいいの！」

その瞬間、紅の視界から光という光が一瞬にして消えた。

真っ暗闇の中に、水の滴る音がする。これは志依の涙が零れる音だと、冷え切った意識の片隅で感じている。

そのリズムが、繰り返し訴えてくるのだ。もう取り返しがつかない。決して償うことは出来ないのだと。

紅は何か、申し開きをしようとする。でも言葉は喉の奥でバラバラに壊れて、まるで形にならない。声を失うのは、彼女でなくて自分の方なのだと紅は悟った。一つの魂をこれほどまでに痛めつけたという、決して逃れられない現実の前に。

「黙れって言ってるでしょう！」

ただ一人、薫だけがこの事態に怯まなかった。聞くものの臓腑《ぞうふ》をえぐるような志依の泣き声も、薫の耳には入らない。

「あんたなんかに紅ちゃんの何が分かるの。紅ちゃんはね、あらゆることを計算に入れて、考え抜いた上で行動してるの。あんたにはそれが見えてないだけよ！」

誰もが志依に同情的な空気の中で、薫の金切り声は完全に浮き上がっていた。おずおずと立ち上がったあずさが、意を決したようにステージの前を横切り、志依のそばへと歩み寄る。

「ごめんね工藤さん、私が悪かった」

「……なんで前島さんが謝るの」

志依の声はしわがれていた。気力が尽きてきたのか、その声はか細い。

あずさは意を決したように客席に向き合い、真っ直ぐな声で告げた。

「嘘をついて、申し訳ありませんでした」

そのまま、深々と頭を下げる。

客席はどよめいた。ひとことの言い訳もない。たとえ強いられた嘘だとしても、あずさの中には申し開きの回路がないのだ。

すっかり覚悟を決めた様子で、あずさが顔を上げた。ボロボロになった志依の肩にいたわるように手を添えると、どんな批判も甘んじて受けると言いたげに、客席中央の通路を通って後ろの出入り口へゆっくりと向かう。腹の据わったその表情に、生徒たちはかえって何も言えないようだった。ドアのそばで遼子が止めに入ろうとして、でも気圧《けお》されたように近づけず、二人は静かに廊下へと出て行く。

生徒たちの白けた視線が、しおたれた風のように、紅の身体をかすめていった。

会場を満たす冷え冷えとした空気。そこに漂うのは失望と、あからさまな軽蔑だ。今や紅たちは、憎しみの対象ですらないのだった。

――何あれ……。

――ひどくない？

――はじめから騙すつもりだったの？

――私たち、何を信じてたんだろうね。

そっと荷物を手に取り、顔を伏せて後ろの出口に向かう人々。隅の席から一人、二人と消えはじめ、脱落の人影は次第に増えていく。

引き留めなければ。紅は汗ばむ手でマイクを握りしめた。声を出そうとするが、頼りない息がもれるだけ。手の震えはもう隠しようもない。

と、薫が突然、紅の手からマイクを引ったくった。

彼女はむりやり紅を押しのけて演台につくと、出て行く生徒たちの背中に向かって、凄みのある笑みを見せた。喋りはじめた瞬間、鋭いハウリングが耳をつんざく。

「……みんな、落ち着いて。今が辛いとしても、全ては最善の結果を得るために起きてることなんだから、恐れる必要はないのよ」

その口調は紅にそっくりだった。

「もういいよ、薫さん」

「あなたがそんなことでどうするの！」

マイクをはずして噛みつくように言い放つと、薫は再び客席に笑顔を向ける。

彼女が紅にそっくりの口調で守ろうとしているのは、もはや紅ではなかった。紅が創り上げた虚構に彼女は人生の全てを懸けてきたのだ。それが屁理屈で組み上げたおもちゃの城に過ぎないとしても、壊されてしまったなら自分の命をなくしたも同然なのだった。

「逃げ出そうとしている人、それでいいの？　今のまま、変われないままでいいの？　ここを出てしまえば、ずっと同じことの繰り返し。また以前のように、何の希望もない毎日が始まる。そうやって運命に踏みにじられるままで、本当にいいの？」

紅がことあるごとに使ってきた女王のセリフを、薫は自分のものであるかのように繰り返す。悲しいかな、彼女には自分の言葉がない。そこに愛情が込められていなければ、こんなセリフはただの脅し文句に過ぎないのに。

「私も運命に閉じ込められていた。そんな私を、紅ちゃんが解放してくれたの。あなたたちも、今の人生に閉じ込められているべきじゃない。今すぐ立ち上がって、この石牢を打ち破るのよ！」

遼子がすかさず拍手を入れた。何とか盛り上げようと、鬼気迫る勢いで叩き続ける。

だが後に続く者はなかった。乾いた音は、虚しく反響するばかり。生徒たちは今や、街中で殴り合いの喧嘩に行き合ったかのように眉をひそめ、次々に会場を出て行く。

――行ってしまう。

えぐるような胸の痛みに、紅は息も出来なかった。まるで肋骨《ろっこつ》に素手を突っ込まれて、心臓をもぎ取られてしまったみたい。

――みんな行ってしまう。

彼女らにとって、紅たちは既に遠巻きに眺める何者かになりさがっているのだ。魔法を引き剝がされてしまった今、紅が微笑みかけようが、愛情を醸し出そうが、そこにはもう、何の価値もないのだから。

どうか私を見て、私に構って――紅に向かってずっと手を伸ばし続けてきた彼女たち。紅が必死に差し出すものを、無邪気にむさぼり続けた彼女たち。

振り向きもせず去って行く背中を見つめながら、取り残される強烈な痛みの中で。

紅は今こそ、本当のことが分かった気がする。

歓心を買おうとして、大量生産の愛をばらまいた。ありもしない希望を売った。何もかも偽物だったとしても、みんながこっちを見てくれればそれで良かった。

奈津子に取り残された十五歳の春から、自分は何も変わっていない。

運命に閉じ込められていたのは私。

昨日と違う自分になれなかったのは私。

自分こそがずっと石牢の中にいたのだ。鍵は開いていたというのに、逃げ出すことも出来ないままで。

十六

あの不思議な光が、大人だけの閉ざされた世界に満ちていた光景を、紅は今でも覚えている。柔らかな飴《あめ》色の光だった。さして明るくもないのに、テーブルに並んだグラスや、女性たちの耳や指を彩るアクセサリーに触れた途端、その光は生き物みたいに煌《きら》めいた。お店のあちこちに、金色の星みたいに散らばったたくさんの光の中で、お姉さんたちが笑う。その微笑の精巧なこと、まるで細工物みたいだ。どのタイミングでどのぐらい笑うべきか、何も考えていないように見せかけて、実はちゃんと計算している。幼い紅にもその感じはよく分かった。自分自身がそうだったからだ。

黒い服のお兄さんに呼ばれて、紅はその舞台へと踏み出した。リボンをかけた大きな平箱を捧げ持って、向かう先は奈津子の席。その日はお得意様の老紳士のバースデーなのだ。

しばらく前のこと、老紳士は奈津子に小さな娘がいるのを聞きつけて、何か買ってやるようにと、まとまった金を渡してきた。それは全額奈津子の懐に入って紅の手には一銭も渡らなかったが、なぜかお礼だけは紅が言うことになり、今日のプレゼント贈呈にかり出されたのだ。店に来るのは初めてのことで、奈津子がいきなり思いついたものだから何の用意もない。花柄のワンピースは、お店の人が近所のデパートで慌てて買ってきたものだ。

紅の精一杯気取った挨拶に、老人はとってつけたような笑顔で応えた。自称慈善家は施した金額でマウントを取るのが好きなだけで、施す相手には興味が無いのだ。

だがお姉さんたち同様に訓練されている紅は、その程度でへそを曲げたりしない。プレゼントの箱を差し出すと、この場で望まれているとおりの子供らしさで無邪気に笑って見せ、用が済めば言われたとおりさっさと退場する。紅の過不足ない振る舞いに、奈津子が満足げに微笑むのが気配で分かった。あの頃紅は、自分のことを有能な子供だと思っていた。便利に使われているだけだとは気付かなかった。

なるべく他の客の目につかないようにね、と奈津子にきつく言われたのを気にして、紅はソファとテーブルで迷路みたいに形作られた店内を身を小さくして戻っていった。子供にだって、自分が場違いなところにいるのは肌で分かるものだ。だから、女性客ばかりの席から「かわいい！」と声を掛けられたときには、飛び上がるほど驚いた。お礼のつもりでぺこりとお辞儀をすると、たがの外れたような歓声が上がる。

手招きされて席に着いた。問われるままに、自分はオーナーママの子供だと答えるとびっくりされる。かわいいね、偉いね、としきりに褒めるお姉さんたちは相当飲んでいるようで、酔っ払ったところに珍しい生き物が通りかかったから呼んだだけ、というのは何となく分かったけれど、惜しげもなく繰り出される褒め言葉が嬉しくてたまらない。

しばらくチヤホヤされていたら、黒い服のお兄さんが言いつけたのか、奈津子が笑顔でやって来た。お客のお姉さんたちはどうやら余所《よそ》の街のホステスらしく、奈津子を見るなり「勉強させて頂いてます！」と大喜びしている。彼女の人気ぶりが紅には誇らしい。

「娘さんがお店に来てるなんてびっくりしました」

「今日だけね。お客様の特別のご要望なんですよ」

そう、普段ならこんなことはありえない。なんだか夢みたいだ。

「ママにそっくり。すごく可愛がってらっしゃるんですね」

「もちろんです。目に入れても痛くないぐらい」

奈津子の笑顔もまた巧みに演出されている。お店のお姉さんとの区別が難しいがお客さんはどうやら二人組らしい。その片方が、眉毛をハの字にして言い募る。

「いいなあ、私なんか親に全然面倒みてもらえなかったんですよ。だからいつも寂しいんです」

「唯《ゆい》ちゃんまたその話かあ、好きだねー」

もう一人が半ばうんざりした風に合いの手を入れた。いつものネタなのだろう。自分の店でもう一押ししたい客に繰り出すような。

でも奈津子が相手じゃ通用しない——そう思った瞬間、当の奈津子はこの上なく優しい表情を浮かべ、胸の辺りからふわりと、愛情めいたものを醸し出したのだ。

ああ、そうだった。

その場面をありありと思い出しながら、紅は独りごちる。

ありもしない愛を作り出す方法は、この人に教わったのだった。

「ねえ唯さん？　あなたは愛に飢えることで、大切なことを教え諭す調子で、その女性に語りかけた。

奈津子はこれ以上ないくらい優しく、大切なことを教え諭す調子で、その女性に語りかけた。

「そこらの凡庸な子供は愛情をただでもらうから、大人になっても、ボーッと待ってればそのうち誰かがくれるだろうって思い込む。でも、そうじゃない。愛情ってね、ただではもらえないのよ。誰かに愛してもらいたければ、自分の中に価値を作り出すことが必要だわ。あなたは生まれながらにして、その訓練に身を投じて、立派に成し遂げたの」

唯ちゃんはすっかり心を摑まれた様子で聞いている。

「だからこそそんなに魅力的なのよ。寂しさを隠し持った人間にはね、他人を強烈に惹きつける力が備わるの。あなたの表情をみれば分かるわ。それは素晴らしいことじゃないかしら？」

奈津子はとびきり華やかな笑顔で話を締めた。

酔っ払って騒がしかったお姉さん達が黙り込み、じっと感じ入っている。

黒い服のお兄さんが音もなく寄ってきて、奈津子に何かをささやきかける。奈津子はゆったり肯くと、お姉さん達に「どうぞ楽しんでいって下さい」と告げて、すっと流れるように余所の席へと移っていった。紅はお兄さんに連行され、バックヤードに入るなり、自分を隠すようにカーテンが引かれるのを見る。

思えば、ずっとこうして隠されてきたのだ。客から、というよりは、奈津子自身の目に入らない場所に。

大きくなった紅が、小さな紅の後ろに立って、あの頃とらえきれなかった自分の思いを、通訳するみたいに言葉に換えていく。

店に関わるお姉さん達に面倒見のいい顔を向けながら、紅には意地でもそうしないのは、紅に関われば本物の責任が生じると分かっているからだ。女の子たちは用がなくなったら切ればいいが、実の娘はそうもいかない。だからカーテンで覆って懸命に遠ざけている。彼女の悩みその中でも、紅は見えない場所にしまわれているはずだ。

——愛情ってね、ただではもらえないのよ。

なぜ、頼まれもしないのに他人の面倒を見続けたのか。なぜ、セミナーやサロンで乞われるままに愛情をばらまき続けたのか。

これは一種の呪いだ。紅の根幹に余りにも深く食い込みすぎて、今さら自分自身と分けることが出来ない。

——愛してもらいたければ、自分の中に価値を作り出すことが必要だわ。

当時の紅には分からなかった。どんな価値を作り出したところで、彼女が紅を顧みることはない。絶対に。

紅はカーテンの隙間からこっそりと、まるで罪人のように舞台の様子を覗き見る。

通路を行く奈津子の後ろ姿は、特別な照明など浴びていないのにまるで光り輝くようだった。テーブル席から、「ママ!」と声がかかるたび、そちらへ華やかな笑みを向ける。ママ、と呼ばれては応え、応えるごとに輝きを増す。そのくり返しで、光の中を歩んでいく。

彼女はこの店でこそ生きているのだ。ここに紅の居場所はない。

彼女をそうやって呼ぶ権利を、自分だけが持たなかった。それがなぜなのか、紅には未だに分からない。


――高岡さん、これ、どうしますか。

もう何も聞かないで。

――高価なものなので、私たちでは判断できかねるんですけど。

今は何も考えられないの。

――高岡さん、すみませんけど……。

私に聞かないでよ！


積み重なったゴミに半ば埋もれた姿で、紅ははっと顔を上げた。

「高岡さん、このバッグどうされますか？　きれいにしたら、まだ売れると思うんですけど」

紅の目の前に差し出されたのは、ぺちゃんこになったボストンバッグだった。地方セミナーの旅で活躍したお気に入りの品だが、今は堆積するゴミに押しつぶされて見る影もない。

「……もういいんです、捨てちゃって下さい」

紅の力ない答えに、清掃スタッフの青年がふと眉をひそめた。

「大丈夫ですか？」

衣類ゴミの谷間で、紅は布が詰まった袋にもたれて気絶するように眠っていたらしい。青年が手をさしのべ、起き上がるのを助けてくれた。

南の掃き出し窓の手前には、ゴミが山と積み上がって大きな影を作っている。部屋の入り口から窓に向かって急勾配で盛り上がったそれは、揃いのツナギを着た作業員たちの手で、今まさに崩されつつあるのだった。もう少し掘り進めば、埋もれてしまった紅のベッドがゴミの下から姿を現すはずだ。

長年住んだこの部屋にハウスクリーニングが入るのは初めてのことだった。子供の頃からずっと自分の手できれいに保ってきたというのに、今や部屋は荒れ果て、自力でどうにか出来る状態ではなくなっている。

最後のセミナーからは、すでに一年以上の時が過ぎていた。冷え込む二月の半ば、臭いは出づらい季節だが、ゴミの中で暮らして鼻が潰れた紅とは違って、スタッフには臭気がありありと分かるはずだ。同業の経験があるだけに見ているのがいたたまれず、やみくもに外を歩き回って、ついさっき戻ってきたところだった。すっかり体力を失っていたのか、座った途端に意識がもうろうとしたようだ。

自分が片付けてもらう側に回るなんて、夢にも思わなかった。

元々コンビニや弁当チェーン店頼みの生活で、飲み物もペットボトルや缶ばかりだからゴミの量は多かった。古いマンションのゴミ捨て場は敷地の隅の小さな建屋の中にあり、いつも施錠されていて、捨てられる時間は早朝に限られている。子供の頃から慣れていて何の不便も感じなかったのに、ある日突然、事情が変わってしまった。

朝、起きることが出来なくなったのだ。

ちょうどセミナーの仕事が本格的に忙しくなった頃だった。目覚ましのアラームをどれだけスヌーズしようが数を増やそうが、身体が泥に浸かったみたいに重くて、スマホの操作もままならない。当然、ゴミ捨ての時間には間に合わなくなった。

セミナーや個人コンサルで丸一日愛嬌《あいきょう》を振りまいた後は、家に帰り着いた途端に全身の力が抜けて、片付けどころか風呂に入るのもやっとのことが多くなった。怠い、なんて言葉では到底言い表せない、手足に見えないウエイトを無数につけられたような重量感だ。

荒れ果てた家で過ごしても、翌朝にはきっちり身だしなみを整えて出かけなければならない。ほとんど中身のないものを売っているのだから、パッケージである紅が美しく華やかでなければ生徒が離れてしまう。いきおい、自宅のことはどんどん後回しになって、出しそびれたゴミが家の方々に溜まるようになった。

生活の荒廃が決定的になったのは、サロンが崩壊した後のことだ。

最後のセミナーの、あの泣いたり叫んだりの愁嘆場が、全て録画されていたなんて思いもしなかった。客席の誰かが、バッグにスマホを仕込んでこっそり撮影していたらしい。薫が志依を平手打ちにした瞬間と、あずさが偽証を認めた場面が見事にとらえられ、SNSで拡散された。生徒を買収して嘘の証言をさせたというスキャンダルは、メソッドそのものの信用をたたきつぶし、泥棒騒ぎをしのぐ大炎上を引き起こして、大半の生徒がサロンを去る結果となったのだ。

ことはそれだけでは済まなかった。

地方で紅のセミナーの集客をしていた、例えば別所さんのような古株の生徒達は、自分の友人知人をセミナーとサロンに勧誘しまくった結果、人間関係をごっそり失う羽目に陥っていた。もう地元で商売することも難しい。いっそ紅を訴えてやりたいぐらいだが、詐欺と呼ぶにはグレーで決め手に欠けるから、訴訟としては成り立ちにくい。

そこに近づいてきたのが、宇垣《うがき》という弁護士だった。悪質セミナー撲滅のため、被害者を集めて集団訴訟を起こす活動をしている。近々高岡紅を訴えるから、是非参加しないか——彼女らは一も二もなくこの誘いに乗った。そして、元生徒達に参加を広く呼びかけたのだ。

ところが、集団訴訟など真っ赤な嘘だった。宇垣はただの詐欺師だったのだ。宇垣は別件で逮捕され、この件も芋づる式に明るみに出たが、元生徒達が出した着手金は返ってこなかった。

そっとしておいて欲しいという彼女らの願いも虚しく、著名な動画クリエイターが、面白半分に宇垣の事件を取り上げた。一度騙された人間には別の詐欺師が群がり、何度でも騙される。その実例をご紹介しましょう——晒されるのは宇垣ではなく、被害者である元生徒達の方だ。この流れで炎上事件も蒸し返されて、紅はさらに叩かれることになった。

音信の絶えていた幸村から電話があったのは、それからしばらく後のことだ。

「済まなかった、なんとなく連絡できなくて」

懐かしい声を聞いた途端、なぜか胸が詰まった。二人の間には何もなかったというのに、連絡が途切れた後、まるで愛でも失ったような気がしていたのだ。

「いいのよ、別に」

そう答えた自分の声には、驚くほど力がなかった。

「事件のこと、聞いたよ。大変だったんだって？」

「……みんなに、すごく辛い思いをさせてしまった」

別所さんとその周辺の何人かは、騒ぎの後、心に変調を来して入院したらしかった。ここまで事態がこじれれば、もはや紅の謝罪など何の役にも立たない。

「スタッフさん達はどうしてる。大丈夫か？」

どう答えたものか、紅はつかの間押し黙った。

船場薫はもう紅の隣にはいない。サロンが潰れたら彼女も死ぬのではないか、そう思わせるほどのめりこんでいた彼女は、あっさりと宗旨替えをして、屋敷原晴夫のサロンへ移ってしまった。別れの言葉すらなかった。連絡が取れなくなったのを不審に思っていたら、口さがないネットの投稿に、薫の寝返りのことが嘲笑混じりに書かれていたのだ。

紅の生徒だった他のメンバー達に入り交じって、船場薫もまた、ずっと前から屋敷原の信者だったような口振りで、活き活きと投稿をしていた。紅とのことなど、全てなかったかのように。

彼女の変わりようが、にわかには信じられなかった。理由を察したのはつい最近のことだ。

信じきっていたものがまったくの無価値に成り下がる、それは自分を取り囲む世界がいきなり崩れ去るような衝撃だ。薫にとって、紅の破滅は彼女の破滅そのもの、そこから逃れるためには、関わった事実そのものを自分の中でなかったことにするのが一番いい。

――あの高岡という人を、私ははじめから胡散《うさん》臭いと思っていた。やっぱりインチキだったらしい、関わらなくて本当によかった――

そう思い込んでしまえば楽になれる。自らの手で紅をカリスマに仕立てた事実さえ、彼女の中では抹消されているのかもしれない。全ては彼女自身を守るためだ。

別所さんのように、紅への意趣返しを狙って騙された生徒もいたが、さっさと見限って余所のサロンへ移る生徒の方が遥かに多かった。サロンの有力メンバーが去るたびに、観察している連中が名前をあげつらうから、それはつぶさに紅の知るところとなった。志依とあずさの名前だけがいつまで経っても現れないのは、おそらくこの手のメソッドに頼ること自体をやめてしまったせいだろう。もともと堅実な二人だから、むしろ紅に傾倒した過去の方が不思議だったかもしれない。

「自分が紙くずみたいに思えるわ。自業自得だけど」

沈黙した幸村の背後に、ひっきりなしに行き過ぎる車の音が聞こえていた。この男の周りでは絶え間なく何かが流れていて、留まって安らぐことがない。そんな風に思えてくる。

いつだったか薫のマンションで、夕闇を流れる川を見ながら話したことが思い出された。いつになく頼りなかった幸村を、もしもあの時受け止めていたら、今頃どうなっていただろう。そう悔やみつつも心のどこかに、どのみち背負いきれなかっただろう、という諦めがある。

「何か、出来ることがあったら……」

幸村の思い詰めたような声は、いつになく優しく響いた。誰に助けを求める権利もない、と自分を裁いてきた心に、その声は目眩《めまい》がするほど深く染み通ったのだ。紅は今にも泣き出しそうだった。

「幸村さん、あの人と別れたって？」

電話の向こうではっと息を呑む気配がした。

「……奈津子さんに会ったのか」

「あなたが出て行ったのを、私のせいにしてたわ」

甘ったるい期待が声に滲む。だが、幸村は即座に答えた。

「いや、誰のせいでもない。自分の決断だ。もう不毛さを楽しんでられる年じゃない。人生の残りがそう長いわけじゃないからな」

誰にも責を負わせまいとする言葉は、紅には冷たく聞こえた。ひどく突き放された思いだった。

「……そうね、私なんてぜんぜん関係ない。何の影響力もないんだし」

紅はお前のせいだと言われたかった。何もかも失った自分に、なけなしの慰めを残しておいて欲しかったのだ。

「じゃあわざわざ連絡してきたのはなんのため？　私から何か引き出せるとでも思ったの？」

「そんな言い方ないだろう」

「『尽きない愛情の流れ』とか言ってたわよね。あれが欲しいの？」

幸村は絶句した。彼が大事にしていたものを土足で踏みにじっている。分かっているのに口が止まらない。

「ただのプロダクトだって言ったじゃないの。もう作ってないのよ、誰もありがたがらないから」

本当に困り果てたとき、紅は自分を見棄てて去って行く誰かの後ろ姿しか思い描くことが出来ない。幸村に去られるのは何よりも恐ろしかった。いっそ、去られる前に追い払ってしまいたかった。

「あなたは、世話を焼くのと引き換えに私から何かを引き出したかっただけよね？　自分がもらえなかったもの、喉から手が出るほど欲しかったものを、どうにかして手に入れたかっただけ。自分から与える愛なんて一つも持ってないくせに。一緒に暮らしてた女が裸足で逃げ出すような情の薄い人間じゃないの、あなたは」

ゴミの中に自分を投げ出すように座り込んで紅は言う。

「私に関わっても美味い汁なんて吸えないわよ。私にはもう、何もないんだから！」

最後は涙声になった。

電話の向こうからは息の音すら聞こえなかった。時が止まったような沈黙だ。幸村はそこにいるのだろうか？

不安になった頃、ようやく声が聞こえた。

「……もういい」

ぷつりと、けっして切ってはならない糸が断ち切られたような具合に、通話が終わる。

幸村のあんなに傷ついた声を、紅は聞いたことがなかった。

人の歓心を買うために愛の大安売りをしたのは自分だ。自分こそが、そういう人間なのだ。

その電話のあと、紅は文字通り、一歩も動けなくなってしまった。

もはやゴミ捨てを云々するレベルではない。食事がほとんど喉を通らず、トイレには這って向かう。風呂に入って髪や身体を洗いきるだけの体力も残っていない。当たり前の生活が、角砂糖に水をかけたみたいに崩れていく。壊れていくのは『自分』そのものだ。

ゴミの隙間に隠れるようにして暮らしていた紅に、救いの手を差し伸べたのは野辺山遼子だった。誰もが去って行った中、彼女だけが紅を見棄てなかったのだ。

あのセミナーの後も時々連絡をくれていた彼女は、返事がなくなったのを心配して、ある遅い秋の日に、突然この家に押しかけてきた。生徒たちをこの家に呼んだことは一度もなかったが、薫のマンションに入りきらないグッズの在庫を送ったことがあるから、住所は知られてしまっている。部屋の惨状を見られた瞬間、居所を徹底して隠さなかったことを紅は死ぬほど後悔したが、このとき彼女が来てくれなかったら、あるいは一人で朽ち果てていたかもしれない。

荒れ果てた様子を目の当たりにした遼子は「紅さんがお掃除をサボったから運気が下がったのだ」と逆に納得してしまったらしい。お掃除さえすれば往年の紅が復活すると信じて止まない彼女は、仕事の合間にやってきてはゴミを片付けるようになった。ゴミが出づらい食料を差し入れたり、朝一番で来てゴミ出しを代わりにやってくれたこともある。生ゴミの類いから順に始末していったのは、相当臭いが出ていたからに違いないのだが、それでも彼女は通うことをやめなかった。

――私の話をちゃんと聞いてくれたのは、この世でたった一人、紅さんだけでした。どのサロンに行っても最後は追い出されたし、親ですら向き合ってくれなかった。私の人生を何とかしようとしてくれたのは紅さんだけです。誰が裏切っても、私だけはずっと紅さんの味方ですから――

消えてしまった志依やあずさ、そして薫たちへの怒りを込めて遼子は言う。

かつて、もしも自分がしくじることがあったら真っ先に離れるのは情の薄い彼女だろうと思っていたことを紅は恥じた。他人の気持ちなんて分からない。その瞬間の心すらつかめないのに、まして人の未来なんてとらえられるはずもない。訳知り顔に他人の『運気』を断じてきた自分が、とんでもなく浅ましい生き物に思えてくる。

いつか紅が立ち直るのを待っている、と彼女は言う。その日のために、今までのセミナーの内容をまとめているから、また指導してほしいと。

全部譲ってあげるから、代わりにあなたが教えればいい。そう告げても遼子は首を縦に振らなかった。

「紅さんはこんなところで終わる人ではありません」

独特の、機械みたいな喋り方の中に、不思議な情が感じられる。その思いに応えたい気持ちもある。

でも紅はもはや、取り返しがつかないところまで消耗していた。生徒たちに去られた悲しみ、失ったものの大きさももちろんある。だが本当に心を損ねたものは、外側からやってくる物事よりむしろ、日々仕事を通じて、ありもしない御利益をあると言い、分かりもしない他人の運命を分かると偽り続けた、紅自身の言動そのものではなかったか。自らつき続けた嘘に、自分は内側から削られたのかもしれない。

暖かい季節になる前に業者を入れて掃除しましょう、と遼子が言い出したのは先月のことだった。もともと彼女一人で片付けられる物量ではないし、仕事が忙しいから使える時間も限られている。力が及ばず申し訳ありません、などと堅苦しく謝るのが彼女らしかった。詫びを入れるのはこっちの方だ。手続きは全て遼子がやってくれた。自分がだました相手に寄りかかっているという罪悪感が、疲れ果てた心の表面を他人事みたいに滑っていく。何もかも非現実的で、奇妙な感じだった。

「高岡さん、すみません。ちょっと動いていただいてもいいですか」

さっきの陽気な青年が再び声を掛けてきた。作業場所が変わって、紅が座っている辺りが動線上になったらしい。恐縮して立ち上がると、「この辺なら大丈夫ですよ」と、邪魔にならないポジションまで誘導してくれる。

青年たちのてきぱきと働く姿を眺めるうちに、疲れ果てた心が少しほどけてきた。セミナーの過去が遥かに遠のいて、もっと前、清掃スタッフとして地道に働いていた頃の記憶が蘇る。彼らの迷いのない動きと、互いに連携が取れている様子を見るにつけ、紅まで気分良く働いているような心地になってきた。

彼らならば、この部屋のどこかに埋もれてしまった幸村からの葉書を、見つけ出すことが出来るだろうか?

それは、あの不本意な電話からしばらく後に届けられたものだった。素っ気なく書かれた短い文面は、何度も読み返して、葉書が失われた今でも、すっかり覚え込んでしまっている。

——嘘がなければ生きられないんだ、誰もが。
いつかまた、愛をばらまいてくれ、偽物でもいいから——

あの男はまだ、「尽きない愛情の流れ」を、諦めていなかったのだった。

心の巨大な欠落は、似たような人間を呼び寄せるものだ。自然に惹きつけ合って、虚ろな人生が交差する。それは往々にしてろくな結果を招かない。渇望するもの同士が一緒になれば、互いに奪い合って破滅するほかないのだから。

あれで良かった、切れて良かったのだと紅は思う。もう一度愛をばらまけなんて無茶な話だ。そんな力は残っていない。幸村が言ったとおり、もらえもしなかったものを我が身を削って捻り出していたのだから——。

人生が静かに閉じられていく気配を、紅は感じていた。心は安らかだ。もう自分を削って苦しむ必要もない。部屋が片付いたら、このまま穏やかな眠りにつけばいいのだ。

我知らず微笑んで、紅は目を閉じようとする。

その瞬間のことだった。

スタッフの青年が、何か拾おうとして程近いところに屈んだ。ツナギにはいったロゴマークが、ふと紅の視界に飛び込んでくる。

気のせいだろうか、見覚えがあるような。

そう言えば、今朝方スタッフから名刺を渡されたときにも、何か既視感を覚えたのだった。疲れ果て、必要な会話をするだけで精一杯だったから、そのまま流してしまったのだが……。

唐突に思い出したのは、あずさが晴れて転職したとき、サロンの事務所に送ってきた名刺のことだった。社名の横に入っていたロゴが、今、ツナギの胸に見えているのと全く同じだ。紅は去りかけた青年を慌てて呼び止めた。

「あの、そちらで前島あずささんって人が働いてませんか？」

青年は何気ない様子で、ああ、と肯いた。

「前島でしたら、今日は別の現場に入ってますよ。どこかで名前をお聞きになったんですか？」

あまりのことに声も出ない。紅は曖昧に言葉を濁した。

「ええ、まあ……」

「評判のスタッフなんで、いつも難しい現場に行くんですよ。こちらのお宅は僕ら的には全然軽いですから、彼女を呼ぶまでもないんでご安心下さい。臭い少なめですし、きっと生ゴミとか頑張って片付けて下さったんですよね？」

サービストークに微笑み返したつもりが、全然笑えなかった。紅はふらつきながら立ち上がって、「外の空気を吸ってきます」と部屋を後にする。

午前のうちに片付いたらしい廊下をふらふらと進みながら、スタッフたちの顔を盗み見た。来ていないと言われても、この目で見なければ安心できない。彼らの靴を避けて隅に置かれたサンダルをつっかけ、紅は外廊下へと歩み出る。

風の強い午後だった。廊下の手すりに半ばすがるようにして、遠くへ視線を投げる。見上げた先には、抜けるような青空が広がっていた。涙も全て涸《か》れ果てたような、軽やかに明るい青だ。その明るさが、今の紅にはかえってこたえる。

星の数ほどあるクリーニングサービスの中からあずさの会社を引き当てるなんて、偶然であるはずがない。きっと遼子が仕組んだのだ。でも一体、何のために？

まさか、遼子まで裏切るつもりだろうか。ここまで見棄てずに寄り添ってくれたのは、時間をかけて復讐するための準備に過ぎなかったのか。

紅はひどく混乱した。放心したまま口元を押さえた指先が震えている。信じるものは何もなく、信じられる相手もいない。真っ暗で何も見えない――最後のセミナーでそう言ったのは志依だった。あれから一年以上経ったというのに、あの時の言葉がまだ耳について離れない。

人を傷つけてしまったという事実が、これほど心を苛《さいな》むものだったなんて。

外廊下の手すりにすがりついたまま、紅はただ、十階の廊下を吹き抜けていく風の音を聞いている。

——紅さん。

その乾いた音に紛れて誰かが自分を呼んでいることに、紅はしばらく気がつかなかった。

「……紅さんですよね？」

紅ははっと顔を上げた。苗字《みようじ》ではなく、いきなり名前を呼ばれる違和感に眉をひそめながら、ゆっくりと振り返る。

クリーニングサービスのツナギの、鮮やかな黄色が目に入った。小柄な女性のスタッフが、キャップを外して黙礼する。

その目の光を忘れるはずもなかった。懐かしい顔を目の当たりにして、紅は息も出来ない。

「……志依ちゃん」

名前を呼んだきり、しばらく言葉が出なかった。上空を雲がゆったりと流れていく、そのかげの明滅が、妙にはっきりと感じられる。

「ご無沙汰してます」

口火を切ったのは志依の方だった。

「どうしてあなたがここに？」

「前島さんと一緒に働いてるんです。人手が全然足りないからって、あのセミナーの後に誘ってもらって」

少し日に焼けた志依は、華奢《きやしや》な姿はそのままに、どこか逞《たくま》しい佇まいになっていた。古びたスウェットの上下を着て、服以上にボロボロになった自分の姿が、ひどくみっともなく感じられる。

「となり、いいですか」

志依が遠慮がちに尋ねた。どうぞ、と答えた声が力なくかすれる。志依はちょうど一人分ほどの隙間をあけて、廊下の腰壁の前に立った。長年の汚れで、壁は灰色のまだらに見える。

「……ずいぶん古いマンションでしょう。子供の頃からずっと住んでるの。あなたと違って、一度も引っ越したことないのよ」

何か言わなければと焦った拍子に、かつて頭にたたき込んだ生徒の情報が、ふっと蘇った。

「覚えてらっしゃるんですね、そういうの」

「もう使い道がないのにね」

紅は自嘲する。志依は無言だった。沈黙が急に恐ろしくなる。今すぐ謝ってしまえたらどんなに楽だろうと思ったが、それは許されない気がした。

「遼子ちゃんに呼ばれたの？」

「私から、野辺山さんに連絡を取ったんです」

「どうして？」

志依はひどく言いづらそうに答えた。

「……ネットで紅さんの悪い噂が流れて、なんだか怖くなってしまって」

悪い噂、というのは、紅の死亡説のことに違いなかった。「身ぐるみはがされて貧窮のうちに餓死したらしい」「いや、殺されて事務所の近くの川に浮かんだっていうよ」と、荒唐無稽な噂にまことしやかなディテールが付け足されるのを読むにつけ、紅はまるで、自分が本当に殺されたような気分になったものだ。多くの講師はグレーな商売を上手く逃げ切りながらこなしている。大方、だまされて恨みのやり場もないような人々が、弱った講師を八つ当たりの的にしたのだろう。言いたいように言えばいいと、紅は疲れ果てた頭で他人事のように考えていた。

だが志依とあずさは噂を聞いて青ざめたのだという。自分達が最後のセミナーで騒ぎ立てなければ、これほどの事態にはならなかったかもしれない。告発するにももっと穏便なやりようがあっただろう。紅に何かあったらどうしよう。そう思うといても立ってもいられなくなった。

あのセミナー以来没交渉だった遼子に、志依が連絡を取りはじめたのは、去年の年末のことだ。しばらくは何の反応もなかったが、年を越してからとうとう返事が来た。死亡説なんて真っ赤な嘘だと憤っている割に、遼子の文面にはどこか元気がない。やりとりするうちに、紅の現状が少しずつ明らかになった。出ていった生徒にとっては思うつぼみたいな状態だから、あまり話したくないのだと遼子は言う。でももう自分一人ではどうしようもない。志依に返事をしたのは、遼子自身が追い詰められた結果なのだった。

依頼さえくれれば自分達がお掃除に入る、と志依はあずさと二人で申し出た。紅が嫌がるだろうから直接来るのはやめてもらいたい、と遼子に言われて現場入りは諦めたが、どうしても気になるので、志依だけは同僚に加勢する形でこっそり様子を見に来たのだという。紅には知らせず、マスクで顔を隠してこっそり手伝うつもりだったが、紅が戸口のすぐそばにいたのでつい声をかけてしまったのだ——志依はそう語った。

「思ってたより、お元気そうでよかったです」

淡々と、感情の滲まない声で志依が言う。静かな横顔には、怒りも恨みも見えなかった。これならまだ、怒鳴ってもらった方が気が楽だ。

「何でそう思うわけ？　私はあなたをだました張本人なのよ。いっそとどめでも刺せばいいじゃない」

「どうしてそんなこと言うんですか」

志依の声は落ち着いていた。些細なことで動揺して、誰かの背中に隠れていたあの頃とはまるで違う。

紅は自分の醜態にいたたまれない思いがした。眼下の屋根の連なりは冬の光に映えて眩しく、その反射光が否応なしに、見たくもない自分の姿を照らし出す。

「……憎むとか、腹を立てるとか、そんな余裕はありませんでした」

一人呟くような調子で、志依は語りはじめた。

「あの頃の私は、ひたすら悲しくて、どうしていいか分からなくて。セミナーの後は、ずっと目の前が真っ暗でした。ちゃんと目を開いてるのに、本当に何も見えなかったんです」

志依はそう言って、ふと空を見上げた。鳥の影一つ見当たらない、ひたすらの虚無だ。

「あの日まで、どんな小さな判断も、紅さんならどう思うだろう、何をするだろうって、全部サロンと紅さんが基準だったんです。でも、急にあんなことになってしまって、お掃除さえすれば大丈夫だって思っていた大前提も、全部崩れちゃって……。私の土台を作っていたものが、ごっそりなくなってしまった。そうしたら、何も決められなくなったんです。その日に何をしようとか、着る物をどうするとか、普通に買い物をして商品を選ぶとか、そんな簡単なことすら出来なくなった。抜け殻みたいになって、ただぼんやり座ってるだけで、毎日が過ぎていきました」

紅は一言も言い返せない。細く吐いた息が震えた。

「あの時、仕事がすぐに決まらなかったら、どうなってたか分かりません。前島さんのおかげで助かったんです。また働けるなんて思ってもみなかった」

「今は、落ち着いてるの？」

もう心配する資格などないのに、聞かずにいられない。

「仕事が忙しくて悩む暇がないんです。ゴミの分別って全部決まってて迷いようがないから、ちゃんと働けてホッとしました」

なけなしの誠意でもって、紅は想像してみる。何も出来ないまま、ただ一日を見送るしかない志依の姿を。何かをはじめよう、あるいは選び取ろうとすれば即座に『自分は間違っているかもしれない』という考えが湧き、結局手を出せなくなる。何をやっても間違った方を選ぶに違いない。それが自分なのだから——自己不信の沼に沈んだ者は、そうして全ての意欲を封じられ、生きながらにして死んでいく。

信じていたものを覆《くつがえ》されるとは、そういうことなのだった。

「……あなたにしたことが許されるとは思ってない。謝る資格もないと思う」

やっとの思いで絞り出した声はひどくかすれていた。

「最後のセミナーの日に、あなた言ってたわね。私が裏切ったから、私が与えた意味も希望も、みんな消えてしまったって」

あの愁嘆場の泣き声が耳に蘇る。志依の泣きわめく声はまるで、爆撃で全てを失った戦災孤児みたいだった。心が引きちぎられる痛みをそのまま音に変えたような、無残な声。

「あのメソッドを信じさせておきながら、あなたからそれを取り上げてしまった。それを信じ込めば信じ込むほど、ガラクタだって分かったときの痛みは取り返しがつかないものになるって、どこかで分かってたはずなのに。どうしても引き返せなかった。本当にひどいことをしてしまった。あなたにも、みんなにも」

志依がふと、かすかな、本当にかすかな笑みを浮かべた。

「なんだか、私のことを可哀相だと思ってるみたい」

「だって、あなたから人生の意味を取り上げてしまったわ」

「意味なんか要りません。もう必要ないんです」

その声は柔らかいのに、どこか侵しがたい強さを秘めていた。いつだったか、薫のマンションで紅の膝にすがっていた少女のような佇まいは、もうどこにも残っていない。

「この仕事をしていると、身体を動かした分だけ、ゴミは確実に減っていくんです。その現場を見て、お客さんがありがとうって喜んでくれたら、掃除に意味なんか要らないって思う。……いえ、もしかしたら喜んでもらわなくてもいいのかもしれない。ゴミの山を崩した分だけ、私の中で積み上がっていくものがあるんです。それはとても確かで、他人が何を言おうと、決して消えたりしないものです」

そう言い切った志依の目の中に、強くて澄み切った光があった。それは、あずさに初めて会ったときに彼女がまとっていた、清々しい空気を思わせる。

ゴミを一つ捨てるたびに、彼女の中に積み上がっていく名前のないもの——誇りとかプライドに似ていて、でも他人が勝手に名付けることは許されない、志依だけの大切なもの。

それが彼女を強くした。

もうあなたなんか要らない、志依はそう言っているのだった。

悲しい、とは思わなかった。むしろ、身も心も驚くほど軽くなったことに気付いて、紅は驚く。なんだか泣き出してしまいそうだ。

「前島さんは元気にしてるの？」

紅は慌てて話題を変えた。

「今はもう、現場リーダーなんです。お給料も、転職した頃よりずいぶん上がったって言ってました」

そう答えた志依はどこか誇らしげだ。

「バーニーのことは大丈夫？　つきまとわれてない？」

「バーニーはもう、次の女性を見つけたみたいです。割と流行ってるスナックのママさんで、お店の二階に転がり込んでるって。前島さん、ちょっと落ち込んでましたけど」

「忘れてもらえるならそれが一番よ」

小さく笑いが零れた。紅の中で、何かがほどけていく気配がする。

「志依ちゃんももう、大丈夫なの？」

「働いているうちに、怖いものが減ってきた気がします。少しずつですけど」

「……よかった」

それは心からの言葉だった。

「本当に、よかった」

全身の力が抜けて、胸の辺りがじわりと温まっていく。セミナーに忙しかった頃、みんなに配るための愛情をむりやり捻り出していた頃よりも、ずっと心が温かい。作ろうとしなくても、自然にそうなっている。

開け放したままの扉から、何か電話を受けたらしいスタッフが、声を潜めて話しながらいそいそと出てきた。志依に気付くと「あれ、来たの？」とばかりに、笑み混じりの目配せを交わす。無言なのにどこか朗らかなやりとりに、職場の雰囲気が滲み出ていた。

「私、そろそろ現場に入りますね」

そう言った志依に、紅は小さく肯いた。かつて誰よりも自分を慕ってくれた生徒に、とうとうこの惨状を見られてしまうのだ。

「ご指示があったら、なんでも仰って下さい。紅さんの大切なもの、捨てないように気を付けますから」

紅自身が、現役時代に何度も繰り返した言葉だ。それが志依の口から出るのが眩しく思えた。

「ブランドバッグとかはもう、処分でいいって言ってあるの。直して売りに行く元気もないから」

いえ、そういうのじゃなくて、と志依はかぶりを振る。

「卒業証書とか制服とか、子供の頃にもらったプレゼントとか思い出の品物とか……」

「ああ、そういうのは……」

紅は苦笑した。自分の人生の記念品など、何一つ残っていない。

「古いものは片っ端から捨ててきたのよ。取っておけばよかったと後悔したことも一度もない。私の持ち物を見て懐かしむ人なんていないし」

紅は泣き笑いで振り返る。何も持っていない自分が、精一杯の背伸びをして女王を演じていたという事実を、もう惨めに思う必要はなかった。だってはじめから空っぽだったのだから。自分は堕ちたのではなくて、ふさわしい場所に落ち着いただけなのだから。

「本当は、私には何もないの。何かあるみたいなフリをしていたけど、全部嘘だった。あなたたちにあげられるものなんか、何もなかったのよ」

いつだって、何よりも捨て去りたかったのは、何の価値もない自分そのものだったのだ。

乾ききった諦めの中で、紅は自分が風に吹き散らされ、バラバラになって消えていくような心地がする。

「……私、初めてセミナーに出たときのこと、まだ覚えてます」

志依がそっと、宝物の箱を開けるような調子で語りはじめた。

「今のまま、運命に踏みにじられるままでいいの？　って言われたとき、すごい愛情がかたまりでぶつかってきて、息も出来なかった。この人は本気でみんなのことを思ってるんだって、心からそう感じたんです」

志依の目の美しい光が、紅を捉えた。

「何もない、なんてことはなかった、絶対に」

初めて会ったときと全く変わらない、世界中の憧れを集めて煮詰めたような光。

「普通に暮らしていても、辛いことってたくさんある。外の世界は私の都合のいいようには動かないから……、それって当たり前のことなんだけど、それでも上手くかわしていけなくて、ぶつかっちゃって、叱られたりもして、地味に痛いことが毎日続いて、ちょっとずつ自分がひび割れていくんです。いつか壊れるだろうって分かってるのにどうにも出来ないのが、とても辛くて。でも、紅さんの周りだけは違ってました。私には、紅さんの言葉は全部光って見えた。言葉が愛情で溢れて、目を閉じても眩しいぐらいに輝いていた。そこだけ天国みたいに」

志依のツナギが風にはためいて、冬空に高く掲げられた旗のような、誇らしげな音を立てた。

「どんどん喋れなくなって心が折れそうだったときも、面接が上手く行かなくて絶望したときも、紅さんにもらった言葉や、たくさん注がれた愛情のことを思い出すと、全部ふっとぶような気がしました。何もいいことがなくても、紅さんのところへ戻れば、必ず光る言葉があった。どんなに疲れ果てても、それさえあれば死なないって思えました」

風の中で、志依の声がかすかに震えた。

「……大好きだったんです。何もかも嘘だったとしても」

言い切った瞬間に、涙がこぼれた。日の当たらない北廊下で、その雫は不思議な光を放って落ちてゆき、彼女の足下でこなごなに砕け散る。

「だから、もういいの」

志依は静かに泣いていた。

本当に確かなものを手にしたとき、人は自分の過去を否定する必要が無くなるのだ。それがどれほど痛みを伴うものであっても。

彼女は大丈夫だ。本当に大丈夫なのだ。自分を恥じながらも、志依の有様にひどく胸打たれて、その打たれた胸から美しい水が溢れかえる。自分を守るために鎧《よろ》っていたたくさんの言葉は、みんな水底へ沈み、しずかに溶けて消えていく。

「……そろそろ、行きますね」

志依は涙顔のまま微笑んだ。今の紅はもう、差し出すハンカチすら持っていない。

「本当にひどい部屋なの。大変だと思うけど」

そう言うなり、自分でも意外なほど素直な笑いが零れ出た。

「謝らなくていいです。誰だって追い詰められればこうなるんだって、紅さん言ってたじゃないですか」

志依は励ますようにそう言った。

「教わったことは忘れません。多分、ずっと」

黄色いツナギの背中が、午後の風と一緒に、すっとドアの向こうに去っていく。

一人外廊下に取り残されて、紅は酔っ払いみたいな頼りない仕草で、手すりにもたれかかった。見慣れた眼下の街並みが、急に、光の中に滲む。

どうしてだろう。ものすごく嬉しい。

これで許されたなんて思わない。それでも、彼女の幸福が掛け値なしに嬉しいのだ。

彼女たちを幸せにしたいというあの強烈な思いだけは、嘘ではなかった。こんな自分の中に、嘘ではないものがまだ残っていたなんて。

紅は手すりに突っ伏して、息を殺した。喉が鳴り、身体が震える。止めどなく頰を流れ落ちていく光は、あわてて顔を覆っても隠しようがない。

手すりに身体を預けたまま、紅はゆっくりと、長年住み慣れた部屋の扉を振り返った。

もう、この場所に居続ける必要はないのだ。ここで待ち続けても、帰ってくる人はいない。自分はあの女に、とっくの昔に忘れ去られていたのだから。

紅には愛が分からない。分からないから、必死で愛をばらまく振りをした。でもたった今志依が教えてくれた。それが真似事に過ぎないとしても、伝わるものはゼロではないのだと。

あの女が愛さないからと言って、自分まで不毛の中を歩む必要はないのだ。

私はもう、あなたに縛られない——もう何万回と出入りしたその扉に、紅は密かに呼びかけた。

決して本当の意味では出て行くことの出来なかった、その扉。

光は私の中にある。それは多分、誰にも奪えないものだ。

今こそ、私は自由になったのだ——。


玄関に足を踏み入れると、辺りのゴミはあらかた取り除けられていた。幼い頃から親しんだ家の顔が、片付けが進むにつれて再び現れてくる。

それでも今は思うのだ。これが本当に、自分の家だったんだろうか？

志依はダイニングに散らばった缶を手早くまとめている。その見事な仕事ぶりを横目に見ながら、紅は廊下を通り過ぎ、奥の寝室へと戻った。窓際のゴミも片付いて明るくなっただろうと思いきや、部屋はさっきよりも薄暗くなっている。

見れば、ゴミを満杯にした袋が窓辺にいくつも仮置きされているのだった。運び出すには人手が足りないらしい。

進んだかと思うと、また意外な成り行きで元に戻ったりする。何だってそんなものだ——思い通りにならない流れは、働いていた頃にもよくあった。紅の人生にはなじみの深いものだ。

「私も少し、お手伝いしていいですか？」

紅の申し出に、さっきの青年が驚いた風に振り向いた。

「実は昔、この仕事をしてたんです。ちょっとぐらいはお役に立てるかもしれません」

「へえ、そうなんですか。じゃあ是非」

何の事情も知らないだろう青年が、知らないが故の陽気さで応える。

「衣類ゴミから行きますね。この辺多いんで」

働いていた頃の言い回しが自然と口に上る。青年の表情が「おっ」と手応えのあるものに変わった。

「ちょっと待ってください。ゴミ袋をお渡ししますんで」

「あ、投げてもらって大丈夫ですよ」

向かいの壁際から放物線を描いて飛んできたそれを、紅は宝物みたいに受け止める。さっと一枚取りだすと、足下に手際よく広げてバケツの形を作った。ぐったりと折り重なる抜け殻にも似た衣類の山。見つめるうちに、この部屋のゴミが全て、打ち捨てられた過去の自分に思えてくる。つかんでは放り込み、放り込んではまたつかむ。繰り返すリズムが、紅の中に新たな時を刻みはじめる。その、確かな手応え。

ああ、まだ身体が仕事を覚えているのだ。この袋がゴミでいっぱいになる頃、自分は少しだけ立ち直っている——そんな予感がした。あずさや志依が、そうやって歩き出したように。

視界の隅で、なにかが目映《まばゆ》く煌めいている。

ふと見れば、窓の上端から、積み上がったゴミの山をかすめて、ひとすじの陽光が差し込んでいるのだった。それはスポットライトさながらに、金色に舞い踊る埃をつらぬいて、この手の中へ落ちてくる。

ゴミの中にしゃがみ込んだまま、紅は一人光源を見上げる。空っぽだと思った自分の手の中に、どういうわけか、今こうして光がある。

——何もない、なんてことはなかった、絶対に。

志依の涙混じりの声が蘇った。

いつかまた誰かに愛情を手渡せる日が来るだろうか。

叶うことなら、まがい物ではない愛を。

誰かの歓心を買うためでなく、ただ与えるために与えるだけの、何の意図にも汚されない、まっさらな光に似た愛を。

あんなにも愛を渇望していた幸村は、それをどこかで受け取ってくれるのだろうか。

紅は手の中の光を握りしめる。それは指の隙間からとめどなく零れて、足下に散らばる過去を全て、無垢な輝きで覆いつくした。

【初出】「小説すばる」2022年３月号～2023年１月号
単行本化にあたり、大幅に加筆・修正いたしました。

【装幀】坂野公一＋吉田友美（welle design）
【写真】馬込将充

香月夕花（かつき・ゆか）
1973年、大阪府生まれ。東京都在住。京都大学工学部卒業。2013年「水に立つ人」で第93回オール讀物新人賞を受賞。2016年「Anchor Me」が第23回松本清張賞の最終候補に。著書に『やわらかな足で人魚は』（『水に立つ人』を改題）『永遠の詩』『昨日壊れはじめた世界で』『見えない星に耳を澄ませて』がある。

あの光《ひかり》
2023年9月30日　第1刷発行

著　者　香月夕花《かつきゆか》
発行者　樋口尚也
発行所　株式会社集英社
〒101-8050　東京都千代田区一ツ橋2-5-10
電話　03-3230-6100（編集部）
03-3230-6080（読者係）
03-3230-6393（販売部）書店専用
印刷所　凸版印刷株式会社
製本所　加藤製本株式会社

ISBN978-4-08-771845-4　C0093
定価はカバーに表示してあります。